Annette Wieners

Annette Wieners est née à Paderborn et a travaillé comme scénariste pour les grandes chaînes de télévision allemandes ARD, ZDF et WDR. *Cœur de lapin* (Robert Laffont, 2016) est son premier roman policier et le premier opus d'une série. Écrivain, journaliste, elle vit à Cologne.

Retrouvez toute l'actualité de l'auteur sur :
www.annette-wieners.de

ou sur sa page Facebook :
www.facebook.com/annette.wieners

CŒUR DE LAPIN

ANNETTE WIENERS

CŒUR DE LAPIN

Traduit de l'allemand
par Lucie Roignant

Robert
Laffont

Titre original :
KANINCHENHERZ

Ce livre est une œuvre de fiction. Les personnages, les faits et les lieux cités sont des inventions de l'auteur, qui visent à conférer de l'authenticité au récit.
Toute ressemblance avec des situations, des lieux et des personnes existants ou ayant existé ne peut être que fortuite.

MIXTE
Papier issu de sources responsables
FSC® C003309
FSC
www.fsc.org

Pocket, une marque d'Univers Poche,
est un éditeur qui s'engage pour la préservation
de son environnement et qui utilise du papier fabriqué
à partir de bois provenant de forêts gérées
de manière responsable.

ISBN 978-2-266-27075-5

Pour Georg,
mon frère

1

Le chemin était cahoteux, le bitume sillonné de nombreuses racines d'arbres et, attachées sur le plateau du pick-up, les couronnes de fleurs commençaient à glisser. Or Gesine n'avait pas une minute à perdre. Elle s'engagea à vive allure dans l'allée qui menait à la chapelle. Sur le parvis, un homme était accroupi et regardait dans sa direction. Il tenait par la main deux petites filles qui se retournèrent à l'approche du véhicule. À quelques mètres de la porte principale, Gesine donna un brusque coup de frein et abaissa le pare-soleil.

Elle ne connaissait pas cet homme. Il correspondait peut-être en termes d'âge, mais elle ne l'avait jamais croisé. Par contre, elle éprouva un choc à la vue des petites filles. Leurs cheveux étaient longs et bouclés. Acajou.

Gesine eut beaucoup de difficultés à passer la marche arrière et se révéla incapable d'effectuer un demi-tour sous leurs regards. Surtout, ne pas attirer l'attention, ne pas éveiller les soupçons. De toute façon, elle était coincée avec les couronnes. Que pourrait-elle faire de ces fleurs hors de prix si elle quittait le cimetière comme une fugitive ? Les emmener avec elle ? Et après ? Si seulement elle avait lu les ordres de mission, ce matin, avant de charger le pick-up…

L'homme et les fillettes la fixaient du regard. Gesine se rangea en bordure d'allée puis coupa le moteur. Ce que l'homme racontait aux petites semblait les faire rire et elles finirent par regarder ailleurs. Elles se mirent même à sautiller, l'air presque joyeux. Mais Gesine ne se fiait pas aux apparences : les enfants se mettent toujours à chahuter lorsque l'instant est critique.

Elle se sentit mal tout à coup. Elle saisit son téléphone et le mit sur silencieux, au cas où son chef l'appellerait. Que pourrait-elle lui répondre s'il lui demandait comment ça se passait dans la chapelle ? Qu'elle était sur le point de saboter l'enterrement ? Qu'elle ne pouvait malheureusement pas travailler aujourd'hui, pour des raisons qu'il lui était impossible d'évoquer ?

Elle rassembla ses cheveux en arrière, tâtonna sur le siège d'à côté pour prendre la casquette qu'elle enfonça sur sa tête. C'était un peu mieux. Et maintenant, les lunettes de soleil. L'étui se trouvait près du levier de vitesse. Vide. Elle fouilla dans la boîte à gants : un paquet de cacahouètes, son couteau, un sécateur. Elle finit par trouver les lunettes – même si, au passage, elle s'était éraflé le pouce – puis elle croisa les bras, les mains serrées sur les biceps.

Les deux fillettes étaient habillées à l'identique, petites jupes blanches et tee-shirts. Elles faisaient aussi la même taille, bien que l'une paraisse légèrement plus maigre. Des jumelles, donc. Gesine pouvait se rassurer : les jumelles, ça n'était pas de famille. C'était absurde de se mettre dans un état pareil à cause d'une couleur de cheveux.

Les ordres de mission lui glissèrent des genoux. Elle les rattrapa sous le siège du bout de son talon. Tout ce qu'elle avait à faire, c'était de garder son sang-froid et d'accomplir son travail, comme d'habitude. Il fallait décharger les gerbes et les couronnes du pick-up au plus vite, sans prêter attention à ce qui était inscrit sur les rubans. Éviter à tout prix de se laisser happer par une conversation au moment d'apporter les fleurs dans la chapelle. Voilà tout.

Il faudrait juste qu'elle parle avec Hannes dès qu'il viendrait avec le cercueil. Elle lui expliquerait la situation de manière très succincte et il l'aiderait sur-le-champ à disparaître du cimetière, avant que les gens n'arrivent pour la cérémonie.

Une pomme de pin tomba sur le capot et roula à terre. Dans le ciel, le soleil de printemps scintillait entre les cimes des vieux arbres. Un pic-vert tambourinait contre un tronc. Gesine remonta la vitre et se prépara.

L'une des fillettes leva les yeux vers elle quand elle claqua la portière. Pas de problème. La casquette cachait son visage et ses grandes lunettes de soleil la dérobaient aux regards.

D'un pas énergique, elle traversa le parvis et salua l'homme d'un signe de tête. Pour un agent d'entretien de cimetière, c'était la meilleure façon de dire bonjour : faire preuve de respect sans jamais s'approcher trop près. Pourtant, l'homme fit immédiatement mine d'aller à sa rencontre. Un type sportif avec un collier en cuir autour du cou. Il poussa les filles devant lui. Des taches de rousseur s'étalaient sur leurs nez. Gesine accéléra le pas. Ses taches de rousseur s'embrasaient soudain sur son propre visage.

— Ça avance ? demanda l'homme.

— J'apporte juste les commandes de la pépinière.

Elle fouilla dans sa poche, à la recherche des clés de la chapelle.

— Quelles commandes ?

L'une des fillettes s'approchait dangereusement.

La clé tomba à ses pieds. Gesine se baissa aussitôt pour la ramasser, ouvrit la porte précipitamment et se faufila à l'intérieur, sans lui répondre. Elle referma la porte derrière elle, d'un coup, garda la main sur la poignée et tendit l'oreille. Elle s'était montrée impolie et nerveuse. Personne n'avait osé la suivre. Dehors, l'homme laissa échapper un murmure, dépité, et s'éloigna. Elle retira ses lunettes et poussa le verrou.

Déjà neuf heures. L'enterrement était prévu pour midi, mais comme il faisait très beau, les gens se réuniraient sans doute en avance. Ils pourraient se retrouver sur le parking et parler de la défunte. Où cela s'était-il passé, et comment ? Avait-elle souffert, était-elle seule ? Et puis, comme pour s'y voir, les gens iraient jusqu'à la fosse et regarderaient tout au fond.

Ses parents seraient-ils là, eux aussi ? Quelle question ! Ils seraient là, évidemment. Ils considéreraient leur présence comme un devoir. Pourtant, dix ans plus tôt, ils avaient déclaré que le devoir importait peu dans un cimetière. Seul le désir de garder quelque chose de vivant par-delà la mort entrait en ligne de compte, même si ça devait faire souffrir. Créer un lieu du souvenir.

Quel était le degré de souffrance de ses parents aujourd'hui, comparé à dix ans plus tôt ?

Gesine ôta sa casquette et ouvrit grand les vantaux de la chapelle. L'air tiède du matin lui caressa les joues. Il y avait au bas du catafalque, là où l'on déposerait le cercueil tout à l'heure, des gouttes de cire séchée, des éclaboussures blanches sur le carrelage imitation ardoise. Un Kleenex était coincé entre deux chaises au premier rang. Un oubli de la femme de ménage, ou de Hannes.

Elle ramassa le Kleenex et chercha, dans un coin, la poubelle remplie à ras bord de mouchoirs et d'emballages de bonbons. Au-dessus, il y avait un texte froissé dont l'encre avait coulé. Le manuscrit d'un discours triste. Un autre jour, Gesine se serait précipitée dessus pour le lire. Mais, aujourd'hui, elle se pressa vers le débarras pour chercher le chariot qui servait à transporter les couronnes.

Ses pneus étaient antiques, ses essieux rouillés grinçaient. D'imposants crochets se balançaient sur le grillage en acier qui se dressait à la verticale. Cet engin était un vrai monstre, mais il permettait de transporter une douzaine de couronnes à la fois et de gagner du temps. Si toutefois on parvenait à le manœuvrer.

À quelle heure Hannes serait-il là pour l'aider ?

De nouveau, Gesine tendit l'oreille vers l'extérieur. Des oiseaux se chamaillaient près des vantaux de la chapelle. Un verdier était perché sur le rebord. L'homme et les jumelles ne donnaient pas signe de vie.

Elle fit rouler le chariot jusqu'à la porte et, au moment de tirer le verrou, elle se souvint de la casquette et des lunettes de soleil. Elle enfila les lunettes en hâte et abaissa la visière de la casquette sur son visage.

L'homme et les fillettes se tenaient sur le parvis, sans rien dire. Ils s'écartèrent devant l'arrivée du chariot grillagé. L'homme sourit à Gesine, s'excusant d'être dans le passage. Ce sourire était une erreur. Trop amical, trop proche. Gesine se cogna le tibia contre le chariot.

— Aïe, commenta l'une des fillettes.

Gesine poussa le chariot en avant. Les roues cahotaient durement sur le chemin et les crochets s'entrechoquaient dans un cliquetis infernal, alors qu'il était totalement déplacé de faire autant de bruit. L'image était à présent gravée dans l'esprit de Gesine : de toute évidence, les fillettes étaient le portrait craché d'elle-même, petite. D'elle et de sa sœur, Mareike.

Gesine et Mareike se ressemblaient comme deux gouttes d'eau – à l'époque, ça l'enchantait... Être comme la grande Mareike, qui crachait très haut en l'air et qui passait au-dessous en courant ! Qui jouait de la guitare, en battant des cils comme une star de cinéma, sans paraître ridicule ! Qui pouvait embrasser tous ceux qui lui plaisaient !

Le chariot grillagé s'arrêta net. Le tibia de Gesine était en feu. Elle entendit glousser derrière elle, les fillettes s'en allèrent à toute vitesse, l'une à droite, l'autre à gauche, tandis que l'homme essuyait les jambes de son pantalon. Aucun d'entre eux ne semblait avoir remarqué quoi que ce soit chez elle, ce qui semblait vraiment incroyable. Mais tout remontait à si loin.

Elle replaça ses lunettes, sa casquette, et sentit la moiteur de ses mains sur son visage. Puis elle tira le chariot jusqu'au pick-up et prit ses gants de travail sur le siège passager. Elle resta adossée à la portière quelques instants. La carrosserie brillait d'un noir profond, contrairement aux voitures des autres jardiniers du cimetière, toutes de couleur verte.

Une odeur de sapin s'élevait du plateau du pick-up. Les couronnes, les compositions florales et les buis à répartir étaient en plein soleil. Gesine ouvrit la ridelle arrière. Un bourdon vrombissait entre les fleurs, irrité par cette marchandise de pépinière qui n'avait rien à lui offrir.

— C'est écrit quoi ?

La plus maigrichonne des deux fillettes s'était faufilée jusqu'au pick-up et tirait sur le ruban blanc qui pendouillait du plateau. Gesine détourna la tête.

— *Avec amour*, dit-elle. Et puis il y a des noms.

— Moi, c'est Frida. Et elle, c'est Marta.

Frida désigna sa sœur, en train de sautiller derrière elle, près de la chapelle. Les jumelles avaient l'âge de savoir lire. La question du ruban était juste un prétexte pour entrer en contact. Gesine se mordit les lèvres.

Mais Frida sembla soudain perdre tout intérêt pour Gesine – à présent, elle prenait son élan pour jeter un caillou dans les buissons. Son petit front était ruisselant de sueur, sa peau pâle et tachetée. Il était préférable qu'elle se mette à l'ombre, où il faisait plus frais, pour se reposer.

Un autre caillou vola et vint cette fois heurter le pick-up. L'homme rappela les fillettes d'un ton impérieux, mais Gesine fit un bref signe de tête. Ne pas commencer à parler maintenant, surtout pas de conversation.

— Écarte-toi.

Elle poussa Frida qui faisait semblant d'inspecter la carrosserie et fut effrayée par son poids plume. Ses bras maigres, ses sandales pleines de poussière. À côté, Gesine avait l'impression d'être une brute épaisse.

Alors que Gesine continuait à manipuler le chariot, tout doucement, elle constata que la petite fille peinait à respirer tant elle était inquiète. Inquiète qu'il soit bientôt midi et que le cercueil disparaisse sous terre. Pourquoi ne courait-elle pas auprès des autres trouver un peu de réconfort ?

Elle souleva d'un coup la première couronne du pick-up. La fillette prit le ruban des deux mains, comme une traîne. *Avec amour. Marta, Frida et Jan.* Des roses rouges, des gerberas blancs et des chrysanthèmes de la meilleure qualité. Gesine l'accrocha au premier crochet du chariot grillagé et Frida laissa tomber ses mains. À l'endroit des lèvres, un simple trait, les épaules saillantes sous son tee-shirt.

Il y avait une deuxième couronne sur le plateau, qui était plus lourde encore que la première. Des lis agrémentés d'*Anthurium crystallinum*, signe de froideur distinguée. Gesine n'avait pas besoin de regarder le ruban, elle reconnaissait d'instinct le goût de ses parents.

— Frida !

L'homme appelait sa fille depuis la chapelle. La petite pinça Gesine à la cuisse et le rejoignit en courant. Se doutait-elle de quelque chose ? L'avait-elle regardée de plus près à son insu ?

Vite, en finir au plus vite avec ce travail.

Quand toutes les couronnes furent suspendues à leurs crochets, Gesine ramena le chariot sur le parvis. Une entreprise pénible. Les pneus étaient dégonflés, un des essieux voilé, et les gerbes menaçaient de tomber. Elle avait tellement chaud maintenant que ses lunettes de soleil glissaient le long de son nez. Comme l'homme et les enfants n'étaient plus dans les parages, elle s'autorisa à les ranger dans sa poche intérieure. Elle aéra sa casquette.

Jusque-là, tout s'était passé sans accroc, elle était dans les temps. Pourtant son inquiétude ne cessait d'augmenter. Elle devait être vigilante et avoir l'air plus détendue, sinon elle risquait de se mettre elle-même à découvert.

Elle reprit les barres en main et poussa, mais le chariot cogna une pierre et l'une des couronnes la fouetta au visage. Immédiatement, ses lentilles de contact commencèrent à lui piquer les yeux. L'homme surgit brusquement d'un buisson en rampant.

— Marta !

Une longue tache de sueur s'étalait sur son dos, sa chemise bleue collait à ses épaules. Il regardait tout autour de lui.

— Marta !

Gesine se dépêcha de pousser le chariot jusqu'à l'intérieur de la chapelle, juste devant le catafalque, puis elle referma la porte et se mit des gouttes dans les yeux. Des ombres dansaient sur les vantaux.

Dehors, l'homme s'impatientait.

— Marta ! Viens ici maintenant ! entendait-on par les fenêtres.

Gesine cligna des yeux. Les rubans qui pendaient du chariot luisaient dans la pénombre. *Marta, Frida et Jan*. Les lettres dorées, les symboles argentés faisaient l'effet de promesses coûteuses et mystérieuses, mais, à y regarder de plus près, on reconnaissait un modèle standard peu cher, imprimé en série.

Elle se dirigea vers l'interrupteur, à présent épuisée, et faillit ne pas entendre la porte grincer.

— Aidez-moi ! (Frida se tenait sur le seuil.) Aidez-moi, ma sœur a disparu !

Gesine laissa les lumières s'allumer et repoussa l'enfant sans se montrer trop brutale.

L'homme était assis en plein dans la poussière, à côté de la chapelle. Il sanglotait, le visage enfoui dans ses mains, soupirant et poussant des sons étonnamment graves. Il se balançait et, en cadence, heurtait de son dos le mur de pierres sèches. Frida tendit le bras et caressa ses boucles noires. Gesine lui aurait plutôt donné un coup de pied aux fesses. Il était dix heures passées !

Elle lui toucha l'épaule pour qu'il arrête au moins de se cogner ainsi contre le mur.

— Il est temps, dit-elle.

Mais il cachait toujours son visage et ne cherchait manifestement pas à se ressaisir. Ne comprenait-il pas qu'il devait prendre ses enfants sous son aile et les préparer à la cérémonie ? Les fillettes devaient pouvoir se reposer sur leur père pour cette journée qui allait être la pire de leur existence.

Frida examina Gesine d'un œil critique. Elle n'avait ni casquette ni lunettes de soleil.

— Oui, qu'est-ce qu'il y a ? dit-elle, avant de s'en aller, sans regarder derrière elle.

La concession acquise pour l'enterrement se trouvait dans le carré C, numéro 212. Des rhododendrons sous de grands pins et des bouleaux. Des azalées toxiques. Gesine marchait à grands pas et remarqua bientôt que Frida arrivait à garder le rythme. La fillette ne disait pas un mot, elle se contentait de la suivre, et avant même que le carré C n'apparaisse devant leurs yeux, elle avait glissé sa petite main dans la sienne.

Les traverses métalliques dont on avait recouvert la tombe pendant la nuit avaient été retirées. C'était un caveau familial, le cercueil irait à l'étage inférieur. Au bord du chemin, le remblai formait une petite butte soignée, enveloppée d'un voilage vert. Frida monta au sommet et examina la fosse.

Ça sentait presque l'été. Le cimetière se desséchait depuis des semaines. Sur le rebord de la fosse, les arêtes en terre glaise s'effritaient et laissaient apparaître les différentes couches de terre. À deux mètres quatre-vingts de profondeur, il y avait du sable. Le sol tout indiqué, perméable. Mais pas assez perméable pour se défaire de la culpabilité, qui était trop grande et trop lourde.

— Marta !

Frida descendit de la butte en glissant sur les fesses. Gesine fut tentée de l'aider, mais elle mit les mains dans ses poches et fixa le buisson.

— Sors de là, dit-elle.

Le fait qu'elle mène une course contre la montre excusait la rudesse de sa voix.

Des branches craquèrent, des feuilles bruissèrent. Soudain Marta surgit des buissons et s'agrippa au cou de Frida. Les deux fillettes se serrèrent fort l'une contre l'autre, sans bruit, comme sous l'eau. Pas du tout comme des enfants.

Gesine fit demi-tour vers la chapelle. Ce n'était pas à elle de s'occuper de ça. Ni de cet homme, qui était toujours en train de pleurer contre le mur.

— Votre fille est réapparue, lui lâcha-t-elle toutefois en passant.

Il hocha la tête et répondit sans lever les yeux.

— Je n'y arrive pas.

Elle fit une grimace. Elle avait tellement entendu cette phrase qu'elle ne lui faisait plus rien, ou presque. Et, en plus, cet accent la rendait nerveuse. Espagnol ou Dieu sait quoi. Ne pas y penser.

Tout ce qu'elle voulait à présent, c'était appeler Hannes, pour qu'il arrive enfin. Il avait déjà cherché à la joindre. Elle s'apprêtait à écouter sa messagerie vocale quand elle aperçut du coin de l'œil l'homme qui se relevait puis se glissait dans la chapelle. Alarmée, elle remit son portable dans sa poche et le suivit. Elle ne pouvait pas se permettre un incident, et l'homme semblait particulièrement instable.

Il avait attrapé le chariot grillagé et décrochait les couronnes. Les crochets grinçaient sur l'armature.

— *Avec amour.* (Sa voix résonnait dans la chapelle.) *Marta, Frida et Jan.*

— Les petites ne devraient pas rester toutes seules près de la fosse, dit Gesine depuis l'encadrement de la porte.

Il lâcha les couronnes et s'assit lourdement sur le catafalque.

— Notre anniversaire de mariage. Et ma femme ne trouve rien de mieux à faire que de se lever au beau milieu de la nuit pour aller marcher dans les champs.

Et alors ? Ce n'étaient pas ses affaires. Gesine chercha des yeux sa paire de lunettes – elle se trouvait sur une chaise au premier rang.

— Je vous en prie.

Elle fit un geste qui lui indiquait la porte, mais l'homme laissa tomber sa tête en avant et recommença à sangloter. Elle réussit à patienter un instant, tapotant seulement du pied sur le sol. Il lui fallait se montrer plus explicite.

— Le jour de l'enterrement peut être traumatisant pour vos filles. Il faut que vous sortiez et que vous vous occupiez d'elles.

— M'occuper de mes enfants… je ne fais plus que ça maintenant.

Elle fut tentée de remettre ses lunettes, mais elle était mal à l'aise sous la lumière artificielle avec ses verres teintés. L'homme faisait des efforts pour arrêter de sangloter. C'était déjà ça. Il inspira profondément et tira un mouchoir de son jean qu'il déplia au ralenti.

— On voit que vous avez l'habitude de ce genre de choses. (Il se moucha.) Mais pour moi, la vie a changé du tout au tout. Comme ça, en un jour.

— Bien sûr.

— J'étais en train de dormir quand ma femme est sortie ! Vous savez ce que ça signifie ?

Il s'en voulait, c'était clair. Un autre jour, Gesine serait intervenue. Elle l'aurait aidé à faire le tri entre reproches rationnels et irrationnels, pour lâcher du lest. Mais pour cet enterrement ? Pour lui ? Le simple fait de devoir rester là à l'écouter se plaindre était insupportable.

Elle se pencha pour ramasser la corbeille à papiers qui débordait et la replaça ailleurs dans un bruit sec.

L'homme remit le mouchoir dans sa poche avec beaucoup de manières.

— On n'a pas idée de ce que les gens sont capables de faire, dit-il, même quand on croit les connaître.

Elle s'entendit souffler bruyamment, réflexe qu'elle ne put et ne voulut pas réfréner. L'homme se redressa comme s'il se sentait provoqué.

— Je ne veux pas dire par là que ma femme est allée intentionnellement sur les rails !

Pardon ? Sur les rails ?

— J'étais en train de dormir, répéta-t-il, la nuit de notre anniversaire de mariage. Et elle est partie dans les champs, comme ça, jusqu'aux rails. Et puis un train est arrivé.

— Désolée, dit Gesine malgré elle.

Car, dans le fond, de quoi était-elle en train de s'excuser ? Elle aurait plutôt dû crier un bon coup et virer ce type de la chapelle. Elle ne voulait rien savoir de cette mort, et elle ne voulait certainement pas avoir à se demander s'il s'agissait d'un suicide ou non. C'était gonflé de sa part de lui planter ça dans la tête, un détail après l'autre.

— Excusez-moi ? (Il l'examinait avec attention depuis le catafalque.) Excusez-moi, mais on se connaît ?

Elle regarda vers le côté, aperçut le disjoncteur et ouvrit le clapet comme pour vérifier quelque chose. Elle entendit derrière son dos un crissement sur les fausses ardoises. L'homme s'était levé.

— Ça fait un moment que nous avons quitté l'Espagne. Elle tenait à rentrer à tout prix. Mais pour quoi ? Pour sortir en pleine nuit et se jeter sous un train ? Non !

Il fut secoué d'une terrible quinte de toux, elle ferma les yeux quelques secondes. Puis elle tira de la poche arrière de son pantalon une feuille de papier qu'elle lissa. Le planning hebdomadaire d'entretien des sépultures : la concession C-212 était surlignée en orange. C'était objectif, c'était factuel. Elle voulut faire comme si le papier était un plan du réseau électrique et comme si elle était plongée dans son travail. Mais un son étranglé lui fit redresser la tête. L'homme n'était plus qu'à quelques pas d'elle, sa main tremblante devant sa bouche, les yeux qui s'écarquillaient en grand.

— Décidément. C'est vous ! s'exclama-t-il. C'est bien vous !

Elle referma le clapet du disjoncteur.

— Cette histoire ne me regarde en rien, dit-elle contre les pierres.

C'était pourtant vrai. Mourir d'un cancer, dans un accident, se noyer, s'étouffer, se pendre. Culpabilité, part de responsabilité. Mauvaise conscience, amour. Elle avait tout entendu dans ce cimetière, elle avait vu tout ce qui avait trait à la mort. Au cours de ces années, elle avait accepté de s'occuper des personnes en deuil. Chaque fois. Mais pas aujourd'hui, pas avec eux.

— Dommage. (La voix de l'homme était à peine audible.) Vraiment dommage. Mais vous devez savoir que je suis convaincu que ce n'était pas un suicide.

Il sortit d'un pas chancelant. La porte demeura ouverte, il y eut un courant d'air. Gesine remarqua que l'odeur des couronnes commençait à se répandre dans la chapelle. Toute cette histoire était un cauchemar. Et les fillettes ? Elles étaient sûrement encore assises sous le rhododendron toxique, près du tombeau ouvert.

Elle ferma la chapelle à clé et prit l'allée qui menait vers la concession C-212. *Marta, Frida et Jan*. Les fillettes n'y étaient pour rien, ni pour aujourd'hui ni pour autrefois.

Elle dépassa Jan sans un mot et rejoignit la tombe en passant par les buissons. Les branches lui balayaient le visage. Les fillettes étaient accroupies là, des feuilles de rhododendron entre les doigts. Elle s'agenouilla devant elles dans la poussière et leur retira les feuilles des mains.

— Est-ce que ça fait mal quand on meurt ? demanda Marta. Ou est-ce qu'on est déjà mort avant que ça fasse mal ?

— Aucune idée. Vous devez sortir d'ici. Je suis responsable de ces buissons et ça ne me plaît pas du tout de vous voir ramper là.

Elle chassa les deux fillettes à l'air libre. Jan se tenait près de la fosse, il récupéra ses enfants.

— À tout à l'heure, dit Frida en adressant un signe à Gesine.

Elle fit comme si elle n'avait rien entendu.

CARNET DE NOTES

Rhododendron

Buisson ornemental à fleurs, apprécié tant dans les espaces publics que privés. On dénombre des centaines d'espèces et des milliers de variétés. Parmi les sous-genres, l'azalée.
Feuillage persistant ou estival.
Feuilles protéiformes : lancéolées, elliptiques, orbiculaires. Présentent des glandes, des poils, des écailles ou des tiges laineuses. Ressemblent souvent aux feuilles de laurier.
Fleurs abondantes et de différentes couleurs, souvent odorantes, inflorescence isolée ou en corymbes, généralement terminales.
Substance toxique de la famille des diterpènes.
Le poison se trouve dans les feuilles, les fleurs, le nectar et les fruits.
Hypersalivation, vomissements, diarrhées, douleurs abdominales, crampes, sensations de brûlure cutanée ou perte de sensibilité, chute de la tension sanguine, perturbation du rythme cardiaque, évanouissements.
Charbon actif, 1,5 gramme par kilogramme de poids corporel. Hydratation abondante.

2

Les branches rouges du cornouiller cognaient contre les vitres de la voiture. Le vent s'était levé et soulevait des courants d'air chaud sur le cimetière. Il venait du Sahara et, comme l'avait annoncé la météo, il charriait avec lui le sable du désert. Une fine couche s'était déjà déposée sur la carrosserie noire.

Gesine s'enfonça profondément dans son siège. Elle avait conduit le pick-up le long d'une allée, au fond, pour se protéger des personnes venues assister à l'enterrement. Le plateau était vide, mis à part les caisses de buis. Elle n'avait pas beaucoup avancé. Et, surtout, elle n'avait pas réussi à s'échapper du cimetière avant le début de la cérémonie.

Au lieu de ça, elle avait perdu tout contrôle. Prise de vertiges après avoir quitté la fosse et les fillettes, elle avait titubé jusqu'aux sanitaires accolés à la chapelle pour s'y rafraîchir. Mais les vertiges n'avaient pas cessé et son angoisse s'était encore amplifiée lorsqu'elle avait croisé son reflet dans le miroir au-dessus du lavabo. Ses taches de rousseur, ses cheveux acajou collés de sueur. Elle avait fini par s'enfermer dans les toilettes pour retrouver son calme, assise sur la lunette des W.-C. Inspirer, expirer.

Quand elle avait entendu Hannes arriver avec le corbillard, elle avait pris son portable avec soulagement pour l'appeler et lui dire ce qui se passait. Mais Hannes n'était pas seul. Natacha était avec lui et arpentait le parvis en jacassant. Il fallait que ça arrive aujourd'hui. Impossible d'avoir une conversation en tête à tête. Elle avait éteint son portable, renoncé à composer le numéro, et était restée dans les toilettes. Comme d'habitude, il faudrait qu'elle s'aide elle-même.

Inspirer, expirer.

Pendant ce temps, Natacha se moquait de Hannes car il appelait Gesine et la cherchait au lieu de se mettre au travail. Elle avait un sacré culot pour une employée en intérim. Les portières du corbillard avaient claqué, puis Natacha et Hannes étaient entrés dans la chapelle, dont les vantaux s'ouvraient sur les sanitaires. Gesine avait entendu des talons claquer sur le carrelage imitation ardoise, des chaises grincer.

Comme toujours, Hannes s'apprêtait à transformer la chapelle lugubre en un lieu intime. Avec des tentures colorées là où le mur était sale, des bougies là où les regards ne devaient pas s'attarder. Un décor parfait pour essuyer ses larmes. Mais, cette fois, Hannes aurait honte quand il apprendrait pour qui il décorait ce lieu de recueillement.

Inspirer, expirer, ne pas regarder sa montre. Compter les carreaux des toilettes. Ce n'était pas un problème de s'aider soi-même. Ça prenait juste un peu plus de temps.

Gesine avait réussi à quitter les sanitaires au moment où les réglages de la sono avaient retenti dans la chapelle. Sa tête ne tournait plus et elle se sentait un peu mieux, mais voilà que les gens s'approchaient. De nombreuses voitures s'étaient garées sur le parking et les premiers groupes se formaient devant le portail. Comment atteindre la sortie sans qu'on la voie, sans qu'on lui adresse la parole ?

Elle s'était glissée jusqu'à son pick-up qui se trouvait toujours près de la chapelle et avait refermé la portière, sans bruit. Elle avait roulé en sous-régime dans l'allée du fond jusqu'au cornouiller, sous lequel elle était venue abriter sa voiture. Et elle s'était mise à attendre, aux aguets. Dès que les gens auraient pénétré dans la chapelle, elle filerait en douce.

Le sable du désert s'était déposé sur la carrosserie telle une épaisse couche de ouate. Malgré la fenêtre ouverte, le soleil avait chauffé la cabine et les cacahouètes que Gesine sortit de la boîte à gants étaient collantes de sel. Midi avait passé, elle attendait depuis un bon moment dans la voiture, et pourtant les allées étaient toujours encombrées de gens. Personne ne semblait pressé d'entrer dans la chapelle. Avec toute cette affluence, la cérémonie prenait du retard.

Elle se pencha par la fenêtre et présenta son visage aux bouffées de vent chaud. Un groupe d'enfants remontait l'allée principale derrière elle. Probablement des amis de Marta et Frida. Comme ils étaient calmes et minuscules sous les arbres imposants ! Cette vision lui serra le cœur.

Elle épia de l'autre côté, à travers les buissons, en direction du parvis de la chapelle. Est-ce qu'on pouvait distinguer Jan et les jumelles ? Oui, et voilà qu'ils étaient vêtus de vêtements sombres à présent, pour la cérémonie, ce qui attirait l'attention sur eux car les autres personnes portaient des couleurs vives. On avait sans doute indiqué « pas de tenue de deuil » sur le faire-part. Mais pourquoi justement Jan ne s'y était pas tenu ?

Gesine rentra la tête pour boire à sa gourde. L'eau était chaude, évidemment.

Jan qui transpirait ce matin dans sa chemise bleue. Jan qui avait dévisagé Gesine dans la chapelle quand il avait compris qui se tenait devant lui. Jan qui avait insisté sur le fait que sa femme n'était pas suicidaire, même si elle s'était couchée sur les rails.

Déchiquetée. Un acte décidé, désespéré. Une façon particulièrement brutale de mourir.

Est-ce que ça fait mal quand on meurt ? Ou alors est-ce qu'on est déjà mort avant que ça fasse mal ?

Une question délicate.

Gesine revissa le bouchon de la gourde. Ça bougeait un peu aux abords de la chapelle. Enfin. Un mouvement général qui convergeait vers Jan. Il serrait des mains, les groupes défilaient devant lui. Une procession qui, étrangement, se déroulait dos à la porte d'entrée. Toujours fermée ! Il y avait de quoi devenir folle.

Pas de traces de ses parents, au moins. Quelques personnes étaient familières à Gesine, mais de loin. Elles appartenaient à une autre vie, lorsqu'elle prenait encore plaisir à voir des gens.

Elle rentra sa tête à l'intérieur de l'habitacle et régla le rétroviseur. Continuer à attendre, continuer à épier, et ça serait bientôt fini. Pourvu qu'elle s'y tienne. C'était contre sa nature d'allier passivité et nervosité.

Ce matin, rien ne laissait présager tout ça. Elle avait débuté la journée avec optimisme, paisible dans sa routine quotidienne. Elle avait ouvert les fenêtres du camping-car bien avant l'aube et préparé son café. Elle s'était enveloppée dans une couverture et s'était assise devant la porte, comme chaque jour. Le pré était trempé, les semelles de ses bottes en caoutchouc glacées, mais elle ne bougeait pas les pieds, et le soleil s'était levé d'un coup. Il était apparu soudain derrière la forêt, et il avait suffi à Gesine de déplacer de quelques mètres sa chaise de camping pour sentir les rayons sur son visage. Ils étaient chauds, doux et prometteurs. Le café fumait, Gesine avait le nez qui coulait, et Josef, le paysan, était arrivé. Il portait sur lui l'odeur du savon qu'il utilisait pour se raser. Sa veste en cuir craqua au moment où il posa son tabouret près de la chaise de camping. Pas trop près. Elle avait croisé les jambes. On entendait le cliquetis des chaînes dans l'étable à côté. Où était passé le chien ?

Elle avait fait un geste vers la bouteille Thermos posée à terre et écouté avec plaisir le vieux paysan verser du café dans sa tasse en plastique. Encore cette tasse noir et blanc, cet atroce produit publicitaire pour la laiterie. Et puis Josef avait ri. Il trouvait drôle qu'ils soient tous deux assis là. Lui, dans le pré à côté de l'entrée de sa ferme, au lieu d'être dans la cuisine, penché sur son journal comme tous les autres vieux paysans, et elle devant son camping-car dont elle aurait pu enlever la plaque d'immatriculation depuis bien longtemps. Elle savait qu'elle ne bougerait plus d'ici. Elle ne quitterait jamais ce pré.

Elle avait laissé rire Josef et s'était retirée à l'intérieur, pour faire des œufs brouillés. Juste pour cette fois. Il avait haussé les épaules.

— Je n'ai pas souvent le temps de prendre le petit déjeuner avec toi, de toute manière.

Mais elle l'avait observé, tenir son assiette avec précaution, en équilibre sur ses genoux et manger son toast par bouchées minuscules, pour ne pas le finir trop vite. Ça faisait quinze ans déjà que sa femme était morte, et elle lui manquait chaque jour. Il veillait systématiquement à ce que sa chaise soit libre dans la cuisine. À donner la chair de poule.

Plus tard, après le petit déjeuner, Gesine s'était dépêchée d'arriver à l'heure à la pépinière, laissant les assiettes sales dans le petit évier, le lit défait à l'arrière du camping-car. C'était parce qu'elle était en retard qu'elle avait jeté sans les lire les ordres de mission que son chef lui avait fourrés dans la main. Elle avait chargé les couronnes de fleurs dans le pick-up sans regarder les rubans. Elle avait juste pris connaissance du nom sous lequel se déroulait l'enterrement : ALVAREZ, écrit en lettres capitales. Pour elle, ça n'évoquait rien du tout.

Enterrement ALVAREZ, cimetière-est, chapelle complète.

Le cornouiller se balançait tranquillement sous le vent. Le sable sur le pare-brise rendait l'observation de plus en plus difficile, mais on pouvait entendre les murmures sur l'esplanade de la chapelle depuis le pick-up. Chacune des personnes présentes semblait avoir quelque chose à partager. Un susurrement pleurnichard. Des quintes de toux. Il fallait remonter les vitres pour s'en protéger.

Si seulement il ne faisait pas si chaud dans l'habitacle.

Et si seulement ce n'était pas si déprimant de rester bloquée une éternité dans cette voiture à scruter les alentours, comme la policière d'autrefois et non la femme qu'elle était aujourd'hui, agent d'entretien de cimetière, avec une vie radicalement nouvelle.

C'en était trop. Gesine ouvrit la porte et sortit dans les branches du cornouiller. Un lapin pointa son nez hors d'un buisson, tétanisé, avant de disparaître. Mais qui venait, là ? Il y avait encore des gens qui empruntaient l'allée principale pour aller à la chapelle ! Un taxi collectif se tenait devant le grand portail. Cette cérémonie allait-elle s'achever un jour ?

Elle ferma le pick-up à clé et s'éloigna, tête baissée, loin de la grande allée. Elle se dirigea à toutes jambes vers le carré D, contigu au carré C, où une petite porte latérale s'ouvrait sur la forêt. La seule solution. Il lui faudrait revenir chercher la voiture plus tard, dans la soirée, quand l'air serait pur.

À travers le cimetière, elle se mit presque à courir, les muscles tendus. Les bruits du parvis s'estompaient peu à peu, les oiseaux gazouillaient dans le bruissement des pins. Une vieille dame qui ratissait sa parcelle lui fit un signe. Gesine ralentit la cadence. Il valait mieux relever la tête, à présent, ne pas se faire remarquer. Elle lui rendit son salut d'un air réservé et la vieille dame se remit à la tâche.

Irait-elle à l'enterrement tout à l'heure ? Poserait-elle son râteau pour demander de qui il s'agissait ? On la renseignerait sans doute à ce sujet : une femme s'était couchée sur les rails le jour de son anniversaire de mariage, seule dans le noir, pendant que son mari et ses enfants dormaient dans la maison.

Mareike.

Le faible reflet des rails dans la nuit. L'odeur de produit imperméabilisant qui remontait des traverses. Le ballast. Puis le grondement du train en marche, qui s'amplifiait rapidement, dur, un aboiement presque assourdissant. À quoi Mareike avait-elle pensé à ce moment ? À sa culpabilité d'autrefois, sa culpabilité sans fond ?

Hors d'haleine, Gesine suivit le chemin qui bifurquait. Sa peau tiraillait, comme si la poussière en suspens dans l'air s'était mêlée à la sueur de son visage. Elle s'essuya le front. Les grains qui se formèrent lui raclèrent les joues.

— Gesine ?

Elle se retourna brusquement. Cette voix.

— Gesine ! C'est pas vrai !

Une silhouette se dressait sur le sentier qui conduisait aux concessions de gauche. L'image vacilla devant les yeux de Gesine. Des taches de lumière tremblotaient dans l'ombre. Mais l'identité de la personne ne laissait pas le moindre doute.

— Maman ?

Un mot qu'elle n'avait plus jamais voulu prononcer.

Sa mère resta muette. Sa main levée faisait de grands signes vers l'arrière. Le père de Gesine apparut à l'autre bout du sentier. Avec Hannes à ses côtés !

— Tu oses venir à l'enterrement ! s'écria son père.

Hannes le dépassa.

— Mais où étais-tu, Gesine ?

Elle ouvrit la bouche et la referma. Ses pieds étaient devenus trop grands dans ses bottes de travail. Elle sentit le sang affluer violemment à ses tempes. Dix ans s'étaient écoulés, comme ses parents avaient vieilli ! Les cheveux blancs de son père étaient désormais clairsemés, la mèche de sa mère, savamment enroulée au-dessus des oreilles.

Hannes prit Gesine dans ses bras.

— Je suis au courant, lui glissa-t-il à voix basse. J'ai vu la photo dans la chapelle.

Elle se dégagea de son étreinte. Bien sûr, le portrait. Comment avait-elle pu oublier ? La grande photo qu'on installait toujours au pied du cercueil.

Son père se campa fermement sur ses jambes écartées.

— Comment oses-tu ?

Son front était écarlate.

— Je ne suis au courant que depuis ce matin.

La langue de Gesine collait à son palais.

— Tu travailles à la pépinière ? demanda sa mère.

Gesine lui aurait volontiers répondu, elle lui aurait même tendu la main. Cependant sa mère s'accrochait à son mari et posait déjà la question suivante.

— Mais qu'est-ce que tu as fait ?

Sa voix paraissait plus grave qu'autrefois. De fines ridules couraient depuis ses lèvres pleines. Ses pommettes hautes étaient brillantes, son visage devait toujours lui coûter des fortunes. Pourtant, le regard qu'elle destinait à Gesine était sombre, pesant. C'était le regard d'une étrangère qui veut rentrer à la maison.

Hannes ouvrit grand les bras.

— Veuillez me suivre à la chapelle maintenant, monsieur et madame Augenthaler.

Le père de Gesine abaissa le menton sur sa poitrine et observa Hannes du coin de l'œil.

— Vous êtes acoquiné avec Gesine depuis le début ? Un opérateur de pompes funèbres qui empoche notre argent sans nous dire à qui on a affaire ?

Hannes resta calme.

— Vous vous méprenez sur la situation, monsieur Augenthaler.

— Non. La police va penser que nous sommes cinglés de nous être adressés à vous.

— La police ?

Gesine se raidit.

— Tu as Mareike sur la conscience ! s'écria sa mère en la montrant du doigt.

De surprise, Gesine laissa échapper un son qui ressemblait à un rire.

— J'ai toujours su que tu te vengerais de ta sœur un jour, déclara sa mère.

— Mais je n'ai pas vu Mareike depuis dix ans ! s'exclama Gesine.

— Ce n'est pas ce qu'elle nous a dit.

— Alors elle a menti ! Je ne savais même pas qu'elle était revenue d'Espagne.

— Vous vous êtes vues ici, dans ce cimetière. La dernière fois, c'était il y a deux semaines.

— Non !

— Madame Augenthaler, vraiment, ça ne peut pas être vrai, intervint Hannes.

Le vent poussa le son de cloche de la chapelle jusqu'au fond du cimetière. Les parents de Gesine dressèrent l'oreille.

— Inutile de discuter de tout ça, dit son père, la police va faire son travail.

Il poussa sa femme sur le sentier et ils s'en allèrent ensemble, imperturbables, sans même se retourner.

3

Quand on venait pour la première fois au cimetière-est, on avait toujours peur de se perdre. Les arbres étaient hauts, les buissons touffus, les chemins tortueux. Impossible de comprendre l'agencement des lieux. Ni les puits ni les poubelles ne semblaient avoir été disposés selon la moindre logique. Il n'y avait rien qui permette de s'orienter et derrière chaque virage apparaissait un nouveau paysage. Tantôt les tombes étaient alignées de part et d'autre d'une allée de pierres, tantôt elles se cachaient dans des niches envahies par la végétation. On tombait parfois sur une pelouse dégagée où poussaient, çà et là, des arbres solitaires avec des bouquets de fleurs sur leurs branches et des cœurs gravés sur leurs troncs. Ou alors sur des parcelles entières en friche où personne ne semblait avoir mis les pieds depuis des décennies.

C'était un vieux cimetière qui occupait une immense superficie à la périphérie de la ville, en bordure de forêt. Seule une partie des concessions était occupée : le cimetière avait été créé sous la pression des deux guerres mondiales, à une époque où on prévoyait des montagnes de cadavres. Mais une fois que les guerres avaient cessé, tout comme les épidémies et les catastrophes naturelles, l'administration avait changé d'approche. Elle avait commencé à se plier à l'air du temps et, dans ce but, mit à profit l'espace disponible, en ouvrant un carré pour chaque nouveau type d'obsèques. Les vieux tombeaux de famille et les fastueuses tombes individuelles étaient restés en place, mais l'administration proposa aussi des concessions sobres selon des conceptions plus modernes. Elle dégagea une nouvelle allée pour les urnes et, plus tard, offrit même la possibilité de les enfouir sous des arbres. Les anonymes avaient obtenu leurs propres parcelles au fil du temps, sur une surface généreuse. Et, bien entendu, il y avait une partie du cimetière consacrée aux tombes d'enfants, avec un fonctionnement bien spécifique. Les parents endeuillés pouvaient décorer et installer les tombes comme bon leur semblait.

On avait fini par tout renuméroter, carré par carré, mais l'administration n'avait pas eu assez d'argent pour installer des plans ou des panneaux indicateurs.

Gesine s'était perdue, elle aussi, la première fois qu'elle était venue au cimetière-est. Pis, elle s'était complètement égarée et avait même appelé au secours, ce qui, à vrai dire, n'était pas uniquement dû à l'absence de panneaux.

C'était il y a dix ans. Une journée de plein été au ciel lourd, dont l'atmosphère semblait peser sur la terre. Gesine avait pris rendez-vous avec le conservateur du cimetière pour choisir une concession. Une concession qui devait lui plaire, dans la mesure du possible car, on le lui avait dit au téléphone, la tombe l'accompagnerait pour le restant de ses jours.

Malheureusement, le conservateur du cimetière était en retard et Gesine dut l'attendre au portail. Attendre et rester sans bouger lui était soudain apparu absurde et, au bout de quelque temps, elle avait décidé d'explorer seule le cimetière.

Pour elle, c'était un parc tombé dans l'oubli. Des chemins perdus, le silence. Quelques arrosoirs alignés près de l'entrée, quelques chariots à bras dont personne ne semblait se servir. Un jardinier passa devant elle sur un petit tracteur, puis le silence envahit à nouveau les lieux.

Elle prit l'allée principale qui conduisait à la chapelle. Là-haut, elle croisa un couple très âgé. L'homme et la femme vêtus de noir avançaient comme en flottant. L'homme tenait un râteau, la femme portait un arrosoir et un sac à main dont s'échappait une rose rouge. Après les avoir vus, Gesine se détendit. « Je ne rentre pas du tout dans le public cible, je le savais bien », pensa-t-elle, et elle s'engagea dans un sentier latéral.

Sur le bitume, des pneus avaient laissé des traces terreuses. Un puits était envahi par les buissons. Sur un banc était assise une femme aux boucles blanches ondoyantes. Elle posa les yeux sur Gesine qui ne réagit pas, gardant les épaules raides et les yeux rivés droit devant elle.

Qu'aurait-elle bien pu faire d'autre ? Un hochement de tête, même bienveillant, aurait donné une fausse impression. Il aurait laissé penser que Gesine était liée d'une manière ou d'une autre à cette femme, comme si toutes deux avaient perdu autant dans ce cimetière, ce qui n'était pas vrai. Tout simplement.

Gesine y voyait plus clair à présent, elle était ici par méprise, voilà tout. Les détails demeuraient flous, mais quelque chose ne tournait pas rond. Une incompréhension, une grossière erreur l'avaient menée dans ce lieu. Tout allait certainement finir par s'expliquer dès l'instant où elle rentrerait chez elle.

Où se trouvait donc la sortie ? Pourquoi n'y avait-il pas de panneaux d'indication ? Rien que des arbres, des buissons, des pierres, des fontaines, des dalles de deux mètres sur un.

Elle marchait de plus en plus vite, repassa devant la femme sur le banc et voulut s'arrêter pour lui faire part de ce malentendu. Mais, sans savoir pourquoi, elle ne pouvait pas cesser de courir. Peu après, elle ne fut pas non plus en mesure de dire comment elle se retrouva accrochée au distributeur automatique de cierges, ce tas de ferraille qui lui avait paru cynique quand elle l'avait vu, quelque temps plus tôt. Elle s'y accrochait, c'est tout, sanglotant et criant. Quand la femme aux boucles ondoyantes la rejoignit et lui prit la main, elle la laissa faire.

Dans la loge du gardien, on lui donna une serviette humide et une tasse de café noir. On fit venir le conservateur du cimetière, et Gesine réclama qu'on lui donne son dossier d'inscription. Il ne s'agissait que de cases à cocher, de renseignements brefs sur le type de tombe qu'elle désirait, mais le texte suffit à l'aider. Elle se souvint de tout. Ce n'était ni une erreur, ni un malentendu, ni un accident qui l'avait conduite ici – même si certains s'obstinaient à utiliser ce mot : accident. Elle l'appela homicide et, après l'avoir appelé homicide, elle se calma, toujours dans la loge du gardien.

Elle retrouva un état alliant réflexion et froideur, comme si elle était là pour le travail.

Dans son métier, Gesine ne connaissait pas la peur de la mort. Au contraire, elle aimait même la plupart des décès auxquels elle était confrontée, car ils offraient des énigmes passionnantes. Pour elle, chacun des échelons qu'elle avait gravis depuis sa formation à la brigade criminelle étaient constitués d'un capital de crimes élucidés. Elle était douée. Et puisque la mort l'avait souvent poussée à exceller, aujourd'hui, elle allait bien réussir à venir à bout de cette visite au cimetière.

Elle tendit la main au conservateur et lui dit :

— Montrez-moi un endroit protégé. Un endroit où je pourrai être seule, plus tard.

Et il partit avec elle.

Le carré des enfants se situait à l'écart. Des animaux en peluche aux couleurs passées, une poupée avec de la mousse sur la tête. Des livres d'images dont la reliure était gondolée, et d'autres albums aux couvertures brillantes. Des hochets flambant neufs. Kitschissimes à souhait. Gesine fronça les sourcils. Elle ferait les choses autrement.

Elle choisit une concession entourée de tombeaux visiblement plus anciens. Il n'y avait plus de cierges allumés là, on n'y passait pas le râteau, les mauvaises herbes y étaient abondantes. Les parents de ces enfants devaient avoir une nouvelle vie maintenant. On pouvait être tranquille.

À cinq mètres de là, sous un buisson, se trouvait un banc en plastique dont personne ne s'occupait plus. D'un air gêné, le conservateur en essuya le dossier mais Gesine était satisfaite de ce qu'elle voyait. Elle pourrait couper les branches pour libérer le banc puis nettoyer la mousse. Elle pourrait s'asseoir là pour regarder la tombe. Elle pourrait peut-être avoir quelques conversations avec son fils décédé. Plus tard, quand tout serait réglé.

Elle en parla avec son mari. Klaus était d'accord. Ils ne parleraient de la tombe à personne, ils diraient qu'ils avaient opté pour l'incinération. Ainsi, ils n'auraient pas besoin d'inviter qui que ce soit à l'enterrement et ne seraient pas dérangés une seconde dans leur deuil. Ils avaient perdu leur enfant parce qu'ils l'avaient confié à d'autres. Maintenant qu'il était mort, ils voulaient l'avoir pour eux seuls dans la tombe où il reposerait.

Lorsqu'ils annoncèrent aux amis et à la famille qu'ils souhaitaient incinérer leur fils, ils passèrent pour des monstres d'insensibilité. Les parents de Gesine crièrent au scandale. Pas d'endroit pour se recueillir, pas d'endroit pour se souvenir du pauvre petit Philipp ! Ils ne saisissaient pas. Tout au plus pouvaient-ils incriminer la mauvaise conscience supposée de Gesine. On s'était brouillés sur cette question depuis longtemps déjà, et Gesine s'en fichait. Elle ne se prononçait plus sur rien, et bientôt elle serait tranquille avec son enfant. Après l'enterrement, sur le banc en plastique, avec son mari Klaus, devant la tombe.

Mais c'était sans compter sur son état, ni sur celui de son couple.

Tout allait de travers.

L'enterrement se déroula sans que Gesine y prenne part consciemment. La fosse fut remplie de terre et le parterre décoré sans qu'elle y jette un œil. Elle n'y arrivait tout simplement pas, elle ne pouvait pas s'en approcher. Une fois que la tombe fut refermée, elle se trouva dans l'incapacité de s'y rendre.

Il en allait de même pour Klaus, peut-être même pire. Il n'approcha pas de la tombe et ne s'approcha plus de Gesine une fois qu'il comprit sa responsabilité dans la mort de Philipp.

Les choses devinrent difficiles pour Gesine qui trouva refuge dans une forme de torpeur. Ce qui s'était passé avait disparu, et ce qui allait se passer n'avait plus la moindre importance.

Lorsque, de temps à autre, elle tentait de retenir l'une des pensées qui filaient dans sa tête, elle revenait toujours à la question du cimetière. Un sentiment de culpabilité se formait chez elle, mais il était très flou et n'avait rien à voir avec la tombe à proprement parler. Le seul détail dont elle se souvenait était ce banc enfoui sous les branches. Le conservateur du cimetière l'avait certainement dégagé depuis, et il devait être froissé qu'elle ne s'en serve pas. À cette idée, il lui arrivait parfois de prendre son vélo et de passer devant la loge du gardien, de monter une partie de l'allée, presque jusqu'à hauteur des tombes d'enfants, mais elle faisait demi-tour. Elle retournait en courant à son vélo et s'en allait à toute vitesse.

Les semaines s'écoulaient et des gens manifestaient parfois le désir de l'aider. Son chef lui avait écrit une première lettre au bout de deux mois. *Toutes mes condoléances* etc., puis : *Personne n'est voué à se repasser indéfiniment le même film. Fais la paix, Gesine, tu ne peux pas remonter le temps. Mais avec nous, avec tes collègues policiers, tu peux retrouver une partie de ton quotidien.*

Trois semaines plus tard, le chef avait sonné à la porte en personne. C'était le matin, l'automne était entre-temps arrivé, Gesine lui avait ouvert enveloppée dans un épais peignoir.

— Je suis toujours en congé maladie, dit-elle.

— C'est faux et, de toute façon, tu ne vas jamais chez le médecin.

Il portait ces grosses bottes d'intervention que Klaus avait toujours aimé avoir aux pieds. Gesine crut éclater en sanglots lorsqu'elle entendit les semelles crisser sur le carrelage. Elle partit se réfugier dans la cuisine. Il prit son geste pour une invitation et s'assit à côté d'elle, les mains croisées sur la table.

— Je ne vais pas tourner autour du pot, Gesine. Pour nous, il n'y a plus d'enquête à mener sur la mort de votre fils. L'affaire est close, si tant est qu'il y ait eu une affaire.

— Ce n'est pas à toi d'en décider.

— C'est déjà décidé.

— Tu t'inclines devant mes parents, c'est ça ? Je sais qu'ils veulent étouffer ce qui s'est passé.

L'envie de pleurer passa. Son chef fit craquer les articulations de ses doigts.

— Je t'en prie, dit-il, c'est aussi aller dans ton sens que de ne pas redéballer éternellement toute cette malheureuse histoire.

— Ce n'était pas une malheureuse histoire.

— Un accident.

— Non ! Un homicide !

— Et qui l'a tué ? Celle qui a planté l'aconit sur la terrasse ?

Tout le sang de Gesine descendit dans ses jambes. Elle voulut se lever, chancela et fut incapable de lui résister lorsqu'il la rassit sur sa chaise.

Son chef, lui aussi, avait les larmes aux yeux.

— Je suis désolé, mais il faut parler franco.

— Tu dis seulement ce qui arrange mes parents. Et Klaus joue aussi un rôle là-dedans, j'en suis sûre. (Elle avait la voix d'une vieille femme.) Qu'est-ce que Klaus t'a raconté ? demanda-t-elle.

— C'est ton mari, enfin. Il ne nous a rien raconté. Rien qui puisse nous aider ou vous aider d'une manière ou d'une autre.

Klaus évitait toute discussion, bien entendu. Tourner la page, se taire, oublier. Et, finalement, il avait réussi à retourner travailler comme si de rien n'était. Deux ou trois semaines de pause, puis il était reparti au commissariat s'occuper de ses morts inconnus. Des accidents d'inconnus, des meurtres d'inconnus. Et si on lui demandait s'il lui était encore possible de vivre aux côtés de Gesine, il devait sans doute faire non de la tête.

Gesine aurait aussi fait non de la tête si on lui avait posé cette question. Elle ne pouvait plus supporter Klaus. Il ne lui pardonnerait jamais. Il la maudirait pour toujours parce que Philipp serait encore en vie si elle n'avait pas été assez stupide pour planter cet aconit à côté de la terrasse et laisser Mareike entrer dans la maison.

— Klaus aimerait bien venir te voir, dit le chef. Mais bon, venir te voir, qu'est-ce que ça veut dire ? C'est aussi sa maison. Tu ne peux pas l'exclure à vie.

— Donc il t'a envoyé ?

— Personne ne m'envoie, Gesine. Je veux que tu reviennes travailler. Tu es sur le point de devenir l'une de nos meilleures enquêtrices. Je ne vais pas te lâcher comme ça.

Elle se remplit un verre d'eau au robinet et secoua la tête.

— Dis à Klaus qu'il peut revenir quand il veut. Qu'il n'ait pas peur de me croiser.

— Qu'est-ce que tu veux dire par là ?

— Je vais le laisser tranquille. Je vais tous vous laisser tranquilles à partir de maintenant.

— Il va y avoir des conséquences si tu ne reprends pas rapidement ton poste. Mets-toi en congé, au moins officiellement !

— De quelles conséquences parles-tu ? Tu crois vraiment que j'ai encore peur de quoi que ce soit ?

Alors le chef se dressa dans ses bottes et lui posa ses grosses pattes sur les épaules. Il lui embrassa même les cheveux.

— Bon sang, Gesine, ne fais pas de conneries.

Elle se mit à rire, hystériquement, mais d'un rire qui venait du cœur, comme si la phrase qu'il avait prononcée avait fait lâcher en elle la dernière soupape de sécurité.

À un moment, son chef partit parce qu'il ne supportait plus son rire, et elle se dépêcha alors de fourrer quelques affaires au fond d'un sac. Elle déposa les clés de la maison et de la voiture sur la table de la cuisine, avec ce mot : *Klaus, si seulement tu savais à quel point je suis désolée.*

Et une autre existence commença. Sans maison, sans travail, sans contact avec les gens qu'elle avait connus auparavant. C'était comme devenir une nouvelle personne. Tous les compteurs remis à zéro.

Enfin presque tous. L'aconit ne lâchait pas Gesine. C'était la plante la plus toxique d'Europe, et elle n'en avait rien su.

Elle élut domicile dans une bibliothèque et se plongea dans tous les ouvrages spécialisés. Elle parcourait les sites internet des centres antipoison dont elle retranscrivait méticuleusement toutes les informations. Elle apprenait. Les plantes les plus toxiques étaient souvent les plus belles. Des fleurs de couleurs vives, des parfums pénétrants. Il ne fallait pas se laisser envoûter.

Un jour, alors qu'elle était de nouveau envahie par son sentiment de culpabilité – parce qu'elle décevait le conservateur en n'utilisant pas le banc en plastique –, elle entra dans le cimetière, un carnet de notes à la main. Elle voulait connaître le nom des arbres et des buissons qui étaient plantés là, savoir quelles plantes poussaient sur les différentes tombes. Elle ne s'approcha pas beaucoup du carré des enfants ce jour-là, mais elle collecta des feuilles, des bouts d'écorce et des fleurs. Elle les compara avec les images des livres de la bibliothèque, elle catalogua ses trouvailles et cartographia le cimetière du mieux qu'elle le pouvait. Elle continua ce travail le jour suivant, celui d'après aussi, et finit par se promener quotidiennement entre les tombes, son carnet de notes à la main. Entre les tombes des adultes.

Le gardien lui adressa la parole. Il avait été effrayé en la reconnaissant. La femme qu'il avait calmée quelques mois plus tôt en lui offrant une serviette humide traînait maintenant dans les parages comme une clocharde. Pas lavée, la veste et le pantalon sales, les cheveux ébouriffés. Une sans-abri ? Quand est-ce qu'elle avait mangé un plat chaud pour la dernière fois ?

Gesine but le bouillon qu'il avait réchauffé à l'aide du petit réchaud de sa loge. Elle éloigna le pot de fleurs sur le rebord de la fenêtre dans lequel il avait placé des boutures de laurier-rose et lui lut la notice correspondante dans son carnet. Elle se sentit bien pendant un instant car elle était enfin en mesure de se rendre utile.

Le lendemain, elle parla au gardien de tout le reste de la famille des Apocynacées. Il l'écouta et lui offrit un livre : la brochure du cinquantième anniversaire du cimetière-est. La flore et la faune y étaient très exactement répertoriées. Pour le reste, il laissa Gesine tranquille, tellement tranquille qu'elle revint jour après jour.

Une nouvelle routine s'installa. Elle arrivait au cimetière le matin, buvait ou non un café dans la loge du gardien et remontait l'allée, son carnet de notes à la main. Elle poussa chaque fois un peu plus loin, jusqu'à arriver après quelques semaines aux abords du carré des enfants. C'était suffisant. Elle revint ensuite tous les jours au même endroit pour faire une pause. Loin de la tombe où reposait son propre enfant, mais plus près que jamais.

Les agents d'entretien du cimetière s'habituèrent à sa présence. Ils conduisaient des pick-up verts, se mirent à la saluer et, au bout de quelque temps, ils eurent des conversations avec elle. Gesine leur posait des questions, partageait avec eux ses connaissances et bientôt on parla boutique. Ils furent naturellement plusieurs à essayer d'en apprendre davantage sur la vie de Gesine ou bien de lui donner rendez-vous de l'autre côté, loin des tombes. Mais elle faisait non de la tête, satisfaite d'être devenue un factotum du cimetière.

Puis une épidémie de grippe survint. Comme la moitié de l'équipe d'entretien était hors service, Gesine n'hésita pas à proposer les siens. Elle pelleta du remblai dans une fosse ouverte. La terre était humide, ça sentait fort l'argile et le sable. Elle se fit une ampoule à la main et, le soir même, elle arrivait à peine à lever les bras. Pourtant elle n'avait pas passé une aussi belle journée depuis longtemps. Ça faisait deux ans que son fils était mort.

Hannes Van Deest, le jeune opérateur de pompes funèbres, observait de loin cette étrangère s'installer dans le cimetière. Il l'avait trouvée bizarre avec son carnet de notes, ses sourires le rendaient parfois nerveux. Mais il tiqua lorsqu'il la vit aider les jardiniers sans demander pour autant la moindre rémunération.

Il récolta des informations sur elle auprès du gardien et put se faire une idée de son histoire. Cela ne le fit pas fuir, au contraire. Lorsque Gesine porta des couronnes dans la chapelle pour la première fois, il l'entraîna dans une conversation. Il lui demanda si elle pouvait l'aider à décorer et il observa avec intérêt la manière dont elle se comportait face au cercueil. C'était un grand cercueil, avec un cadavre lourd à l'intérieur. Elle ne montra aucune crainte en épinglant des œillets dessus.

— Où est-ce que tu habites ? chercha-t-il à savoir.

— Par-ci, par-là.

— Tu as un travail ?

— Non, j'en ai plus.

— Est-ce que les jardiniers te payent ?

— Ça me fait plaisir de les aider.

Combatif par nature, Hannes Van Deest se frotta aux jardiniers. Il découvrit qu'ils utilisaient Gesine. Qu'ils buvaient de la bière derrière la chapelle pendant qu'elle comblait des fosses. Il fit en sorte que les pourboires venant des familles lui aillent dans ses poches à elle, au moins. C'était vraiment une aubaine pour elle car, depuis son divorce, le solde de son compte en banque avait connu une baisse vertigineuse. Mais elle demanda tout de même à Hannes de trouver un terrain d'entente avec les jardiniers, car il était hors de question qu'elle arrête de travailler avec eux.

Quand le printemps arriva, Hannes avait l'habitude de prendre sa pause en même temps que Gesine.

— Est-ce que tu penserais que je travaille dans les pompes funèbres si tu me croisais par hasard dans la rue ?

— Oui, quand même.

— Pourquoi ?

— Ton costume. Tes chaussures. Tout est un peu forcé.

— Trop noir ?

— Trop manifestement triste et pas assez élégant. Et à ton âge, en plus.

— Super. J'ai besoin de tes conseils pour m'habiller.

Le lendemain après-midi, ils partirent en ville. Gesine laissa derrière eux les grands centres commerciaux et se dirigea vers les boutiques de confection pour homme. Hannes la suivit avec ravissement. Le complet marron chocolat fut celui qu'elle préféra. Et c'était encore mieux quand il portait sur la chemise caramel. *Tes yeux prennent alors une teinte de miel,* lui dit-elle, et il acheta le tout.

Le soir, quand ils trinquèrent à la terrasse d'un café au succès de leurs achats, Hannes faillit embrasser Gesine. Mais, au dernier moment, elle retira sa tête et se mit à parler. Comment ça s'était passé. Ce que l'enquête avait conclu sur la mort de son fils. Qu'elle n'était jamais allée sur la tombe de Philipp depuis son enterrement.

Hannes prit les choses en main. Il discuta avec Gesine des plantes qui convenaient et planta un parterre multicolore sur la tombe de l'enfant. Il prit une photo qu'il ne lui montra pas.

Il entra également en contact avec le responsable des jardins. Il n'eut pas besoin de lui mettre la pression et se contenta d'évoquer le travail au noir et l'exploitation de Gesine, dont le responsable avait reconnu les compétences depuis longtemps. Il était d'accord pour qu'elle suive une formation d'agent d'entretien de cimetière. Avec un contrat, un salaire et son propre pick-up une fois qu'elle aurait obtenu le diplôme.

Hannes Van Deest était fier de Gesine et fier de lui-même. Comme récompense, il voulut s'offrir secrètement un petit plaisir. Il réussit à convaincre le responsable des jardins de commander un véhicule de couleur noire pour Gesine, au lieu du vert réglementaire. Juste pour énerver les autres jardiniers, ses anciens rivaux. Ce pied de nez lui coûta cinq mensualités de location avec option d'achat. Mais quand Gesine se gara pour la première fois dans le cimetière avec son pick-up noir, entre les véhicules verts des jardiniers et les utilitaires noirs portant le logo des pompes funèbres, elle comprit aussitôt à qui elle devait la singularité de sa carrosserie. Elle prit connaissance des détails et, à la première occasion, elle plaça quelques billets de banque sous l'essuie-glace de la voiture de Hannes. Pour compenser les mensualités qu'il avait déjà remboursées.

Elle aimait sa voiture. Elle aimait le noir. Et elle aimait Hannes, mais d'une manière qui allait le décevoir sur la durée.

Après avoir organisé quelques enterrements côte à côte, lui comme opérateur et elle comme agent d'entretien en titre, elle voulut régler les choses pour l'avenir.

— Hannes, tu ne dois dire à personne au cimetière que j'ai travaillé à la brigade criminelle.

— Très bien. Tu restes incognito. Même si on peut se demander à quoi ça sert.

— Et tu ne dois pas nourrir d'espoirs à mon sujet.

Il lui fit un clin d'œil.

— L'espoir n'a jamais été mon fort.

Elle eut envie de s'y fier, envie de se fier à lui et à son clin d'œil.

CARNET DE NOTES

Laurier-rose

Également appelé oléandre.
Famille des Apocynacées.
Très apprécié en pot, sur les balcons ou en terrasse.
Feuillage persistant, craint le gel, plante ligneuse.
Feuilles le plus souvent opposées, coriaces, parfois par groupes de trois, au pétiole court, lancéolées.
Fleurs abondantes de différentes couleurs, le plus fréquemment rouges, roses, blanches ou orange, groupées en corymbes terminaux.
Apport d'engrais nécessaire.
Graines en longues cosses qui sèchent et éclatent.
Germination à la lumière.
Substance toxique de la famille des hétérosides.
Le poison se trouve dans toutes les parties de la plante. Latex dangereux.
Perte de sensibilité de la bouche et de la gorge. Douleurs abdominales, vomissements, diarrhée. Pupilles dilatées. Collapsus. Perturbation du rythme cardiaque. Risque de paralysie cardiaque et respiratoire pouvant entraîner la mort.
Hydratation abondante. Charbon actif. Prise de sang, surveillance cardiaque.

4

La pluie tambourinait sur le bitume et dessinait de longues traînées sur les hautes vitres du commissariat de police. Il n'avait pas plu depuis si longtemps que l'eau était boueuse de toute la poussière à évacuer. Dur comme de la pierre, le sol ne pouvait rien absorber et une flaque grande comme un étang était en train de se former entre le commissariat et le parking.

Gesine se dirigea droit vers le bâtiment, en tenue d'agent d'entretien, sans parapluie ni capuche. Sa veste dégoulinait et la convocation qu'elle présenta sur le comptoir de l'accueil était gondolée. L'agent lui demanda sa carte d'identité et ne laissa rien paraître de particulier. Il devait être nouveau.

Elle attendit.

Un bourdonnement affairé régnait dans le hall. Des agents en uniforme n'arrêtaient pas de le traverser en tous sens, certains avec des dossiers sous le bras. Les talkies-walkies crépitaient, les ascenseurs laissaient retentir leur gong familier à l'ouverture des portes. Tout le monde avait quelque chose à faire et personne ne prêtait attention à Gesine. Elle eut cependant l'impression d'être exposée dans une vitrine tout le temps que l'agent rentrait les données de sa convocation dans l'ordinateur.

Que ferait-elle si elle croisait Klaus ? Devrait-elle lui serrer la main ou lui faire la bise ? Il avait sans doute été promu, au cours des dix dernières années. Il devait porter des vêtements de marque. Être encore plus maître de lui, plus attentif qu'avant. Il pourrait même probablement arbitrer du plus haut de la hiérarchie l'affaire dans laquelle était impliquée son ex-femme. L'affaire Mareike. Gesine gardait la tête baissée.

Elle put enfin se glisser dans l'un des ascenseurs. Il grimpa par secousses, exactement comme par le passé. Elle se heurta à une jeune policière en uniforme en arrivant dans le couloir du cinquième étage.

— Votre lacet est défait, dit la femme avec un sourire.

Gesine se baissa, le lino bleu aux motifs mouchetés devant les yeux. Elle eut l'impression que l'odeur forte du produit ménager d'autrefois lui entrait dans les narines. Les émanations de sa carrière révolue à la criminelle. Ses mains devinrent moites et elle dut s'y reprendre à deux fois avant de réussir à lacer sa chaussure.

Au moins, les murs avaient été repeints. Les portes portaient de grandes plaques avec des lettres et des chiffres. Le bureau qu'elle avait occupé autrefois était au fond à gauche. La pièce voisine où elle devait se présenter appartenait encore et toujours à Lasse Johannsen.

Elle dégagea les boucles mouillées de son visage, toqua rapidement à la porte et appuya sur la poignée. Lasse était assis à son bureau et referma un tiroir du genou avant de venir à sa rencontre en ouvrant les bras.

— Quel plaisir de te revoir ! Ça fait tellement longtemps !

— Salut Lasse. Est-ce qu'on peut faire vite ?

— Mais tu es complètement trempée !

Ses lunettes étaient plus épaisses, son ventre aussi. Elle esquiva son accolade et regarda autour d'elle. Le yucca en pot dans le coin était toujours vivant. La chaise de bureau n'était plus bleue mais marron. Les sigles inscrits sur les dossiers rangés dans l'étagère ne lui disaient rien du tout.

Lasse frappa à la porte qui communiquait avec l'ancien bureau de Gesine. Une femme très grande apparut, elle aussi afficha un sourire amical qui paraissait télécommandé.

— Je suis Marina Olbert. Bonjour.

— Gesine Cordes.

Une poignée de main assurée, un regard scrutateur.

— Marina est notre nouvelle directrice des enquêtes judiciaires, expliqua Lasse en reculant les chaises de la petite table de conférence. Toujours léger ton café, Gesine ?

Marina Olbert prit la cafetière et servit. De petites attentions qu'on accordait au début d'un interrogatoire pour détendre le suspect. Le menu jauni du restaurant chinois était épinglé sur le tableau en liège.

Gesine posa sa veste sur le dossier de la chaise et s'assit en croisant les jambes. L'inspectrice Olbert prit place en face d'elle.

— Pour commencer, toutes mes condoléances pour le décès de Mareike, votre sœur.

— Laissons cela, dit Gesine.

Le pull-over sombre que portait cette femme mettait son visage merveilleusement bien en valeur, avec son teint de porcelaine.

— Écoute, dit Lasse Johannsen en faisant grincer sa chaise, tu sais que c'est notre boulot. Tu n'agirais pas autrement si tu étais à ma place.

L'inspectrice Olbert ouvrit un dossier et changea de ton.

— Madame Cordes, vous êtes ici aujourd'hui parce que vous êtes suspectée d'avoir menacé votre sœur Mareike Alvarez.

— Intéressant. (Gesine fit mine d'examiner ses ongles.) Est-ce que mon ex-mari va se joindre à nous ou est-ce qu'il reste en dehors de ça ?

— Klaus n'a rien à voir avec cette histoire, dit Lasse en secouant la tête d'un air indulgent. On ne parle pas d'avant. On parle de la dispute que tu as eue avec Mareike il y a trois semaines.

— C'est ridicule.

Marina Olbert étudia les documents.

— Il y a environ un an, votre sœur est revenue d'Espagne avec son mari et ses deux enfants. Peu après, elle a déclaré à vos parents que vous, Gesine, la harceliez.

— Mais ça fait une éternité que je n'ai pas vu Mareike.

— Les déclarations de votre sœur étaient plutôt évasives. Vous vous êtes peut-être parlé au téléphone ?

— Non. Elle s'est peut-être sentie harcelée en pensant à moi.

— Nous avons pourtant des informations très précises au sujet de l'incident qui s'est déroulé il y a trois semaines.

— Je ne comprends pas.

— Il est dit que vous avez menacé Mme Alvarez. Elle a porté plainte.

— Contre moi ? Mais je le saurais, quand même ! Ou alors le travail de la police est devenu tellement minable qu'on ne juge pas utile de mettre au courant la personne incriminée ?

— Mme Alvarez a retiré sa plainte le jour même. Mais la chose a été notifiée dans nos dossiers et, à présent qu'elle est décédée, cette notification a pris une nouvelle importance.

Gesine se leva. Les tasses cliquetèrent.

— Soyez donc un peu logiques ! Mareike m'a tendu un piège. Son dépôt de plainte devait être une ruse pour trouver mon adresse.

L'inspectrice Olbert reprit son haleine, mais Lasse intervint en premier.

— On s'est tous demandé où tu étais passée, Gesine. Il y a quelques années, tu étais encore déclarée comme SDF, ça nous a beaucoup inquiétés.

Sa voix avait une intonation douce, mais elle vit des éclairs dans ses yeux. Le fait qu'elle s'énerve avait l'air de tomber à pic pour lui.

— Pourquoi votre sœur aurait-elle retiré sa plainte, alors ? demanda Mme Olbert. Si tout ça n'était qu'une feinte ?

Gesine inspira profondément.

— Aucune idée. Peut-être Mareike avait-elle commencé à avoir des scrupules, à force de mentir.

— Des scrupules ? (Lasse s'appuya contre le dossier de sa chaise.) La description que tu nous faisais de Mareike il y a dix ans était complètement différente.

Elle se retint de répondre et se tourna vers la fenêtre. La pluie tombait maintenant à la verticale. Son cœur battait à tout rompre. Comment avait-elle pu être assez naïve pour venir ici sans s'être préparée ? Lasse avait amélioré sa technique d'interrogatoire. Et il avait clairement un parti pris. Elle aurait dû regarder chez elle s'il avait participé à la lettre que des collègues en patrouille lui avaient un jour fourrée dans les mains. Beaucoup d'argent dans une enveloppe, et des courriers qui lui proposaient de l'aide, de l'écoute ou un endroit où dormir. Chacun avait écrit un mot de sa main, disant pourquoi il était nécessaire que Gesine reprenne son poste. Pourquoi elle leur manquait, que ce soit à la police ou après le travail. Des paroles personnelles, parfois empreintes d'une sensibilité à la limite du gênant. Elle n'avait pu y répondre.

— As-tu le droit d'enquêter sur moi, Lasse ? demanda-t-elle en se retournant. Ou bien est-ce la raison pour laquelle il n'y a pas d'enregistreur ?

Lasse passa sa langue sur ses lèvres.

— On a pensé que ce serait plus facile pour toi avec un visage familier.

— Alors parlons d'égal à égal, répondit Gesine. J'aimerais voir le dossier.

— Ça, ce n'est vraiment pas possible.

Marina Olbert parut presque amusée.

— Je refuse de parler davantage avec vous si on ne me laisse pas vérifier les faits qui me sont reprochés.

— Souhaitez-vous prendre un avocat ?

— Je n'ai pas besoin d'avocat. Je peux me débrouiller toute seule avec le dossier.

— Toute seule, ça a toujours été ta phrase préférée, dit Lasse. Tu n'as qu'à voir où ça t'a menée.

— Et je ne signerai pas non plus de protocole d'interrogatoire si je n'ai pas le droit d'accéder au dossier.

Marina Olbert posa ses mains sur le dossier ouvert, comme pour empêcher Gesine de loucher dessus.

— Personne ne vous veut de mal, madame Cordes.

— Mais vous enquêtez sur un homicide, non ?

Lasse leva les yeux.

— Quelles sont tes sources, Gesine ?

Toujours assis, il rentra sa chemise dans son pantalon sans la quitter du regard.

Elle pensa à ses parents, à leur accusation le jour de l'enterrement : « Tu as la mort de Mareike sur la conscience ! » Elle vit sa mère devant elle qui la montrait du doigt. Elle entendit la colère de son père et dut fournir beaucoup d'efforts pour chasser ce souvenir.

L'inspectrice Olbert rejeta derrière son épaule sa longue queue-de-cheval blonde et se leva.

— À propos, c'est étonnant à quel point vos nièces vous ressemblent, madame Cordes. Frida et Marta.

Gesine ne cilla pas, mais elle sentit les muscles de son dos se contracter.

— Comment avez-vous digéré le fait que votre sœur ait deux enfants ? poursuivit l'inspectrice Olbert.

— Je l'ai appris lors de l'enterrement, et j'avais beaucoup à faire ce jour-là.

— La vie est injuste, vous ne trouvez pas, madame Cordes ?

— Oui, mais pas de la manière dont vous l'entendez.

La voix de Gesine vibrait, ce n'était pas bon. Elle dut se racler la gorge, et voilà que Olbert la coinçait :

— Quel âge aurait votre fils aujourd'hui ? Plus âgé que les jumelles, n'est-ce pas ?

— Vous essayez de me dégoter un mobile ?

— J'essaie de comprendre votre situation. En un sens, on pourrait dire que votre sœur a détruit votre famille avant de construire en toute sérénité son propre bonheur maternel. N'est-ce pas ?

— Non. C'est une pure supposition que d'affirmer que ma sœur était sereine.

Silence.

Lasse enleva ses lunettes et se frotta le visage.

— Tu as harcelé ta sœur, Gesine, on peut le dire sans réserves. Et, en plus, tu peux imaginer ce qu'on a trouvé sur le lieu du crime.

— Monsieur Johannsen !

C'était Olbert qui le rappelait à l'ordre.

— Excusez-moi.

Gesine les regarda l'un et l'autre attentivement.

— Je suppose que par « lieu du crime », tu veux dire la « voie ferrée » ?

— L'enquête n'est pas encore close.

— Mais vous avez trouvé quelque chose que vous voulez m'attribuer ?

L'inspectrice Olbert dodelina de la tête. Lasse Johannsen fit une grimace comme s'il avait mal quelque part. Puis il prit sa cuillère à café avec laquelle il tapota doucement ses lèvres. Ce mouvement parut fortement agacer Olbert et Gesine s'étonna de la conversation muette qui s'ensuivit entre les deux enquêteurs. Des signes qu'elle ne comprenait pas. Et, au moment précis où Lasse posa la cuillère, la petite cuillère, une pensée jaillit soudain dans l'esprit de Gesine. Elle était tellement monstrueuse qu'elle se consuma aussitôt, et il n'en resta qu'un petit sifflement dans l'oreille.

Olbert se pencha sur la table afin de se verser une nouvelle tasse. Lasse poussa également sa tasse vers la cafetière. Pour Gesine, il était temps de partir.

Elle inspira profondément, se leva d'un coup du banc près de la fenêtre et saisit sa veste en deux enjambées. La porte claqua derrière elle dans un grand fracas. Ce n'était pas la meilleure sortie pour qui voulait prouver son innocence. Mais peut-être n'était-il même plus question de cela.

Elle s'arrêta brièvement avant d'atteindre l'ascenseur. N'avait-elle pas intérêt à serrer les dents l'espace d'un instant et de passer voir Klaus ? Elle pourrait lui demander des informations de façon à mieux se préparer à l'avenir. Elle pourrait également lui dire de rappeler ses gens à l'ordre, car il était inacceptable de se faire traiter ainsi par Lasse Johannsen. Ou non ?

Elle eut des scrupules au moment d'arriver dans le couloir où Klaus avait son bureau autrefois. Et s'il pensait, lui aussi, qu'elle s'était vengée de Mareike ? À l'époque déjà, il avait vu d'un mauvais œil cette colère qu'elle nourrissait envers sa sœur, cette violence qui ne se calmait pas. *C'est presque pathologique*, disait-il. Difficile de concevoir qu'il se place du côté de Gesine sans douter d'elle aujourd'hui. Et, en plus, ils ne s'étaient pas vus depuis tant d'années.

Et s'il prenait tout de même son parti ? S'il arrivait en face d'elle à présent, ravi de la voir au commissariat ? Il la prendrait dans ses bras. Il lui demanderait quand elle avait été sur la tombe de leur enfant pour la dernière fois.

Elle prit l'ascenseur, appuya sur le bouton du rez-de-chaussée et traversa le hall à grands pas. Le pick-up dépassait tous les autres véhicules du parking, l'habitacle posé sur le châssis comme sur une bouée.

Dix ans plus tôt

L'assiette rouge est posée sur la table du jardin. Sur l'assiette, une bouillie gluante vert et bleu.

— Philipp ? Mareike ?

Ou alors Klaus ? Non, pas de réponse.

L'assiette rouge, la bouillie et la planche à découper posées sur la table du jardin. Des couverts d'enfant, un verre en plastique. Quelque chose a été découpé, broyé, mélangé avec de l'eau et servi sur l'assiette rouge.

Pour qui ?

Sa plaque de la brigade criminelle lui brûle la main. Aujourd'hui, un maillon de la chaînette, d'ordinaire bien attachée à sa ceinture, s'est rompu. Gesine se débarrasse de la chaînette et de la plaque et les jette en direction de l'assiette. La chaînette et la plaque gisent dans la mixture vert et bleu.

Bizarrement, la cuillère d'enfant est par terre, à ses pieds, au beau milieu de la terrasse. Elle se baisse, le manche de porcelaine est intact. Une chance, car Philipp adore l'image imprimée dessus, une fillette, le logo de la marque Sterntaler. Elle ramasse la cuillère, dos au jardin, toujours dos au jardin. Ne regarde que la maison, le crépi blanc. À l'étage, la fenêtre de la chambre d'enfant est ouverte.

— Philipp ? Klaus ? Mareike ?

La plaque de la brigade criminelle baigne dans l'assiette crasseuse. Est-ce que c'est normal ? Mais la mixture vert et bleu colle aussi au manche de la cuillère. Bleu comme les prunes, bleu comme les fleurs qu'elle a montrées à Philipp la veille pour la première fois. Une multitude de petites clochettes.

Regarde, on peut les secouer. Tu dois les tenir là, à la tige de la fleur.

C'est le petit doigt qui le dit, le petit doigt secoue les prunes, les cueille, les ramène à la maison et les mange toutes jusqu'à la dernière, le petit dégoûtant.

Hier, les chatouilles et les rires. Aujourd'hui, la bouillie sur l'assiette rouge. Les fleurs, les prunes.

Le regard de Gesine glisse vers la fenêtre du salon. Personne en vue.

— Non !

La compréhension, tout à coup. Rapide, aiguë. Le cri en revanche met du temps. La cuillère retombe sur la table, et Gesine se retourne. Péniblement, difficilement, comme si elle luttait contre une grande résistance. Elle se retourne vers le jardin. Elle y plonge son regard, centimètre par centimètre, de plus en plus profond, jusqu'au bout de la pelouse, et plus profondément encore, jusqu'au fond, à l'ombre des sapins.

5

Gesine était couchée dans le camping-car et fixait le plafond. Du contreplaqué clair. Sur mesure, confortable, un camping-car pour la vie. Elle ne pouvait plus envisager de vivre dans une maison. Voir un crépi ou une tapisserie au petit matin, sortir sur un balcon ou dans un jardin entouré d'une clôture. Son chez-soi était petit mais mobile. Stable mais libre – dans une certaine mesure. La fraîche prairie toujours à sa portée.

Une lucarne carrée avait été percée dans le plafond. Le soleil passerait bientôt juste au-dessus. Il devait être tard, et Gesine était toujours au lit.

Après tant d'années, les cauchemars avaient fait leur retour, pénibles et très réels. Toutes les nuits depuis trois semaines et demie déjà, toutes les nuits depuis l'enterrement de Mareike.

Elle s'endormait vite, épuisée, mais à peine son corps s'était-il détendu que les peurs se réveillaient. Des sensations, des odeurs et des bruits venaient la hanter comme si, dans son sommeil, Gesine avait abaissé toute défense. Elle pleurait, se rendormait. Se réveillait en pleurant. Puis sombrait dans le sommeil pour se remettre à rêver. Ses yeux demeuraient clos quand le réveil sonnait. Les paupières gonflées, la tête lourde, elle avait mal partout.

Elle peinait à trouver la force d'honorer le rituel du matin, les jours de semaine avant le lever du soleil, devant le camping-car avec Josef, le vieux paysan. Parfois, elle se demandait si elle ne devait pas y renoncer, mais l'inquiétude qui tordait son estomac n'en devenait pas supportable pour autant.

Aujourd'hui, heureusement, c'était dimanche, et Josef était à la messe. Personne ne l'attendait. Cette nuit encore, elle avait rêvé de Klaus. Elle se sentait lessivée.

Le début du rêve était très beau et l'avait replongée au temps de leurs amours. Illusoire. Sur le lino moucheté de bleu du commissariat, Gesine avançait à toutes jambes pour rejoindre le bureau de Klaus. Le début d'un service de nuit. Elle, jeune policière, lui, déjà à des années-lumière de là. Un flirt secret, excitant et prometteur.

Dans la vraie vie, sa radio avait bipé pour une intervention quand, pour la première fois, elle avait cherché à le séduire. Klaus lui avait couru après pour glisser les clés de son bureau dans la poche de son pantalon. Et, dans le rêve de cette nuit, ce n'était plus une clé qu'il lui donnait, mais la cuillère au manche de porcelaine. Elle avait vu l'image imprimée dessus. La fillette du logo de Sterntaler dans sa robe légère. Elle avait fait la morale à Klaus, exigeant qu'il mette la cuillère non pas dans sa poche mais dans celle de Mareike. Il s'était mis à sangloter, de manière terriblement réelle, puis Lasse Johannsen était arrivé et l'avait pris dans ses bras. Elle était restée à côté, gênée et émue, la cuillère à la main et, comme elle n'avait rien de mieux à faire, elle l'avait léchée.

Complètement idiot.

Elle aurait dû jeter la convocation au lieu de se rendre au commissariat. Au moins, elle aurait été en terrain connu si Marina Olbert et Lasse Johannsen étaient venus l'interroger dans son camping-car. Elle se serait mise dans l'embrasure de la porte et aurait regardé ses visiteurs de haut. Elle se serait sans doute mieux concentrée qu'au commissariat, aurait réussi à tenir ses souvenirs en échec.

Elle quitta son lit, but un verre d'eau froide et aéra le camping-car. La machine à café était longue à la tâche. En attendant, Gesine se mit à la porte.

Un parfum épicé s'élevait de l'herbe, les pissenlits, les véroniques et les pâquerettes étaient en fleurs. Unique, cette odeur de la prairie après la pluie, à la fin du printemps.

C'était la traite des vaches dans l'étable d'à côté, la machine vrombissait et les animaux étaient silencieux. Le gargouillement de la machine à café s'échappa du camping-car. C'était la vie réelle et palpable. Le rêve de cette nuit allait enfin battre en retraite et s'évanouir.

Elle retourna dans son lit, emportant avec elle sa tasse de café et l'encyclopédie des plantes. Par précaution, elle plaça la plaquette de médicaments à portée de main. Elle voulait se reposer, sans douleurs et sans ressasser. Lire, se sentir mieux, peu à peu, et commencer la journée une deuxième fois. Mais, malheureusement, ses yeux se fermèrent après quelques pages.

Elle recommença à rêver. Klaus qui la prenait dans ses bras. Qui lui expliquait qu'après la période de deuil, il devait retourner à son poste. Le quotidien de la criminelle l'aiderait. En plus, il était persuadé qu'il n'y aurait pas de justice après la mort de Philipp. C'était une dépense d'énergie inutile que d'essayer de mettre Mareike derrière les barreaux. Mareike dont la vie était fichue de toute manière parce qu'elle ne se remettrait jamais de ce qu'elle avait fait. Qui était coupable, mais en même temps sa propre victime. Curieux. En rêve, Gesine parvenait à tout comprendre.

On toqua à la porte. Elle se réveilla en sursaut et faillit renverser la tasse posée sur l'encyclopédie. Où étaient ses lunettes ?

— Gesine ?

Hannes. Elle chercha ses repères. Le camping-car, dimanche matin, dimanche midi. Hannes ouvrait déjà la porte car elle avait oublié de la fermer à clé, comme d'habitude.

— Deux secondes ! s'écria-t-elle.

Mais il avait déjà la tête dans l'entrebâillement de la porte, un sachet de petits pains à la main.

— Tout va bien ?

Comme si elle recevait toujours le ventre vide.

— C'est dimanche, Hannes.

— Oui, justement.

Il ouvrit la porte un peu plus grand mais resta sur le marchepied.

Ça ne pouvait que mal se passer. Elle sentit s'élever autour de sa tête un brouillard très familier, un voile gris qui voulait s'immiscer entre elle et le monde quand on l'approchait de trop près.

— Entre donc, dit-elle tout de même.

Il passa à côté d'elle sans la toucher. Il ne la regarda pas vraiment. Elle devina qu'il fallait qu'elle s'arme : Hannes voulait parler.

Elle lissa les draps et fit disparaître dans la poubelle les mouchoirs qu'elle avait jetés par terre. Puis elle se lava la figure et enfila un pull-over, comme si elle était habituée à s'habiller devant quelqu'un.

Pendant ce temps, Hannes rangeait le coin-salon et prenait place à table avec son sachet de petits pains.

— Bon. (Il croisa les bras.) Tu te replies sur toi-même. Tu ne réponds pas au téléphone et tu travailles avec des horaires décalés. Comme si tu allais réussir à m'éviter.

— Je t'ai laissé un message vocal pour te dire que j'avais besoin de quelques jours.

— D'après ce que je sais, tu es suspectée d'avoir tué ta sœur.

Elle mit la bouilloire à chauffer.

— C'est réglé.

— Comment ça ?

— Je suis allée au commissariat.

— Toi ?

— Hannes, tout ça va être tiré au clair. Il ne faut pas que je me laisse déstabiliser, c'est tout.

Il l'examinait comme si elle parlait une langue étrangère. Ses oreilles rougirent.

— Je suis ton meilleur ami. Pourquoi n'es-tu pas confiante et sincère envers moi ?

Elle s'assit en face de lui et ouvrit le sachet de petits pains. Beaucoup trop brutalement. Ils s'éparpillèrent sur la table.

— J'en sais si peu sur toi que je ne connaissais même pas ton nom de jeune fille, poursuivit Hannes. Jusqu'à peu, je pensais que tu étais une Cordes, alors qu'en fait tu es née Augenthaler.

— Je t'ai dit que j'ai été mariée, il y a des années.

— Mais tu t'es brouillée avec ton mari, non ? Comment est-ce que je pouvais savoir que tu avais gardé son nom après le divorce ?

— Pour reprendre le nom d'Augenthaler ? Après tout ce qui s'est passé ? Tu n'es pas sérieux !

Elle faillit cogner la table du plat de la main. Il en prit note par un haussement de sourcils.

— Il n'y a pas qu'à toi que tu fais du tort avec tes petits secrets, dit-il. Tu m'en fais à moi aussi. C'est parce que je ne connaissais pas ton nom de jeune fille que j'ai accepté de me faire engager par ta famille comme opérateur de pompes funèbres.

Le mot famille sonna de manière désagréable. Gesine haussa le ton.

— Personne ne te reproche d'avoir travaillé pour mes parents.

— Mais j'ai mis ta sœur en bière !

— Et puis ? Pour moi, tu l'as nettoyée et tu l'as couchée sur de la soie blanche. Ça ne me regarde pas.

Elle se leva, enleva la bouilloire du réchaud et versa l'eau dans la théière. Elle en versa la moitié à côté et les verres de ses lunettes se couvrirent de buée.

— Ta sœur a été écrasée par un train, dit Hannes d'une voix rauque. Il n'y avait rien à nettoyer.

Elle retira ses lunettes.

— Excuse-moi, dit-il.

Et pas d'autres détails, merci.

Hannes s'approcha d'elle près de l'évier.

— J'aurais bien aimé nous éviter l'enterrement. Je n'aime pas être associé à quelque chose qui réveille tes souvenirs.

— Je vais bien.

— Je vois ça.

Elle se faufila entre lui et la paroi pour aller mettre ses lentilles de contact. Ils allaient vraiment faire resurgir ses souvenirs si la conversation continuait sur cette lancée. Ses souvenirs privés. Et après ils se disputeraient, pour la simple et bonne raison que Hannes ne pouvait pas du tout comprendre comment elle se sentait. Tout ça était totalement inutile.

— J'ai apprécié la manière dont tu t'es opposé à mes parents le jour de l'enterrement, lui lança-t-elle depuis la salle de bains.

Elle tendit l'oreille pendant le court silence qui suivit.

— C'était facile. (Impossible de ne pas remarquer la surprise de Hannes.) J'avais déjà un peu rencontré ces messieurs-dames.

— Et c'était comment de travailler avec eux ?

— Je ne sais pas si c'est une bonne idée que je te raconte tout ça.

Il s'approcha de la porte de la salle de bains – incroyable, il osait.

— Je suis vraiment désolé, Gesine.

Elle ouvrit la porte.

— Si tu veux qu'on parle franchement, on n'a qu'à échanger les quelques informations qu'on a. Tu veux du thé pour ton petit déjeuner ?

— Avec plaisir.

Ils se rassirent à la table et Gesine lui raconta dans les grandes lignes sa visite au commissariat. Qu'on lui avait affirmé qu'elle avait harcelé Mareike. Qu'il était question d'une plainte qu'aurait déposée Mareike contre elle, puis retirée.

— Tout se fonde sur un mensonge qui dit que ma sœur et moi nous nous sommes revues, dit-elle pour conclure en prenant un petit pain. Et, maintenant, j'aimerais que tu me parles du rôle de mes parents là-dedans.

— Tes parents se sont montrés très réservés avec moi, répondit Hannes.

— Je pensais qu'on vidait toujours son sac à un opérateur de pompes funèbres.

— Ils ne t'ont pas évoquée une seule fois. Il ne m'est pas du tout venu à l'idée qu'ils pouvaient avoir une deuxième fille.

— Intéressant. Et qu'est-ce qu'ils ont dit à propos de Mareike ?

— Ils étaient effondrés, bien sûr, ils ont beaucoup pleuré.

Hannes raconta que, à chaque fois, les Augenthaler l'avaient reçu dans le jardin d'hiver, une pièce élégante mais impersonnelle. Des meubles de style colonial, peut-être d'Inde. De vastes fauteuils, une table sombre, une commode massive avec une boîte de mouchoirs. Manifestement, rien n'avait bougé ces dix dernières années, ou presque. Il n'y avait pas une seule photo personnelle, aux murs étaient accrochés des pots de fleurs et des calendriers avec des orchidées.

— Nous nous sommes vus trois ou quatre fois, dit Hannes, et j'ai montré à tes parents l'éventail habituel. Le catalogue avec les différents modèles de cercueils et de faire-part, tout dans la tranche de prix la plus élevée. Et je ne me suis pas laissé aller à regarder ma montre.

Rendez-vous après rendez-vous, il les avait écoutés sans savoir quelle partie de l'histoire familiale on lui présentait. On pleurait Mareike, la fille adorée, et tandis que s'enrouait la voix de Richard Augenthaler, qui ne parlait plus que par monosyllabes, Renate Augenthaler laissait libre cours à ses larmes. La pauvre Mareike, qui avait vécu tellement longtemps en Espagne et qui n'était de retour au pays que depuis un an. Elle était si jolie, un vrai rayon de soleil, exactement comme les jumelles, tellement mignonnes, des orphelines maintenant.

Au dernier rendez-vous, Hannes avait fini par leur demander s'ils ne voulaient pas placer un portrait de la défunte dans la chapelle. Les Augenthaler avaient approuvé et avaient fait agrandir une photo, mais elle n'avait été prête que le matin de l'enterrement. Quand il l'avait sortie de l'enveloppe, Hannes avait été comme frappé par la foudre. La défunte était le portrait craché de Gesine et il était trop tard pour faire quoi que ce soit.

— Si c'est la photo que j'ai vue après dans ta voiture, elle n'est pas récente, précisa Gesine en tartinant un petit pain de gelée de coings. Je l'ai reconnue immédiatement. Elle a été prise il y a très longtemps chez moi, dans le jardin, peu avant que tout arrive.

— Pourquoi est-ce que ton père a fait agrandir une vieille photo ?

— Peut-être parce qu'il aime bien se souvenir du passé ?

— Ou parce qu'il ne possédait pas de photo récente, réfléchit Hannes. Tes parents n'étaient peut-être pas si proches de Mareike qu'ils l'ont prétendu.

Cette idée plut à Gesine même si elle était peu réaliste. Mareike avait toujours été la préférée de ses parents et, même après son crime, elle avait dû demeurer la prunelle de leurs yeux. Auraient-ils endossé tant de frais si ce n'était pas le cas, auraient-ils transformé l'enterrement de Mareike en événement de l'année ? Plus de deux cents faire-part, un cercueil en chêne, la cérémonie la plus chère. Repas pour cent cinquante personnes, sans oublier les couronnes et les gerbes.

Hannes se souvint d'autre chose.

— Mais tes parents ne doivent pas avoir un bon contact avec les enfants de Mareike. Je n'ai pas vu un seul jouet dans le jardin, pas de vêtements d'enfants suspendus dans le couloir, aucune trace de petits-enfants.

Frida et Marta. Gesine voyait devant elle les cheveux acajou. Les taches de rousseur si particulières, les sandales pleines de poussière.

— Et le mari de Mareike ? demanda-t-elle. Comment est-ce que tu l'as rencontré ?

— Je ne l'ai pas rencontré tout de suite. On m'a dit qu'il était sous le choc et qu'il n'allait pas s'occuper de l'enterrement. Et que ça ne faisait pas assez longtemps qu'il était en Allemagne pour connaître les usages.

— Bizarre.

— D'abord, j'ai trouvé ça attentionné qu'on veuille le décharger de tout. J'ai aussi pensé qu'il n'avait pas d'argent pour payer la cérémonie. Mais, après, j'ai dû demander à tes parents de le faire venir car j'avais besoin de sa signature pour la caisse de retraite.

Là-dessus, Jan s'était présenté dans le salon d'hiver et Hannes se rappelait une scène étonnante. À peine avait-il fait part de ses condoléances au veuf et lui avait-il donné les papiers à remplir que Richard Augenthaler s'était interposé. Il avait pris les papiers des mains de son gendre en lui tapotant l'épaule d'un air protecteur. « Pas d'inquiétude, Jan, nous ferons ça pour toi. »

— Classique, remarqua Gesine. Il faut toujours qu'il tire la couverture à lui.

— Il y a encore mieux, dit Hannes. Je me suis rendu compte que ton père utilisait un nom qui n'était même pas correct.

Hannes avait été vérifier dans ses dossiers et avait insisté pour que M. Alvarez signe les papiers en personne.

— En tant que Juan Alvarez, comme l'indique votre passeport. C'est juste, n'est-ce pas ?

Juan avait esquissé un sourire timide en guise de réponse, et Richard Augenthaler avait pris la parole :

— On l'appelle Jan. On est en Allemagne tout de même.

Sur ce, Juan voulut quitter la pièce, mais Hannes essaya de le retenir.

— Monsieur Alvarez, souhaitez-vous voir les faire-part qui vont être envoyés pour votre femme ? ou le texte prévu pour l'annonce du décès ?

Richard Augenthaler intervint à nouveau.

— Nous en avons déjà parlé avec lui. Jan est tout à fait satisfait qu'on le décharge de tout cela.

— Et le ruban pour la couronne ? Faut-il vraiment écrire Jan sur le ruban de la couronne de fleurs ? Marta, Frida et Jan au lieu de Juan ?

Juan avait haussé les épaules et était parti sans se prononcer. Richard Augenthaler l'avait regardé partir avec un air qui, selon Hannes, n'était pas difficile à décrypter.

— Il y avait un peu de pitié, raconta-t-il, et beaucoup de réprobation, c'est certain.

Gesine mâchait son petit pain en silence. Puis elle se résolut à poser une autre question.

— Et ma mère ? Qu'est-ce qu'elle a dit de tout ça ?

— Rien, répondit Hannes, et il dressa à Gesine un portrait familier. Pendant tout ce temps, Renate Augenthaler se tenait dans un coin du jardin d'hiver et regardait par la fenêtre.

L'arrosage automatique s'était déclenché alors qu'on n'était qu'à la fin du mois de mai. Un chat siamois s'étirait sur la terrasse et des galets gris clair brillaient au fond du ruisseau qui coulait à côté.

Renate ne prit la parole que plus tard, quand Hannes rangeait ses papiers dans son sac.

— Marta et Frida, soupira-t-elle, les pauvres petites ont déjà dû endurer le changement d'école entre l'Espagne et l'Allemagne, et maintenant elles doivent grandir sans leur mère.

— Mais elles parlent très bien allemand, compléta brusquement Richard. Mareike les a élevées dans les deux langues même si ça n'a pas été facile pour elle.

Gesine repoussa l'assiette du petit déjeuner. Mareike et Juan Alvarez. Juan et pas Jan. Même les mots sur la couronne étaient un mensonge, mais, au fond, Mareike n'avait pas mérité mieux.

Elle demanda à Hannes de prendre sa tasse et de sortir avec elle. L'après-midi était déjà avancé et le soleil était superbe. Ils installèrent le tabouret et la chaise de camping à l'ombre du pommier et se mirent à l'aise. Gesine rejeta la tête en arrière et cligna des yeux sous les taches de lumière qui étincelaient entre les branches.

— Supposons que les rapports entre mes parents et la famille Alvarez n'aient pas été au beau fixe, dit-elle. Pourquoi Mareike se serait-elle dépêchée d'aller leur dire qu'elle m'avait vue ?

— Ça, je ne sais pas, répondit Hannes. Mais ils l'ont crue. Sinon, comment leur viendrait-il à l'idée que tu as Mareike sur la conscience ?

— La vengeance tardive est un mobile très fort. Et, en plus, j'ai entendu la police dire qu'on a trouvé près du corps quelque chose qui m'appartiendrait.

— Quoi donc ?

— Je ne sais pas encore. Mais c'est particulièrement désagréable parce que c'est Lasse Johannsen qui mène l'enquête.

— Qui ça ?

Gesine se demanda comment répondre à cette question sans remuer trop de choses.

— Lasse Johannsen est l'enquêteur qui, à l'époque, a mis un terme à l'investigation sur la mort de mon fils. Prématurément, avant qu'on puisse enquêter correctement sur le comportement de Mareike.

— Oh. Je pensais que, quand un enfant meurt, on regarde tout de très près.

— Pas si on présente une histoire bien carrée à la brigade criminelle.

Hannes se pencha en avant avec précaution, comme s'il ne voulait pas effrayer Gesine.

— Est-ce qu'il s'agit de l'histoire que je connais ?

La chaise de camping claqua, mais Gesine resta tranquillement assise.

— Cette histoire disait que la mort de Philipp était un accident tragique. Le garçon n'avait pas été surveillé pendant un instant très bref, une chose qui arrive, une chose malheureuse mais humaine. J'étais la seule à envisager une autre version des faits.

— Mais tu étais toi-même à la brigade criminelle. Tu n'as pas pu faire en sorte que ta sœur soit mise face à ses responsabilités ?

Elle observa le motif des ombres que dessinait le pommier sur la prairie. De petites taches, de grandes taches, des lignes qui partaient dans tous les sens. Un motif sans mobile, et pourtant cette ombre était la seule ombre possible, en cette seconde précise, quand le soleil se positionnait dans cet axe par rapport à l'arbre.

— J'y ai participé, dit-elle, car le crime de Mareike n'aurait pas eu lieu si je ne l'avais pas rendu possible. C'est moi qui ai planté l'aconit à côté de la terrasse.

Elle remarqua la stupeur de Hannes.

— Mais tu ne connaissais rien aux plantes à l'époque, dit-il.

— Mes parents m'ont coincée comme ça. Pour eux, j'étais aussi coupable que Mareike.

— Comme si ça pouvait se mesurer.

— Et, maintenant que Mareike est morte, Lasse Johannsen peut enquêter à nouveau et mes parents peuvent encore m'accuser.

— Mais Lasse Johannsen ne devrait-il pas être considéré comme partial ?

— Et comment. On était même amis à l'époque. On sortait souvent tous les quatre : Mareike, Lasse, Klaus et moi. (Elle s'interrompit.) Ou même à cinq après, avec Philipp et la poussette.

Elle inspira profondément. Elle se sentit envahie par la fatigue, comme après une dure journée de travail. Elle s'appuya lourdement sur les accoudoirs pour se lever mais Hannes l'en empêcha.

— Tout ça n'est pas normal. On va se défendre, Gesine.

Elle fit une grimace.

— C'est gentil de ta part, mais tu ne changeras rien aux faits.

— C'est ce qu'on va voir.

— Crois-moi, Hannes, je connais les gens qui reprennent la parole aujourd'hui. Je les connais par cœur.

Dix ans plus tôt

À l'ombre des sapins, l'enfant. Pieds nus, en short et en tee-shirt rouge, à plat ventre sur le sol. Ses membres clairs et nus tendus vers la terrasse. En s'approchant, la puanteur. Les jambes maculées de saleté qui sortent du short, souillé lui aussi.

Gesine ne crie plus maintenant, mais elle est toujours lente. Elle lutte de toutes ses forces contre cette chose qui résiste et grandit de plus en plus. Elle se précipite sur la pelouse, passe devant le cabanon, devant la tonne à eau. Les mains en avant, les secondes comme des minutes. La puanteur comme une sonnette d'alarme dans les airs.

S'approcher, se rapprocher, être enfin proche.

— Philipp !

Ses mains sont toutes barbouillées elles aussi, ses cheveux. Une flaque devant son visage. Ses yeux ni ouverts ni fermés. Dis maman. Lève la main. Respire.

Des fragments bleus et verts dans la flaque. Elle l'arrache du sol. Il repose dans ses bras, inerte. Particulièrement inerte. Ça goutte de sa tête, de son pantalon. Le col de son tee-shirt est déchiré, son cou couvert de griffures.

Elle le repose par terre, sur le dos, et souffle de l'air entre ses lèvres. Palpe pour trouver un battement de cœur entre ses côtes et en trouve un. Mais un seulement, qui s'enfuit.

— Maman.

Une toute dernière fois.

Et ensuite un autre cri. Pas le sien cette fois-ci mais celui de Mareike, qui apparaît soudain sur le seuil du cabanon, la poignée de la porte encore dans la main.

6

Samedi matin au cimetière-est. Un homme en survêtement faisait courir son pinscher sans laisse derrière le portail d'entrée, pensant que Gesine ne le remarquait pas. Comme chaque week-end, il y avait aussi les deux vieilles dames qui marchaient main dans la main pour aller mettre un cierge sur la tombe d'une troisième vieille dame. Les rideaux de la loge du gardien étaient tirés, il ne travaillait pas le samedi. Et l'habituel cycliste, bientôt, viendrait ramasser les bouteilles de bière qu'on avait posées au cours de la nuit sur le mur du cimetière.

Au volant de son pick-up, Gesine remonta lentement le chemin qui menait à la chapelle et grava ces images dans son esprit, comme si elle n'était pas venue depuis une éternité. Le vent venait strier les flaques d'eau et secouer les buissons. Les aiguilles de pin et les chatons des bouleaux s'étaient accumulés entre les reliefs de l'asphalte. D'un ocre doux et lumineux.

Le passage du printemps à l'été était violent, comme chaque année, et il ne fallait surtout pas se laisser aller. Et sûrement pas à cause d'une mauvaise humeur larvée qui traînait déjà depuis le début de la semaine. Il fallait tout simplement travailler, remettre le cimetière en état même si Gesine avait l'impression d'avoir la lourdeur du plomb.

Après avoir tergiversé pendant des jours et des jours, elle avait enfin fini par réussir à écrire une lettre à son ex-mari, adressée au commissariat. Tant pis si ses collègues faisaient des gorges chaudes du fait qu'elle n'avait plus l'adresse personnelle de Klaus. C'était important de prendre contact avec lui, par de petites phrases brèves auxquelles elle avait longuement réfléchi. Il fallait éviter toute allusion au temps d'avant. Écrire une lettre neutre qui se terminait par une petite requête : Klaus devait garder un œil sur la manière dont était menée l'enquête sur la mort de Mareike. Il n'aurait pas à faire passer d'informations à Gesine, ni à lui prêter assistance, évidemment. Il suffisait qu'il suive l'enquête. Comme ça, Gesine se sentirait mieux.

Horrible. Des phrases sorties très péniblement, uniquement à l'aide d'un crayon sur une feuille. Klaus n'avait toujours pas répondu, bien entendu.

Gesine donna un coup de frein. Une branche était couchée en travers de l'allée principale. Elle glissa sur une pomme de pin en descendant de voiture. Elle l'éloigna d'un coup de pied et jeta la branche à travers les buissons dont les feuilles projetèrent des gouttes d'eau dans toutes les directions. Ah, voilà ! Quelle beauté ! Cette eau et cette terre étaient sa vie, et c'était toujours un sentiment particulier que de se sentir responsable de ce cimetière. Les jeunes branches se balancèrent et une mésange s'envola.

De retour dans le pick-up, elle augmenta le volume de la radio. Une chanson pop avec une guitare flamenco. Les autres stations grésillaient, elle éteignit le poste. Aujourd'hui, elle dégagerait les chemins et effacerait les traces laissées par la pluie de la veille. Beaucoup de monde venait au cimetière le week-end et il était important de garder le site en état. Elle inspecterait les tombes pour lesquelles le chef avait signé un contrat d'entretien et, pour les autres, elle regarderait si tout allait bien, en particulier à la lisière de la forêt, du côté des zones ombragées qui donnaient souvent du fil à retordre. Et elle réactualiserait ses notes. Elle avait découvert une bocconie cordée sur l'une des tombes, une plante vivace qui monterait beaucoup trop haut en été. Les gens seraient imprudents, ils arracheraient les tiges sans mettre de gants. Le latex toxique leur coulerait entre les doigts. Il fallait se préparer. Le carnet de notes se trouvait dans le vide-poches de la portière conducteur.

Elle passa en seconde et alla se garer sur le parvis de la chapelle. De la terre mouillée et des flaques d'eau brune. L'un des containers de poubelles était ouvert, il fallait espérer qu'il n'ait pas plu à l'intérieur.

Elle bâilla, baissa la vitre et ralluma la radio. Le flamenco était en pleine apothéose. Elle laissa la musique et se pencha au pied du siège passager pour prendre ses bottes en caoutchouc. Les meilleures bottes qu'elle ait jamais eues, elle prenait beaucoup de plaisir à les enfiler. Au moment de se relever, elle eut une grande frayeur. Les jumelles se tenaient contre la portière conducteur et la regardaient. Elles avaient dû arriver en douce.

— On sait que tu es notre tata, dit Marta à haute voix pour couvrir la musique, et elle fit passer sa langue à travers le trou laissé par la perte d'une dent de lait.

Gesine coupa brusquement la radio. Tata ?

— Mais c'est pas vrai que tu ressembles à maman, ajouta Frida d'une voix enrouée. Tu as les cheveux beaucoup plus longs et en plus tu n'es pas espagnole.

Les fillettes devaient se tenir sur la pointe des pieds car le pick-up était beaucoup trop haut pour elles. Quatre petites mains s'avancèrent pour se cramponner au cadre de la fenêtre.

— Exact, dit Gesine. Je suis allemande, mais votre mère aussi est née ici.

Les deux fillettes la regardaient avec curiosité. Leurs ongles étaient propres et roses.

Gesine glissa le carnet de notes dans la poche de sa veste, enfonça sa casquette sur ses oreilles et, après une brève mise en garde, appuya sur le bouton pour remonter la vitre. Les fillettes retirèrent leurs mains et redescendirent d'un coup. Mais elles restaient auprès de la voiture, Gesine devrait les pousser avec la portière pour pouvoir sortir.

— C'est dommage que tu n'aies pas d'enfants, dit Marta.

Gesine glissa du siège conducteur.

— D'où est-ce que vous savez ça ?

— C'est papa qui l'a dit.

Papa. Tata ! Elle referma la portière.

— Pourquoi, tu as des enfants, en fait ? dit Marta, en rajoutant une couche.

Gesine agita les bras.

— Laissez-moi passer.

En trois ou quatre coups, elle sortit de leur ancrage les boulons qui maintenaient la ridelle arrière. Quel lâche, ce Juan ! Comment osait-il dire qu'elle n'avait pas d'enfants ! Comme si Philipp n'avait jamais existé.

La vérité lui brûlait la langue. Dire aux jumelles que leur mère était coupable. Le fils de Gesine, Philipp, mort.

— Peut-être qu'en fait tu ressembles un peu à maman, constata Frida qui s'était à nouveau rapprochée en douce.

La ridelle s'abattit avec fracas à deux doigts de la fillette. Gesine leva rapidement la main pour protéger la tête de l'enfant. C'était juste un automatisme, mais elle sentit Frida s'accrocher à sa jambe au même moment. Puis la fillette leva la tête, avec ses grands yeux sombres. Gesine sentit sa gorge se serrer. Elle ne pouvait supporter ce regard et ne voulut en aucun cas chercher à l'interpréter.

Frida se tenait là, aussi raide qu'un bout de bois. Même sa bouche était figée, pas du tout comme la dernière fois, quand elle avait couru sur le parvis de la chapelle et jeté des cailloux. Elle était sur le qui-vive, inquiète jusqu'au bout des ongles – et ce n'était pas étonnant parce que sa mère était morte. À quoi pouvait-elle encore se fier maintenant ? Un seul faux pas et elle disparaîtrait de la surface de la terre. Une seule mauvaise inspiration et l'air risquait d'exploser.

Gesine lâcha la petite tête. Elle aurait voulu se détourner. Elle était vraiment la mauvaise personne pour Frida. Mais l'emprise de l'enfant sur sa jambe ne se défaisait pas si facilement.

Marta finit par interrompre le silence.

— Tu fais quelle taille de chaussures, Gesine ?

Elle plaça ses bottes en plastique bariolées à côté des lourdes bottes en caoutchouc de sa tante. Gesine tenta un rire, toucha doucement la main de Frida sur sa jambe et alla rapidement de l'autre côté du plateau.

Atroce. Les fillettes n'avaient probablement pas l'habitude qu'on se détourne d'elles. Et il était certain qu'elles étaient particulièrement sensibles en ce moment. Mais quelles étaient les options de Gesine ? Elle était littéralement contrainte de se montrer hostile. La tata sans enfants ! Suspectée d'avoir assassiné la mère des jumelles. Elle se retrouvait dans une situation impensable.

Elle tendit l'oreille. Les fillettes gloussaient derrière le véhicule. Leurs bottes s'enfonçaient dans la terre avec un bruit de succion, comme si elles étaient en train de faire des moulages.

Gesine tendit énergiquement les bras vers le plateau et détacha la sangle qui retenait les arrosoirs qu'elle voulait répartir sur le site. Les claquements sur le sol se rapprochèrent.

— Du vent les filles, j'ai du travail, dit-elle.

Se faire aimer n'était pas son fort de toute manière. Elle prit trois arrosoirs dans chaque main et se mit en route vers le puits.

Marta et Frida restèrent à côté de la voiture. Leurs K-way claquaient dans le vent et Gesine eut l'impression d'entendre ce bruit pendant un bon moment. Peu avant de tourner, elle jeta un regard derrière elle. Les deux fillettes se tenaient étroitement enlacées, comme elles l'avaient fait le jour de l'enterrement.

Où était leur père ? Il ne voulait toujours pas prendre ses responsabilités ?

Le premier puits qu'elle atteignit avec ses arrosoirs était à l'ombre. Elle inspecta l'eau à la recherche d'algues, mais heureusement elle était claire. Elle posa l'un des arrosoirs sur le bord du puits et chercha des yeux le terrier de lapin qui se trouvait dans les parages.

Elle eut mal à la tête en se baissant. Ce n'était vraiment pas son jour, en dépit de tout le travail qu'elle avait prévu d'abattre.

Avait-elle pris un coup de froid ? ou quelque chose qui la rendait sensible ? Elle décida d'inspecter à nouveau le carré B puis d'aller du côté du carré C, à une distance raisonnable de la tombe de Mareike.

En reprenant son chemin, elle croisa une jeune famille. Des visages inconnus, sans doute des visiteurs venus d'ailleurs pour le week-end. L'homme lança un regard appuyé vers les arrosoirs que portait Gesine. Elle resserra ses doigts sur les anses. Ces arrosoirs en plastique foncé qui portaient le logo blanc de l'administration étaient très enviés. Gare à celui qu'elle surprendrait en train d'en voler dans le cimetière !

L'homme salua poliment, sa femme était occupée avec le bébé. Aucune raison d'entrer en conflit.

Il y avait des algues filamenteuses dans le deuxième puits. La hantise des jardiniers du cimetière. Non pas parce que les algues étaient nuisibles mais parce qu'il fallait les retirer afin d'éviter les plaintes des usagers. Une tâche pénible. Alors que ces mêmes usagers étaient responsables de la pousse des algues : ils plongeaient dans l'eau leurs pelles et leurs râteaux pleins de terre et de phosphates.

D'humeur maussade, Gesine plongea la main dans la masse filandreuse. Elle ne mettrait pas d'arrosoir ici. Et si elle faisait demi-tour pour vérifier que Frida et Marta allaient bien ? Non, il ne valait mieux pas.

Elle retint le numéro du puits et poursuivit son inspection. Dresser un peu l'oreille, l'air de rien, au cas où quelqu'un l'appellerait. Mais elle n'était pas obligée de répondre à l'appel.

Serait-elle un jour capable de se détendre dans ce cimetière ? Se sentirait-elle à nouveau en sécurité ici, à présent que Mareike polluait le terrain ?

Ce serait peut-être plus facile si Hannes était à ses côtés. Pour lui changer les idées. Mais aujourd'hui il avait un enterrement quelque part à l'autre bout de la ville. Et, en plus, il faudrait voir comment il réagissait à ce qu'il avait appris sur son passé.

Le pire serait de voir resurgir ses parents dans l'enceinte du cimetière. Sur la tombe de leur Mareike adorée. Ils porteraient des signes ostensibles de deuil. Une cravate sombre, un chemisier noir, un bouquet de lis acheté très ostensiblement dans une autre pépinière. Ils seraient peut-être accompagnés d'amis ou de connaissances, des gens d'avant qui adresseraient la parole à Gesine. Mais où était-elle donc passée, toutes ces années, et comme elle était mignonne quand elle était petite…

— Madame Cordes ! Attendez, s'il vous plaît.

Elle tourna sur elle-même, mais ce n'était que le vieux M. Dinkelbach qu'elle n'avait pas vu. D'un pas raide, il vint lui demander du feu afin d'allumer un cierge sur la tombe de sa femme. Elle prit sur elle pour rester immobile tant elle était plongée dans ses pensées.

Consciencieusement, le vieil homme déplia le bout du cierge.

— La police était ici aujourd'hui, dit-il.

— Un samedi ?

— L'homme ne portait pas d'uniforme, mais il m'a montré sa plaque.

— Est-ce que c'était un type un peu gros avec des lunettes ridicules sur le nez ?

— Vous le connaissez ? Il a demandé après vous, mais plutôt comme s'il ne savait pas vraiment qui vous étiez.

Elle jouait avec le briquet. Lasse Johannsen et ses vieilles ruses. Apparaître dans le quotidien des suspects et poser des questions au hasard, juste pour les rendre nerveux.

— Qu'est-ce qu'il voulait savoir ?

M. Dinkelbach réfléchit. Le dos de ses mains était bleu. De toute évidence, il avait froid dans son complet élimé.

— S'il y a des tombes que vous préférez. Et si, à ma connaissance, vous alliez souvent voir les tombes des enfants.

Elle secoua la tête, stupéfaite.

Le vieil homme porta le cierge jusqu'à la tombe.

— Vous ne travaillez pas au noir, tout de même ? demanda-t-il.

— Non. Je pense que la police m'a confondue avec quelqu'un d'autre.

Il revint vers elle.

— Je vous aime bien, madame Cordes. (La pointe de son nez était rouge et gouttait.) Excusez-moi, dit-il, cherchant un mouchoir.

Il avait vécu cinquante-cinq ans avec sa femme sans être jamais séparé d'elle. Tout à coup, Gesine le comprit. Elle lui posa la main sur l'épaule avant de repartir.

Elle ne rencontra pas de problème au puits suivant, ni à celui d'après, mais il lui restait encore trois arrosoirs à répartir quand elle entendit un bruit de moteur. Un scooter ou un vélomoteur roulait dans le cimetière, lentement, en pétaradant. Puis, comme sur un terrain d'entraînement, il accéléra, tourna derrière les buissons, freina avant de redémarrer à toute vitesse. On entendait des enfants pousser des cris de joie. Frida et Marta ? Gesine se pressa, le scooter s'éloignait. Lorsque ses soupçons se confirmèrent, elle prit un raccourci et se dirigea droit vers la concession C-212.

Elle arriva à temps pour voir l'engin se garer devant la tombe de Mareike. Un scooter avec side-car, dont sortirent bel et bien Frida et Marta. Elles firent signe à Gesine d'un air joyeux tandis qu'un homme mince en combinaison de cuir descendait du siège et retirait son casque. Juan.

— Désolé, si ça n'est pas permis, lança-t-il à son attention.

Il portait des lunettes de soleil malgré le ciel couvert. Gesine avait le souffle coupé. Le scooter était très vieux, un revêtement laqué bordeaux, et l'arceau de sécurité du side-car avait l'air déformé.

— Pourquoi est-ce que les enfants ne portent pas de casque ? demanda-t-elle d'un ton agressif.

Juan releva sur sa tête ses lunettes de soleil et posa son casque sur le guidon.

— On a juste fait un tour depuis la chapelle jusqu'ici, mais elles en portent un sur la route, évidemment.

Mais Marta fit une moue – sous-entendu, Juan était en train de mentir une fois de plus. Dans la meilleure tradition familiale.

— Bien, dit Gesine. Un coup de fil à la police et les collègues sont là dans une minute.

Elle posa les arrosoirs par terre et fit semblant de chercher son téléphone dans ses poches. Les petites couinaient, plus amusées qu'inquiètes, et elle aurait bien aimé les imiter car son comportement lui paraissait à elle aussi plutôt comique. Mais qui irait-elle appeler ? Et en quoi c'était son affaire de se préoccuper de la sécurité des filles ?

— Il faut aussi respecter le repos des morts dans le cimetière, ajouta-t-elle. J'ai tout pouvoir d'appliquer le règlement.

— Attends, répondit Juan, je ramène le scooter à pied jusqu'à l'entrée, comme ça il n'y a plus de problème.

Frida souleva l'un des arrosoirs et le tendit à Gesine.

— On n'a pas besoin de casque dans le side-car. Enfin c'est ce qu'on pense.

Marta acquiesça et continua à jouer avec le trou entre ses dents. Ne pas regarder.

— Tu nous aides aujourd'hui ? demanda Marta en lui donnant un coup de coude.

— Moi ?

— On a besoin de nouvelles fleurs.

Elle désigna la tombe. Un amoncellement de couronnes et de gerbes fanées. Personne n'y avait encore touché depuis l'enterrement. Les fleurs étaient marron et gorgées d'eau, les rubans sales. Une douzaine de cierges éteints se dressaient en travers du chemin, eux aussi remplis d'eau de pluie.

— Tu es jardinière, non ? insista Marta.

Encore un regard de haut en bas de ces grands yeux sombres. Et à nouveau le sentiment d'être hostile et inaccessible.

Gesine s'accroupit.

— Vous devez nettoyer la tombe, dit-elle, en se dominant de son mieux. Il faut d'abord défaire les rubans des couronnes. Si vous voulez, vous pouvez les plier et les rapporter à la maison. Et les fleurs, il faut les porter jusqu'au container marron, autant que vous pourrez.

— Exactement, intervint Juan. Et pendant ce temps, Gesine et moi, on va ramener le scooter au parking.

Mais bien sûr. Elle se releva et vit qu'il mettait déjà les arrosoirs dans le side-car. Elle les reprit rapidement.

— Il faut que je te parle de toute urgence, lui glissa-t-il.

— Pas besoin.

Elle montra aux fillettes le chemin menant au container marron et passa devant Juan sans lui dire au revoir. Quelques secondes après, il avait démarré sa moto et l'avait rattrapée.

— Arrête-toi, dit-il, on a quelque chose à régler.

Non. Elle n'avait rien à régler.

— Est-ce que tu vas faire tout un cinéma chaque fois qu'on se croise, Gesine ?

Le scooter puait. Il fallait espérer qu'ils ne croisent personne. Heureusement, ils rejoindraient l'allée principale dans quelques mètres et Juan devrait tourner s'il voulait aller au parking. Elle voulut filer et il donna un coup de klaxon. Un son bruyant et grossier qui résonna dans tout le cimetière. Et, par-dessus le marché, Juan hurla son nom. Elle lança l'un des arrosoirs dans sa direction.

— Je ne veux rien avoir à faire avec toi !

Il coupa le moteur.

— Moi non plus, merci.

— Tes filles m'ont déjà débusquée à la chapelle ce matin. Parce que tu ne t'occupes pas d'elles. Parce que tu les laisses tout le temps seules.

— Ça, tu ne peux pas en juger.

— Je n'ai pas besoin d'en juger. Mais j'ai besoin qu'on me laisse tranquille.

Il descendit de son siège.

— Tu crois que ça me plaît que Mareike ait justement choisi ce cimetière ? On peut être heureux qu'elle ne se soit pas installée juste à côté de ton fils.

Elle n'en crut pas ses oreilles. Comment pouvait-il être aussi brutal ?

— Tu as cru que c'était un hasard ? dit-il en roulant des yeux. Mais comment peux-tu être aussi naïve ? Mareike n'a jamais cru que tu avais incinéré ton fils anonymement. À peine était-elle rentrée en Allemagne qu'elle a harcelé l'administration du cimetière jusqu'à avoir toutes les informations. Et elle a choisi une concession au même endroit.

Qu'il puisse parler comme ça. Comme si Philipp était un sujet de conversation anodin. Comme si tout était connu et public, le petit cercueil, la petite tombe, le vieux banc en plastique dans les buissons.

— Ta femme a tué mon fils, dit Gesine comme si les faits avaient encore besoin d'être éclaircis.

— Oui, répondit-il, Mareike a laissé mourir Philipp.

Il minimisait son crime comme tout le monde l'avait toujours minimisé, mais Gesine n'avait pas eu à subir ça depuis longtemps. Elle éprouva le besoin de le frapper, mais eut la présence d'esprit de quitter le chemin et se fraya un passage dans les buissons. Elle entendait tout craquer et bruisser autour d'elle, mais elle entendait aussi Juan qui la suivait.

— La mauvaise conscience n'a jamais quitté Mareike, lança-t-il. Elle était obsédée par sa culpabilité et aurait tout donné pour ressusciter ton fils.

Qui ne l'aurait pas fait ?

Elle leva les bras pour protéger son visage. Presque agréables, ces branches qui lui griffaient les mains. Malheureusement, les buissons n'étaient pas très épais et elle se retrouva vite sur un chemin dégagé. Juan bondit devant elle.

— Je te demande pardon, dit-il. Je m'excuse du fond du cœur pour le mal qui t'a été fait, Gesine.

Elle transpirait, elle le regarda d'un air hébété. Lui transpirait aussi dans sa combinaison en cuir, et il avait perdu ses lunettes de soleil.

— Je peux même te comprendre, poursuivit-il. Moi aussi, j'aurais voulu traîner Mareike devant les tribunaux, exactement comme toi. Mais nous ne pouvons plus influer sur la manière dont les choses se sont déroulées.

Elle avait encore envie de le frapper. Ou de se pencher en avant et de vomir – et, pour couronner le tout, la jeune famille qu'elle avait croisée tout à l'heure arrivait en sens inverse. Ils jetaient des regards curieux dans leur direction ; Juan fit un geste rapide. Elle tenait sa main devant sa bouche et secouait la tête pour l'empêcher de s'approcher, mais il planta ses poings sur ses hanches et se campa sur toute la largeur du chemin pour qu'elle puisse cracher dans l'herbe à l'abri des regards.

— Je ne crois pas tes parents non plus, finit-il par dire quand ils furent à nouveau seuls. Tu n'as pas tué Mareike. Mais elle ne s'est pas suicidée non plus. J'en suis certain.

Elle s'essuya la bouche.

— Est-ce que tu as informé la brigade criminelle du fait qu'elle avait acheté sa propre concession ?

— Non, car ça n'a rien à voir avec sa mort.

— C'est clair comme de l'eau de roche, Juan.

— Non ! Elle ne se serait jamais jetée sous le train de son plein gré – ne serait-ce que pour les filles. Et, en plus, elle n'a pas laissé de lettre d'adieu.

— Parce qu'elle était lâche.

— Tu ne la connais pas du tout.

— Lâche comme toi. Tu n'as même pas osé avouer la vérité à tes filles. Au lieu de ça, tu leur as dit que je n'avais pas d'enfants.

Et le voilà à écarquiller les yeux et à lever les bras au ciel. À gratter le sol de ses baskets bleu clair.

— Et alors ? s'écria-t-il. Qu'est-ce que j'aurais dû leur dire ?

— Le thème « excuses sincères » est clos maintenant.

— Tu es totalement égocentrique. (Il s'emportait vite.) Donc, j'aurais dû dire aux filles quel genre de personne était leur mère ?

Ses paroles restèrent un instant suspendues dans les airs, puis Juan disparut dans les buissons à la vitesse de l'éclair. Gesine s'assit par terre, le cœur battant à tout rompre. Le scooter redémarra dans une allée parallèle, non pas en direction du parking mais vers la tombe, probablement pour aller chercher les enfants.

Très bien. Tranquille dans le cimetière pour le reste de la journée.

Gesine tira le carnet de notes de la poche de sa veste et l'ouvrit à la dernière page. *Quel genre de personne était leur mère*, écrivit-elle, et à côté *Juan Alvarez*, et la date.

Quel genre de personne ? Quel genre de personne était Mareike ?

Étrange vocabulaire pour un époux en deuil.

7

Marina Olbert attrapa sa brassière de sport.

— Si tu es un tant soit peu honnête, tu seras forcé de reconnaître qu'on n'a jamais eu une vraie relation, dit-elle.

— Oui, mais pas une fausse non plus…

Lasse Johannsen tira la couverture sur son ventre. Il avait plus l'air contrarié que choqué. Marina se dit qu'elle ne s'était peut-être pas montrée assez claire.

— Il me suffit de penser à l'affaire Alvarez pour savoir qu'il faut qu'on arrête.

— Tu veux me rabaisser au rang de simple collègue ?

Tandis qu'elle passait devant le lit, il tendit un bras qu'elle esquiva d'un mouvement du bassin.

— Tu t'es impliqué dans cette enquête plus que tu ne l'aurais dû, Lasse.

— Parce que je connais Mareike et Gesine mieux que toi.

— Je ne veux pas parler d'elles maintenant, répondit-elle. Et sûrement pas dans ma chambre à coucher.

Elle ouvrit la penderie à la recherche de son maillot de cycliste. Lasse s'étira.

— C'était pourtant pratique que je puisse te donner autant d'infos. Et si je peux me permettre, la convocation de Gesine, c'était ton idée.

Oui, ça avait été une erreur de la faire venir au bureau, mais la curiosité de Marina avait pris le dessus. Elle avait voulu observer la manière dont Lasse et Gesine réagissaient l'un à l'autre. Il y avait eu tellement de bruits de couloir au commissariat. Exaspérant. Cordes, l'héroïne tragique revenue du passé, ancien petit génie de la criminelle. Belle comme sa sœur, qu'on aimait d'ailleurs inviter à l'époque quand on faisait des fêtes et des barbecues dans la cour. Même si la sœur n'était pas de la police. Mais elle amenait sa guitare.

— Dis-moi, est-ce qu'il y a d'autres services qui acceptent d'inclure la sœur d'une jeune policière de la criminelle dans le cercle des collègues, comme vous l'avez fait il y a dix, douze ans avec Mareike Augenthaler ? demanda Marina.

— Je t'en prie ! C'était normal à l'époque. Tu ne peux pas comparer ça avec aujourd'hui.

Exact. Aujourd'hui, on ne mélangeait plus vie professionnelle et vie privée. Marina trouva son maillot et le passa par-dessus sa tête. Il était tellement étroit qu'il lui fallait se contorsionner pour réussir à l'enfiler.

— Tu te comportes comme si tu étais jalouse, lui lança, de loin, Lasse. Mais tout ça c'est du passé, maintenant. Gesine, Mareike et moi on était amis, voilà tout.

Bien sûr. Les sœurs Augenthaler n'avaient aucun appétit charnel. Marina fusilla Lasse du regard.

— On arrête cette conversation. Je dois y aller. Mets la clé dans la boîte aux lettres en partant, s'il te plaît.

Lasse fit de grands yeux.

— Tu es sérieuse ?

— De quoi est-ce que je parle depuis tout à l'heure ?

— De boulot.

Il se leva du lit, nu comme un ver. Elle aimait son torse glabre.

— Marina, dit-il, cherchant de nouveau à l'attraper, on ne va quand même pas foutre en l'air notre histoire à cause d'une affaire.

— On ne voulait pas se prendre trop au sérieux, de toute façon. Tu l'as dit toi-même.

— C'était à la fête de Noël !

— Pour moi, c'est toujours valable.

Elle prit ses chaussures et passa dans la cuisine. Elle n'avait pas prévu de parler comme ça, pas de manière aussi personnelle, et elle ne voulait plus s'embourber dans des relations sans lendemain, elle se l'était juré une bonne fois pour toutes.

Lasse l'enlaça alors qu'elle remplissait un verre d'eau au robinet.

— Reviens au lit.

Elle se dégagea de son étreinte, mit son vélo de course sur son épaule, ouvrit la porte de l'appartement et disparut.

La circulation était encore engorgée, c'était l'heure de sortie des bureaux. Marina Olbert s'inséra dans le trafic et fit des efforts pour éviter de s'énerver sur la sonnette de son vélo. Démarrer, s'arrêter, redémarrer, s'arrêter. Heureusement qu'elle était en forme. Et heureusement aussi qu'elle était capable de freiner le cours de ses pensées. Si Lasse avait vraiment des sentiments pour elle, il ne mettrait pas la clé dans la boîte aux lettres.

Ou bien si ? Ou non ? Elle s'en fichait.

L'affaire Cordes commençait à mettre Marina sur les nerfs. L'admiration à peine dissimulée avec laquelle on parlait de cette femme au commissariat. L'évocation de son talent et de sa sœur Mareike. Le bon vieux temps. Il fallait qu'on la laisse faire son enquête, bon sang.

Une lettre était arrivée au commissariat quelques jours plus tôt. De Gesine Cordes pour Klaus Cordes. Elle avait été tentée de l'ouvrir une fraction de seconde, mais ne l'avait évidemment pas fait. Au lieu de ça, elle avait été assez gentille pour la renvoyer dans une autre enveloppe, en y ajoutant ce mot :

Madame Cordes, j'ai intercepté votre lettre et je me vois obligée de vous la renvoyer à nos frais. Votre ex-mari s'est fait muter, il y a quelques années déjà, et travaille désormais en Europe de l'Est. Vous pourrez obtenir sa nouvelle adresse professionnelle en contactant les autorités compétentes à Bruxelles.

Neutre, serviable, mais pas trop zélé. Et comme ça, Cordes apprendrait que Marina Olbert savait tout ce qui se passait au commissariat.

Elle était arrivée au niveau du périphérique et roulait plus vite maintenant. Elle put enfin changer de vitesse, elle raidit les épaules et détendit les hanches. Dans les dix derniers jours, elle avait pris un kilo tout rond de masse musculaire. On le voyait à ses jambes, sous le léger hâle qui montait jusqu'à ses cuisses, avec une limite nette là où commençait le maillot. Elle se leva de selle et appuya énergiquement sur les pédales.

Un avantage de l'enquête en cours : elle avait découvert la piste cyclable qui longeait le cimetière-est, laquelle lui avait permis de s'entraîner plus efficacement encore. Elle allait atteindre le cimetière dans quelques secondes, puis le chemin continuait dans les collines, en pleine campagne.

Lasse (encore lui !) lui avait montré où trouver Gesine Cordes en journée ainsi que les membres de son entourage. Hannes Van Deest, par exemple, l'opérateur de pompes funèbres était intéressant. Un type séduisant qu'on aurait tout à fait pu croiser dans un club de fitness. Ou encore Juan Alvarez. Ils l'avaient observé devant la tombe. Il passait un coup de téléphone, très énervé, absolument pas triste. Un potentiel coupable ?

Marina avait été la seule à voir dès le début qu'il y avait de quoi ouvrir une enquête pour homicide. L'analyse de la cuillère d'enfant qu'on avait trouvée à côté des voies ferrées n'était pas encore terminée, mais elle aurait parié qu'elle était vieille de dix ans au moins. Un manche en porcelaine éclaté. Lasse s'était tout de suite souvenu que le petit garçon des Cordes en avait possédé une du même genre. Et qu'après l'accident, Gesine Cordes s'était littéralement accrochée à cette cuillère, devenue une sorte d'objet transitionnel vers son fils. Atroce.

Lasse voulait tout de même qu'on envisage la possibilité du suicide. Un suicide sous le poids de la culpabilité, à cause de l'histoire avec l'enfant Cordes ? Mais pourquoi maintenant ? Pourquoi Mareike se jetterait-elle sous un train dix ans plus tard ? Non, ce n'était pas logique. Les sentiments de culpabilité ne mettaient pas autant de temps à se déclencher. Contrairement à la vengeance qui, elle, pouvait attendre.

Mais Lasse ne comprenait rien aux femmes.

Le cimetière-est était devant elle. Marina Olbert freina. La voiture de l'opérateur de pompes funèbres était garée sur le parking. Il conduisait un utilitaire haut de gamme portant le logo de sa société. Le pick-up de Cordes était garé à côté, en toute intimité. Qu'est-ce qu'ils pouvaient bien être en train de faire ?

Soudain, un cabriolet arriva en trombe, la capote relevée. Une bagnole hors de prix, qui devait être un deux-places mais qui transportait trois personnes. Marina poussa le vélo à demi derrière le mur du cimetière. La portière du côté passager du cabriolet s'ouvrit et les jumelles Alvarez en sortirent, sautillantes, pendant qu'un type de deux mètres minimum sortait de l'autre côté. Élégant, très viril et pourtant souple. Dans sa manière de se pencher pour sortir deux sacs de sport de la voiture basse. Dans sa manière de tendre les sacs aux filles. Comme s'il faisait ça tout le temps. Comme si les enfants le connaissaient très bien. Or les dossiers de l'enquête ne mentionnaient cet homme nulle part.

Elle sortit son téléphone de sa poche et prit une photo. Elle zooma sur la plaque d'immatriculation et en prit une autre. Dans sa tête, elle parcourait la liste que lui avaient donnée les vieux Augenthaler, établie avec la participation de Juan : celle des personnes ayant été en relation avec Mareike, Juan ou leurs filles. Ce type de deux mètres n'en faisait pas partie. Quel boulot bâclé ! Pourquoi personne ne s'en était-il aperçu ?

Elle clipsa ses semelles sur les pédales. À compter de demain, elle reprendrait l'affaire bien en main. Ne l'avait-on pas surnommée, elle aussi, le « petit génie » dans son ancien service avant que tout commence à partir de travers ?

CARNET DE NOTES

Bocconie cordée

Également nommée pavot à plumes.
Imposante plante vivace ornementale.
Plante pour fond de jardin ou situation isolée, sans besoins particuliers.
Famille des Papaveracées.
Herbacée à la croissance verticale pouvant atteindre trois mètres de haut.
Facile d'entretien, résiste au gel.
Floraison estivale. Inflorescence en panicules plumeuses et ramifiées, blanches ou roses.
Fruits en capsules à partir de l'automne.
Feuilles lobées et alternées de couleur bleu-vert, allant jusqu'à trente centimètres de long, couvertes de poils gris sur leur face inférieure.
Dénudée en hiver.
Forme des rhizomes souterrains, avec une tendance à être envahissante.
Substance toxique de la famille des alcaloïdes, groupe des isoquinoléines.
Le poison se trouve dans l'ensemble de la plante.
Latex irritant dans les tiges : rougissements de la peau, formation de cloques.
Après ingestion des capsules de graines ou d'autres parties de la plante : sensation de brûlure des muqueuses, diarrhées, maux de ventre et difficultés respiratoires possibles.
Hydratation abondante, apport d'oxygène dans les cas extrêmes.

8

Une demi-bouteille de vin rouge, en plus d'un somnifère. Mais le sommeil ne venait pas, enfin rien qui soit digne de ce nom. Gesine était recroquevillée dans le coin-salon. De l'autre côté du camping-car, le lit était défait – elle ne voulait plus le voir. Elle éteignit la lumière.

La lumière de la lune se reflétait dans la bouteille de vin, un faible signal vert pâle. Le liquide, presque noir, n'était plus aussi bon que tout à l'heure. Quelques étoiles dans le ciel, le lever du soleil serait encore long à venir.

Elle ouvrit une fenêtre. Une couverture de laine autour des épaules, elle essaya de trouver une position confortable sur la banquette. Elle finirait bien par avoir sommeil si elle attendait assez longtemps. À un moment, ses pensées s'arrêteraient de tourner en rond.

Marina Olbert avait fait une apparition à la pépinière cet après-midi-là, dans la serre de derrière, au moment où Gesine chargeait des impatiens. La palette en plastique avait failli lui tomber des mains. Marina Olbert en trench-coat saumon, avec un sac de toile en bandoulière. Les collègues s'étaient ameutés dehors dans la cour.

— Désolée de vous déranger, avait dit Olbert, mais je n'étais pas sûre que vous donneriez suite à une autre convocation.

— Vous êtes venue seule ?

Gesine porta la palette jusqu'au chariot à roulettes. Des impatiens rouges et blanches. Impétueuses, explosives. Marina ouvrit son sac à bandoulière et en sortit un petit carnet marron.

— Regardez ça. L'agenda de votre sœur.

— Vous êtes sûre ?

Gesine n'eut pas besoin de regarder de très près. Dix ans plus tôt, sa sœur gérait déjà ses rendez-vous sur des appareils électroniques hors de prix et tape-à-l'œil qui bipaient et sonnaient à n'en plus finir.

Olbert feuilleta le carnet.

— C'est drôle, votre sœur était vraiment vieux jeu, non ? Peut-être aviez-vous plus de choses en commun que vous ne le pensiez.

Le chef surgit dans la cour extérieure et chassa les collègues qui bavaient devant les vitres. Puis il leva le pouce en direction de Gesine, comme s'il avait pour mission d'assurer son soutien psychologique.

Elle retira ses gants et prit l'agenda des mains d'Olbert avant qu'elle puisse l'en empêcher. Cette femme n'était vraiment pas très alerte pour une enquêtrice.

Mais l'écriture dans l'agenda ébahit Gesine. Elle donnait vraiment l'impression que c'était Mareike qui avait écrit tout ça. La même écriture idiote de petite fille qu'autrefois, avec de petites lettres rondes sans personnalité.

— Rendez-moi ça, madame Cordes, c'est une pièce à conviction.

— Vous n'aurez qu'à faire plus attention la prochaine fois.

Elle tourna le dos à Marina Olbert et feuilleta le carnet. Au jour du 24 mai était inscrit *Anniversaire de Frida et Marta*. Pourquoi une mère écrivait-elle ça dans son agenda ?

Marina Olbert soupira.

— Bon, eh bien, regardez vers le début de l'année. Deux mois avant la mort de votre sœur.

Gesine ouvrit les pages de février. Mardi : *Gesine 17 heures*. Et le mardi suivant, encore, *Gesine 17 heures*. Pour tout le mois de février, il y avait la même mention le mardi après-midi.

— C'est une mauvaise blague, dit-elle. Et ça ne signifie en rien que j'ai vu Mareike.

— C'est un indice, répondit Olbert, et comme vous étiez une superflic avant, vous savez très bien ce que ça signifie.

Gesine ne réagit pas à cette pique.

— Vous avez regardé si ces rendez-vous étaient également enregistrés dans son portable ?

— C'est moi qui pose les questions aujourd'hui.

— Votre prétendu indice s'évanouira dans les airs à l'apparition du moindre indice contradictoire, comme par exemple un planning différent enregistré dans son téléphone.

Elle tendit le carnet à Marina Olbert d'un geste décontracté, comme s'il n'avait pas de valeur. Olbert le fit disparaître dans son sac à bandoulière.

— Il n'y a pas de planning différent, dit-elle avec un sourire malicieux. Dans le portable est inscrit l'entraînement de basket des enfants. De seize heures trente à dix-huit heures. Mme Alvarez les conduisait au gymnase et revenait les chercher. Mais où était-elle entre-temps ? (Marina Olbert fit une pause savamment calculée.) *Gesine 17 heures*. Comme l'a inscrit Mareike dans son petit agenda secret en cuir marron.

— Et pourquoi secret ? demanda Gesine. Où avez-vous trouvé cet agenda ?

— J'avais espéré que vous nous donneriez quelques explications aujourd'hui, dans votre propre intérêt.

Gesine se pinça les lèvres. Olbert était du genre très facile à cerner. Le trench-coat repassé, une perfection éloquente. L'entrée en scène d'une femme qui manquait de confiance en soi.

— Des graphologues et des experts en écriture pourront vous dire quand les rendez-vous ont été inscrits dans l'agenda, madame Olbert. Soit ce sont des faux, soit cet agenda était un produit de l'imagination de Mareike. L'autre vie qu'elle aurait aimé vivre, avec la possibilité de me rencontrer.

Olbert passa la main dans ses cheveux blonds.

— Oh oui ! Un rendez-vous avec vous, on ne peut qu'en rêver. Et merci pour le cours de soutien en criminologie.

— J'ai le droit de me défendre.

— Il va être temps de prendre un avocat, car vous savez, nos graphologues et nos techniciens ont confirmé depuis longtemps que ces notes proviennent bien de la main de Mme Alvarez. Et, d'après ce que nous savons, votre sœur n'était pas extravagante au point de rêver d'une autre vie. Bien au contraire, Mareike Alvarez était une personne stable, bien intégrée et très sociable.

— Qui dit imaginative ne dit pas asociale.

La voix de Gesine devenait plus dure. Marina Olbert acquiesça.

— Absolument. Et si quelqu'un le sait, c'est bien vous. (Elle alla à nouveau chercher quelque chose dans son sac à bandoulière.) Et qui dit imagination dit aussi souvenir, n'est-ce pas ?

Une petite cuillère apparut dans les mains de Marina Olbert et Gesine crut que le sol s'ouvrait sous ses pieds. Une cuillère d'enfant avec un manche en porcelaine, la cuillère de Philipp. Non, elle se rendit compte juste à temps que le manche était vert et pas blanc. Ce n'était pas la cuillère de Philipp, ce n'était pas le dernier couvert qu'il avait mis dans sa bouche.

— Pas d'inquiétude, c'est juste mon exemplaire de travail, dit Olbert. Comme je n'ai pas d'enfants, j'ai parfois besoin d'avoir quelque chose de tangible à disposition dans mes enquêtes.

Elle tendit la cuillère à Gesine. Le logo de Sterntaler, flambant neuf, sans éraflures. Le même dessin mais sur fond vert, un mauvais tour de l'enquêtrice, un instant de choc. Pourquoi ?

— Les techniciens de la criminelle sont toujours en train de recoller la cuillère que nous avons trouvée sur les rails, dit Olbert. Des douzaines d'éclats. Un modèle plus ancien que la cuillère que vous voyez là, mais avec un manche clair.

— La cuillère de Philipp, s'entendit dire Gesine.

— C'est ce qu'on peut supposer.

— Mais qu'est-ce que Mareike voulait en faire sur les rails ?

— Peut-être le meurtrier l'avait-il avec lui. Elle a dû glisser du sac de quelqu'un.

— Vous avez trouvé des empreintes ?

— Ça ne vous regarde pas.

— Cette cuillère a une longue histoire. Mais son histoire n'explique pas toutes les empreintes que vous trouverez dessus.

Olbert fit disparaître son exemplaire de travail.

— Vous avez certainement gardé quelques souvenirs du temps où vous étiez mère, madame Cordes ?

— Non.

— On m'a dit que le soir après l'accident de votre fils, vous avez ramassé tout ce qui se trouvait dans le jardin. L'assiette en plastique rouge, la cuillère avec le logo de la petite fille de Sterntaler. Personne ne pouvait y toucher à part vous.

— Avez-vous parlé avec mes parents ?

— Pas une discussion facile, comme vous pouvez l'imaginer. Mais extrêmement riche en informations.

— Mes parents ne savent pas que je n'ai absolument rien emporté quand je suis partie de chez mon mari. À part les vêtements que j'avais sur moi.

Pourquoi est-ce que sa voix était aussi faible ? Pourquoi ne chassait-elle pas l'enquêtrice de la pépinière ? Comment en était-elle venue à parler d'autrefois en se justifiant, comme si c'était à elle de réfuter le soupçon ridicule de ses parents ?

— Allez-vous-en.

Olbert fit bel et bien demi-tour sur ses talons et traversa la serre pour aller vers la porte. Son trench-coat saumon voletait autour de ses hanches, elle avait l'allure d'un oiseau prenant son envol.

Gesine but une nouvelle gorgée de vin. Il faisait encore plus sombre maintenant dans le camping-car, la lune était en train de s'enfoncer dans la forêt. Elle la regarda jusqu'à avoir les yeux brûlants et la sensation que son crâne avait été passé à la moulinette. Puis elle plaça la bouteille hors de sa portée.

Mareike était-elle folle ? Avait-elle pris la cuillère de Philipp avant de partir en Espagne, pour qu'elle l'accompagne durant toutes ces années ? Comme le symbole de sa culpabilité ? de son masochisme ? Quelle prétention, quelle insolence même de faire main basse sur les affaires d'un enfant.

Et comment pouvait-elle désirer voir Gesine ? Le mardi à dix-sept heures, pendant que Frida et Marta couraient en toute innocence derrière un ballon de basket. Les jumelles. Elles avaient fêté leur anniversaire le 24 mai.

Gesine tendit l'oreille dans la nuit. Bizarre. Elle avait l'impression d'entendre le couinement des chaussures de sport sur le sol du gymnase. Ça devait être le vin, et le somnifère aussi.

Sans parler de la découverte de la mutation de Klaus. Très loin. Une amère déception. En tant qu'ex-mari, Klaus n'avait aucune obligation de rester dans la même ville qu'elle, bien sûr. Mais pourquoi Gesine s'était-elle autant torturée avant de décider de lui demander de l'aide ? Lui, par exemple, aurait pu faire une déclaration importante sur le sort de la petite cuillère.

Mais Klaus avait toujours eu des ambitions internationales. Europe de l'Est. Bruxelles. Et Gesine ? Elle était restée. Coupée des vieilles histoires et en même temps toute proche. Au cimetière.

Presque comme Mareike. C'était quand même dingue qu'elle soit rentrée d'Espagne et qu'elle ait réellement commencé à se préoccuper de Gesine. Des pensées brutales, le mardi à dix-sept heures.

Que s'était-il passé ces mardis-là ?

Le cimetière fermait pile à dix-sept heures en février. À la fin de la journée, Gesine était le plus souvent en train de laver sa tasse de thé dans la loge du gardien, puis elle la rangeait dans l'étagère avant de retourner à la pépinière. Le gardien fermait le portail au même moment.

Non. Au début de l'année, la femme du gardien était à l'hôpital et, durant plusieurs semaines, il avait dû terminer son service plus tôt. En février aussi. Oui. Gesine l'avait remplacé au mois de février, elle avait fermé le cimetière à sa place. Elle avait donc été seule à dix-sept heures, le mardi aussi ! Et elle n'avait pas de témoins dont elle puisse se souvenir.

Satanée Mareike.

Gesine rejeta la couverture en laine de ses épaules, plus éveillée que jamais et électrisée comme on ne peut l'être qu'à trois heures du matin. Pourquoi avait-elle encore l'impression d'entendre le couinement des baskets sur le sol du gymnase ?

Elle tendit l'oreille. Le bruit était de retour. Ce n'était pas le couinement de semelles en caoutchouc, mais plutôt un tintement de métal sur du métal et ça venait du pré. Quelqu'un était en train de sectionner les fils de la clôture. Elle épia par la fenêtre. Quelqu'un allait surgir près du camping-car dans peu de temps. Ou avait-il plutôt jeté son dévolu sur la ferme ?

Elle se releva doucement de la banquette et s'assura que la porte était bien fermée. Dans le coin-cuisine, son portable pendait à son chargeur, éteint. Elle s'en empara à tâtons mais n'osa pas l'allumer de peur que l'écran ne s'éclaire et attire l'attention. Une fois l'appareil en main, elle se recroquevilla sous sa couverture en laine, tendit bien l'étoffe autour d'elle et appuya sur la touche. Jamais encore son écran ne lui avait semblé aussi lumineux.

Elle entendait déjà la personne à la porte du camping-car. La poignée grinçait comme si on appuyait dessus au ralenti et qu'on la relevait tout aussi lentement.

Elle appela la police.

— Gesine Cordes, chuchota-t-elle aussi bas que possible.

— D'où appelez-vous ? répondit-on très fort.

Elle pressa son portable contre sa poitrine pour étouffer le son.

L'intrus était en train de tripoter la serrure, ça crissait et ça cliquetait, et Gesine écuma à l'idée de tout ce qu'il était en train d'endommager. Mais qui était cet abruti ? Il s'imaginait pouvoir la neutraliser mais avait du mal à forcer la porte d'un camping-car ?

Elle coupa la communication avec le centre d'appel d'urgence, rejeta la couverture et poussa le taquet de la fenêtre. Règle n° 1 de la brigade criminelle : augmenter sa propre sécurité. Règle n° 2 de la brigade criminelle : mettre l'agresseur sur la défensive.

Lorsqu'il ouvrit la porte et que Gesine eut le sentiment qu'il était déjà à moitié dans la pièce, elle poussa la fenêtre en Plexiglas et sauta hors du véhicule en roulant de côté. Elle se releva en quelques pas puis se jeta dans les herbes hautes.

Une lumière s'alluma dans le camping-car. Une lampe de poche, qui s'éteignit peu après. L'intrus avait compris ce qui s'était passé.

Elle rampa dans la prairie mouillée sur le ventre, pieds nus, en pyjama-short à manches courtes, le portable bien en main. Elle voulait avoir la porte du camping-car dans son champ de vision car cet idiot allait bientôt ressortir.

Un chien aboya dans la ferme toute proche. Un autre animal hurla au loin, un cri aigu et désespéré.

Gesine s'appuya sur ses avant-bras, releva la tête de l'herbe centimètre par centimètre et examina ce qu'elle voyait. Les arbres s'élevaient derrière la prairie en formant un massif sombre. Le camping-car gris flottait dans un océan plus gris encore.

Elle entendit soudain le marchepied craquer. On distinguait un mouvement dans l'encadrement de la porte. Elle compta sur le fait que l'intrus allait maintenant allumer sa lampe torche pour éclairer le pré, inexpérimenté comme il était. Mais tout resta sombre. On entendait seulement un bruissement dans les herbes. Le type s'approchait bel et bien, il venait droit sur elle et ne se préoccupait pas du bruit qu'il faisait. Il paraissait même étonnamment sûr de lui. Il était mieux équipé qu'elle ne l'avait cru. Il avait un appareil de vision nocturne !

Gesine bondit et partit en courant. Elle ne pouvait pas savoir ce qu'il avait d'autre sur lui. Une arme ? Pouvait-il tirer ? L'herbe était une vraie patinoire pour la plante de ses pieds nus, des pierres jonchaient le chemin, des chardons grattaient ses genoux.

— Josef ! cria-t-elle aussi fort que possible, se frayant un chemin vers la ferme. Josef !

Le chien aboya plus fort, heureux de reconnaître Gesine. Elle semblait avoir toutes ses chances, l'intrus paraissait distancé. Elle n'osa pas se retourner ou regarder derrière elle, mais le martèlement de ses pas s'amenuisait.

— Josef ! Au secours !

Le vieux paysan ne réagissait pas.

Gesine dut faire un crochet pour ne pas s'arrêter et atteignit l'étable des vaches. Elle ouvrit la porte d'un coup et se jeta derrière. Le loquet refusait de fermer. Elle tenta en vain de le forcer, et elle ne trouva pas l'interrupteur non plus. Il lui fallut courir dans le couloir sombre en passant devant les mangeoires.

L'intrus se faufila dans l'étable, suivi par le chien. L'animal gémissait, il resta tout d'abord près de l'étranger. Gesine s'orienta comme elle le pouvait. Des mangeoires et des grilles à droite et à gauche, les vaches qui mastiquaient.

Tout à coup, le chien hurla à la mort. Ses griffes glissèrent sur le sol et il arriva en boitillant comme si quelqu'un lui avait donné un coup de pied. Un espion pratique pour l'intrus. Gesine le tapota affectueusement lorsqu'il vint se frotter contre ses jambes puis attrapa la barrière qu'elle escalada pour rejoindre les vaches. L'appareil de vision nocturne et d'éventuelles armes à feu trouvaient leurs limites face à une pareille cachette.

Les vaches remuaient la tête d'un air curieux. Gesine se glissa lentement entre les grands corps en écartant les bras. Des museaux doux l'effleuraient, les bêtes se balançaient tranquillement. Elle résista à la tentation de parler pour les calmer, elle se contenta de passer sa main sur leur pelage chaud. Elle repoussait doucement leurs flancs devant elle.

Entre-temps, pas de bruit de l'intrus. Seul le chien rôdait en gémissant le long de la mangeoire. Gesine trouva une position où elle était en sécurité et prit son mal en patience. Le type allait peut-être tout bonnement disparaître. Qui était-il ? Équipé d'appareils high-tech mais sans expérience face à une serrure très simple. Imprévisible, donc dangereux.

Une vache lui lécha le bras. Les éraflures sur ses pieds et ses jambes commençaient à brûler. Elle était dans le fumier jusqu'aux mollets. L'odeur était forte, elle se mit à respirer doucement pour éviter une quinte de toux.

Le chien par contre s'impatientait de plus en plus. La barrière l'irritait car elle le séparait de Gesine. Il s'appuya sur la mangeoire et aboya dans sa direction. Les vaches tressaillirent et piaffèrent. Il aboya encore plus fort. Une vache meugla et les autres l'imitèrent aussi sec. Dans toute l'étable éclata un tapage qui effraya Gesine. Les corps des vaches commençaient à se balancer, l'espace autour d'elle s'amenuisait.

Devait-elle essayer de retourner à la barrière et l'escalader ou plutôt s'enfuir vers le fond de l'étable ? Il devait bien y avoir une sortie à l'arrière, empruntée par les vaches pour aller au pré.

Sa décision fut prise en quelques secondes. Elle se fraya un passage dans le troupeau jusqu'au mur du fond. Le tapage était tel qu'elle pouvait maintenant se permettre de diriger les vaches à grands cris en frappant dans ses mains. Elles lui firent un peu plus de place et elle avait presque atteint le mur du fond de l'étable lorsqu'elle glissa et tomba par terre. Puis elle ne sentit plus rien.

Dix ans plus tôt

— Maman.

Un tout dernier « maman », et le silence.

Le silence de l'enfant : les lèvres pendantes, le cœur immobile, les yeux sans regard.

Le silence de Gesine : la peau glacée, les paupières paralysées, respiration contre résistance.

Ne plus dire un seul mot.

Ne plus entendre un seul son, même si Gesine passe sa main sous le tee-shirt de l'enfant et déchire encore plus largement son col tandis qu'elle cherche.

Qu'elle cherche quoi ? Rien.

Elle soulève encore une fois le garçon de la flaque puante, passe son bras autour de son cou et presse son corps contre le sien. Plus fort qu'elle n'a jamais osé le faire en d'autres temps, elle le presse contre elle beaucoup plus fort.

Et rien.

Elle presse, elle tient son corps encore plus serré, encore plus fort. Rien.

Puis à nouveau le cri, strident, aigu. Pas du garçon, toujours pas. Le cri vient de derrière, de Mareike.

Mareike qui se tient devant la porte du cabanon et qui regarde par-delà la pelouse, qui regarde l'enfant et Gesine.

Mareike qui repousse la porte du cabanon derrière elle d'un coup de talon. Un geste rapide et décidé.

— Philipp !

Mareike crie deux fois le nom de l'enfant.

Elle ne voit pas ? pense Gesine en pressant le corps de Philipp contre sa poitrine. Elle ne voit pas qu'il est trop tard ?

Et quand Mareike arrive en courant, quelque chose tombe dans le cabanon, derrière la porte fermée. Ou, du moins, quelque chose roule sur le plancher.

9

Gesine éloigna le pied à perfusion, s'allongea sur le côté et se releva du lit en tirant sur la potence. Elle voulait s'asseoir droit, faire balancer ses jambes ou, mieux encore, poser ses pieds au sol.

La chambre tournait sur elle-même. La vieille femme arrivée cette nuit l'observait depuis le lit voisin. Elle n'avait pas fermé l'œil de la nuit, passant tout son temps à gémir et à invoquer le bon Dieu, jusqu'à ce que Gesine supplie l'infirmière de nuit de lui administrer des somnifères plus forts. La vieille femme sembla vouloir dire quelque chose mais se rendormit avant.

Gesine quant à elle se tenait assise. Et même si elle devait s'appuyer des deux mains sur le matelas, même si sa blessure à la tête semblait brûler sous son bandage, elle pouvait toucher le lino de la pointe des pieds quand elle étendait les jambes. Et ça faisait du bien. Le médecin serait forcé de reconnaître qu'à présent, il n'y avait rien qui puisse s'opposer à sa sortie.

Elle essaya de respirer plus calmement. Elle aurait aimé arracher ses bas de contention. Elle transpirait dans ces machins atroces. Ses orteils en ressortaient rouges et gonflés, et ce n'était pas tout. Des cercles noirs collaient sous ses ongles de pieds. Les dernières traces du fumier dans lequel elle s'était cachée, dont les infirmières n'avaient pas eu le temps de s'occuper.

À la maison, chez le vieux Josef, elle demanderait la faveur d'un bon bain. Bientôt donc.

Aux bruits du couloir, on entendait que c'était l'heure de la ronde : Gesine n'avait plus que quelques minutes à tenir avant de saluer le médecin chef, assise pour son petit déjeuner. Pleine de vitalité, joyeuse mais également coopérante, la seule manière d'obtenir quelque chose dans cette clinique.

Elle rapprocha la table sur laquelle était posé le plateau. Ses mains tremblèrent quand elle voulut verser du thé dans la tasse et, lorsqu'elle ouvrit l'emballage du beurre, il lui tomba sur les genoux en laissant une tache. On frappa à la porte et le médecin entra d'un pas vif, suivi de sa troupe.

— Bon appétit ! dit-il.

Gesine voulut répondre, mais toute sa tension musculaire lâcha d'un coup. Elle s'effondra de tout son corps sur le plateau dans un cliquetis de couverts. Elle voulut saisir la tasse au vol, mais trop tard. Quelqu'un attrapa ses jambes, un autre ses épaules, et on la rallongea sur le matelas, de retour dans l'ancienne position, comme une cuillère de travers dans un tiroir qu'on pousse d'un coup pour la remettre à sa place.

Le meilleur fut pourtant le soulagement secret qu'elle ressentit à être de retour sur le dos. L'infirmière Monika lui rafraîchit la tête, quelqu'un régla le goutte-à-goutte de la perfusion. Personne ne la gronda. Elle se détendit.

Elle avait presque envie de raconter une histoire drôle à l'infirmière Monika : comment les cercles noirs étaient arrivés sous ses ongles de pieds. Mais Monika la cala dans son oreiller.

— Nous sommes ravis que vous ayez la tête dure, madame Cordes. D'autres personnes seraient mortes en glissant sous une vache. Mais ce n'est pas une raison pour ne pas nous écouter.

Gesine réussit à peine à ouvrir les yeux quand Hannes entra dans la chambre. Il s'assit tout près du lit.

— J'étais au commissariat, chuchota-t-il. J'ai essayé de faire pression.

— Marina Olbert.

La langue de Gesine était pâteuse.

— Exactement. (Hannes chercha sa main sur le drap.) Olbert m'a raconté l'histoire de l'agenda. Un coup incroyable.

— Toujours Olbert ? murmura Gesine, espérant que Hannes la comprenait.

— Oui, elle t'accuse toujours. Le danger que tu as couru ne l'impressionne pas du tout. (Il osa aller jusqu'à sa main, les paupières de Gesine se refermèrent.) Repose-toi. (Sa voix baissa encore d'un ton.) Je prends soin de toi. Et quand tu iras mieux, on réfléchira à tes histoires de logement.

Elle sursauta.

— Quoi ?

— Aha, il reste de la vie là-dedans.

— Je reste dans le camping-car !

— Bien sûr. Mais nous devons tirer des leçons de l'effraction.

— C'est mon affaire.

Elle se força à redresser son buste et à se mettre en position assise, à l'aide de l'oreiller.

— Tiens-toi au moins à distance de la famille Alvarez, je t'en prie, dit Hannes.

— Comme si je ne le faisais pas déjà.

— J'ai eu une conversation avec les jumelles au cimetière, il y a peu de temps. Elles m'ont parlé d'algues filamenteuses et d'arrosoirs.

— Est-ce que tu peux me donner un peu d'eau ?

Hannes lui tendit le verre.

— Je suis terrifié, Gesine, quand je pense que ta sœur a été assassinée et qu'après je te vois ici dans ce lit d'hôpital.

— Je ne vais pas me laisser distancer. (La langue de Gesine fonctionnait à nouveau.) Surtout pas par des gens qui viennent en pleine nuit.

— OK. Bon. (Il se leva, l'air mécontent.) À l'avenir, ton portable restera allumé vingt-quatre heures sur vingt-quatre, avec une touche rapide pour m'appeler.

Elle essaya de faire oui de la tête, mais c'était encore trop douloureux.

Le vieux Josef s'était mis sur son trente et un pour rendre visite à Gesine à l'hôpital. Sa chemise était ornée d'une cravate et son pantalon en velours côtelé venait d'être repassé. La véritable surprise, toutefois, c'étaient les jumelles qu'il poussait devant lui.

— Frida et Marta ! De si bon matin ! Bonjour !

Gesine regarda l'horloge. Deux heures et demie de l'après-midi. Elle avait dormi quatre heures d'affilée, pas étonnant qu'elle se sente reposée. Seule sa tête la faisait encore souffrir.

Les fillettes fixaient le sol sans rien dire.

— Salut Josef. (Gesine lui tendit la main.) Qu'est-ce que les filles font ici ?

— On n'a pas école, répondit Marta un peu trop fort, et Frida hocha la tête.

De la mauvaise foi caractérisée. Les fillettes n'avaient pas assez d'expérience pour savoir mentir, contrairement à leur père.

Josef prit la main de Gesine.

— Tu as meilleure mine.

— Et toi ? Tu t'es remis de tes frayeurs ?

— Depuis longtemps. Mais les vaches n'arrêtent pas de demander après toi.

Il posa une tablette de chocolat sur la table de nuit et caressa la joue de Gesine avec précaution, comme si ses doigts larges et durs risquaient de casser quelque chose.

Frida et Marta étaient collées contre le mur, à distance, presque au niveau du lit voisin dans lequel il n'y avait plus personne. Crise de timidité ? Elles trouvaient sans doute l'hématome de Gesine répugnant. Mais qu'est-ce qu'elles faisaient ici, et comment Josef en était-il arrivé à les amener à l'hôpital ?

Gesine prit la télécommande et remonta la partie supérieure du lit. Elle sentit son crâne battre violemment au cours de toute l'opération, mais une fois assise sur son séant, elle put mieux voir les fillettes. Des claquettes et des minishorts multicolores, bras et jambes maigres. Frida tenait quelque chose dans la main. Une fleur en tige, une ancolie. Acide cyanhydrique, cancérigène.

— J'ai trouvé Frida et Marta devant ton camping-car ce matin, dit Josef en souriant. Elles étaient assises sur le marchepied et s'ennuyaient à mourir.

— Vous étiez à mon camping-car ?

Gesine restait cramponnée à la télécommande. L'ancolie était insupportable.

— On voulait parler avec toi, répondit Marta d'un ton qui n'avait rien de timide. (Elle avait plutôt l'air fâchée.) La police nous a dit où tu habitais.

— Pardon ?

Marta avança d'un pas.

— On n'était pas au courant pour ton camping-car, et pourtant tu as raconté à la police que papa est entré chez toi par effraction !

— Mais je n'ai pas dit ça !

— Si. Pourquoi la policière serait venue chez nous, sinon ?

Josef fit un geste d'apaisement, mais Gesine eut l'impression que sa tête allait bientôt exploser.

— Frida, pose cette fleur sur la table, s'il te plaît. C'est une ancolie, c'est toxique.

Frida se mordit les lèvres et balaya la pièce d'un regard irrité. Puis elle sortit en courant, la fleur à la main. La porte claqua. Gesine palpa le bandage derrière sa tête, mais Marta vint immédiatement se planter devant le lit.

— Je veux savoir ce que tu as contre nous !

Elle pressait ses poings sur son minishort. Ses genoux étaient sales.

Gesine reposa lentement sa tête sur l'oreiller.

— Quel policier est venu chez vous ? demanda-t-elle. Un homme gros avec des grandes lunettes ?

— On ne répond pas à une question par une question ! glapit Marta.

Josef gloussa, mais l'expression de Gesine se figea. La manière dont la fillette se tenait, avec ses poings sur les hanches et le menton en avant. Ses taches de rousseur étaient presque flamboyantes. Un souvenir sortit de nulle part sans qu'il soit possible de le repousser.

Un dimanche matin, de nombreuses années plus tôt, après l'office. Gesine et Mareike enfants, à table. La nappe blanche, le jus rouge foncé de la viande. Mareike avait faim. Elle s'était fourré une pomme de terre dans la bouche et mâchait bruyamment. Leur père avait reposé ses couverts sur la table et levé la main, laquelle avait claqué sur les joues de Mareike, une fois, deux fois, jusqu'à ce que Gesine recule sa chaise.

— C'est peut-être pas convenable de faire du bruit en mangeant, avait-elle dit avec fermeté, mais c'est pas convenable non plus de gifler quelqu'un.

Elle regardait son père dans les yeux malgré son cœur qui battait à tout rompre. Exactement comme le cœur de Marta devait tambouriner en cet instant.

— Marta, dit Gesine en s'efforçant de garder une voix calme, je n'ai vu personne dans la nuit où quelqu'un a voulu entrer chez moi. J'ai entendu l'agresseur courir derrière moi, mais je ne l'ai pas reconnu au bruit de ses pas, et c'est ce que j'ai dit à la police, mot pour mot. Je n'ai pas dit quoi que ce soit sur ton père.

Marta restait cependant accrochée à son idée.

— Mais tu t'es disputée avec papa au cimetière il y a pas longtemps. Tu ne l'aimes pas.

— Je te donne ma parole d'honneur que je n'ai pas parlé de lui à la police.

Elle tendit sa main à l'enfant, et pendant que Marta se tâtait pour savoir si elle devait faire la paix, Frida revint dans la chambre. Elle portait un grand vase dans lequel elle avait mis l'ancolie.

— Et voilà.

Le vase était tellement grand que toute la tige était noyée.

— Merveilleux. (Gesine lui prit le vase des mains.) Et si tu veux, je peux t'expliquer plus de choses sur cette substance toxique.

Mais Frida sortait déjà de la chambre avec Marta à ses trousses.

— On revient dans cinq minutes !

Et la porte claqua une deuxième fois.

— Ces petites sont complètement déboussolées, dit Josef en secouant la tête. Je n'aurais jamais dû les amener.

Gesine fit un geste de dénégation.

— Tu penses que Juan Alvarez a vraiment été entendu par la police ?

Il haussa les épaules.

— Tu viens de parler d'un gros policier avec des grandes lunettes. Maintenant je le connais moi aussi. Il est déjà venu deux fois à la ferme pour enquêter sur l'effraction.

— C'était donc lui. Lasse Johannsen. Il enquête sur la mort de Mareike.

— Il y a un rapport ?

— Possible.

Lasse Johannsen était aussi venu à l'hôpital la veille, avec Marina Olbert. Il avait posé des questions désagréables, comme s'il ne pouvait pas croire que Gesine s'était réellement faufilée entre des vaches pour échapper à un agresseur. Il trouvait aussi curieux qu'elle ait interrompu sa communication avec le centre d'appel d'urgence. Combien de vin rouge avait-elle bu au juste ce soir-là ? Souffrait-elle souvent de crises d'angoisse quand elle était seule dans son camping-car ?

Gesine avait refusé de répondre à ses questions et, au bout d'un moment, Marina Olbert avait fini par reprendre le contrôle de la conversation. Elle s'intéressait à de tout autres détails que Lasse. Elle s'intéressait particulièrement à la position étrange dans laquelle Gesine avait été retrouvée. Couverte de sang dans la mangeoire près du couloir. Comment avait-elle atterri dans la mangeoire si elle avait perdu connaissance au fond, près des vaches ?

Gesine chercha le regard de Josef.

— Il faut que tu me dises ce que tu as pensé quand tu m'as trouvée à l'étable cette nuit-là.

— J'ai complètement oublié ça maintenant.

— Non. Quelle a été ta première pensée ? Tu es arrivé dans l'étable, tu as allumé la lumière et tu m'as vue dans la mangeoire. Et après ?

Josef gonfla les joues et regarda par la fenêtre.

— On n'a pas besoin de parler de ça. Tout était plein de sang. La paille, ton pyjama. C'était pas beau à voir.

— Mais si on veut remonter la piste de l'agresseur, tes premières impressions sont très importantes. Lasse Johannsen ne t'a pas expliqué ça ?

— Non. Et je ne lui aurais pas raconté mes pensées non plus.

Le paysan fit une pause. Son menton tremblait.

— Je suis arrivé dans l'étable sans me douter de rien, juste parce que les bêtes faisaient un boucan de tous les diables. Je pensais que c'était un renard ou une martre. Mais quand j'ai allumé la lumière, j'ai vu quelque chose d'horrible dans la mangeoire. Le chien gémissait. Je l'ai appelé et j'ai reconnu le tas dans la mangeoire. C'était toi. Tu étais trempée de sang. Et puis j'ai pensé quelque chose d'idiot.

— Quoi donc ?

— Que tu avais l'air détendue. Tu n'étais pas crispée ou recroquevillée, tu étais tranquillement allongée sur le dos. Les bras en long, comme morte, ou plutôt comme en train de dormir. C'est ça que j'ai pensé, et, par la suite, ça m'a rendu complètement fou.

— Merci, Josef.

— Non ! Tu étais à deux doigts de perdre tout ton sang, et tout ce qui me vient à l'esprit, c'est à quel point tu as l'air détendue !

— Mais, justement, c'est une information très importante. Parce que ça veut dire que je ne suis pas tombée dans la mangeoire. On m'a mise dedans pour me sauver.

— Il t'a mise dedans. Oui, c'est le bon mot. Et il t'a laissée toute seule au lieu d'appeler un médecin.

— Peut-être savait-il que tu étais en train d'arriver et que tu allais t'occuper de moi.

— Tu veux donc absolument prêter une intention positive à ton agresseur, Gesine ? (Josef fit glisser la chaise des visiteurs vers l'avant.) C'était un type dangereux qui était là, et, à l'avenir, on va faire attention à toi !

Elle acquiesça à demi, et fit non de la tête à demi. Elle voulait faire attention, oui, mais à sa manière.

— Tu as le numéro de Frida et de Marta ? demanda-t-elle. Les cinq minutes sont passées.

Il écumait de colère.

— Et alors ? Je ne bougerai pas jusqu'à ce que tu me promettes de ne pas faire de bêtises.

— Je sais à quel point ma situation est délicate, ne t'inquiète pas, Josef. Mais les petites se sont peut-être perdues dans l'hôpital.

Il se leva.

— Pour moi, cette conversation n'est pas terminée, la prévint-il.

Elle entendit ses pas résonner dans le couloir et chercha une position plus confortable sur le matelas. La couverture sentait un peu le vinaigre, et elle avait beaucoup trop chaud. L'oreiller était taché, ça provenait du bandage à la tête.

Si l'agresseur s'était vraiment occupé d'elle dans l'étable après qu'elle se fut évanouie dans la paille, alors ce n'était peut-être pas un étranger. Il devait tenir à elle d'une manière ou d'une autre. Il avait fait preuve de sang-froid quand elle s'était écroulée. Ou bien pouvait-on dire qu'il avait des sentiments ?

Des sentiments avec lesquels il n'avait pas compté, peu avant, quand il était entré dans le camping-car pour lui voler quelque chose. Ou bien, ce n'était pas du tout un cambriolage ? L'intrus avait-il voulu agresser Gesine, la frapper dans son lit, la blesser de quelque manière ? Non, ça ne concordait pas avec ce qui s'était passé dans l'étable, ni avec l'impression générale de Gesine. Pour elle, le déroulement de la nuit donnait plutôt l'impression que l'intrus avait été surpris plusieurs fois. Surtout par le fait qu'elle se soit trouvée dans le camping-car. Qu'elle y ait dormi.

Mais alors, ce type devait être un inconnu qui n'était au courant de rien, et les maillons de la chaîne ne s'assemblaient pas.

Un chariot à vaisselle passa dans le couloir, un téléphone sonna. Quelqu'un rit. Des gens heureux qui pouvaient aller où ils voulaient.

Gesine attendit que tout soit calme, puis elle poussa la couverture de côté et roula les bas de contention jusqu'à ses chevilles en restant allongée. Juste de l'air sur les jambes, une petite pause, c'était tout.

Les bruits qu'elle pouvait entendre quand elle était au lit chez elle lui manquaient. Les bruits de la prairie en été. Le chant des sauterelles, l'appel des oiseaux qui nichaient au sol. Elle était certaine qu'elle se rétablirait beaucoup plus vite dans son camping-car qu'à l'hôpital.

Elle s'étira avec précaution sur le dos, pensa brièvement à la mangeoire et chassa l'image de sa tête. Respirer lentement et calmement.

Les enfants et Josef pourraient certainement lui raconter quelque chose de réconfortant tout à l'heure, à propos du camping-car. Que les fenêtres étaient sales, par exemple. Quelle était la hauteur de l'herbe autour du timon, si le marchepied était en train de rouiller.

Ou encore : si la police scientifique était passée dans le camping-car. Avec Marina Olbert, ou pis, avec Lasse Johannsen.

Oui, c'était tout à fait vraisemblable : Olbert et Lasse avaient tout fouillé. Officiellement, ils le faisaient pour l'enquête sur l'effraction, mais, en réalité, ils avaient saisi cette opportunité pour fouiner dans les affaires de Gesine pour l'enquête sur la mort de sa sœur. Ils voulaient trouver des indices, des preuves corroborant le fait que Gesine avait rencontré Mareike le mardi à dix-sept heures.

Et ça, alors qu'elle était couchée dans ce lit puant le vinaigre à la clinique, sans rien pouvoir faire !

Elle saisit des deux mains la potence qui se balançait au-dessus de son lit et se releva. Dehors, partir, rentrer à la maison.

Mais elle glissa. Elle retomba lourdement sur le matelas, cognant l'arrière de sa tête au passage, et il ne lui resta plus qu'à appeler l'infirmière.

10

Marina Olbert posa les pieds sur la rambarde du balcon et baissa les bretelles du haut de son mini-maillot de bain deux pièces. Elle ne pouvait pas se permettre d'avoir des marques de bronzage, surtout avec les décolletés qu'elle avait dans sa penderie.

Elle appliqua et étala méticuleusement des boudins de crème solaire sur toutes les parties de son corps. Une fois arrivée aux pieds, elle remarqua que le vernis de ses orteils s'accordait avec la peinture antirouille de la rambarde. Elle reposa les pieds par terre.

L'album photo était posé sur la table du balcon. Elle allait enfin pouvoir le regarder tranquillement ce matin. Page après page. Elle avait été obligée de le refermer beaucoup trop vite la veille au soir.

Lasse serait très fâché s'il apprenait qu'elle avait rapporté l'album chez elle. Mais c'était sa faute si elle gardait tout pour elle à présent. Il avait vraiment eu un comportement inouï à l'hôpital, à cuisiner Cordes comme s'il était responsable de l'enquête !

En tout cas, la manière dont Gesine Cordes l'avait fusillé du regard était à la limite du comique. Cette femme avait beaucoup de ressources, même avec le visage bleu et vert, complètement cabossé.

Est-ce qu'elle avait une idée de tout ce qui lui était arrivé ? De petits détails comme ces coups de langue qu'elle avait reçus dans la mangeoire ? Non, c'était beaucoup trop dégoûtant, personne n'irait lui raconter ça. À la fois, elle était capable d'imaginer par elle-même que les gueules des bêtes pouvaient l'atteindre là-bas. Tout le monde sait que les vaches aiment lécher tout ce qui traîne, surtout quelque chose de salé.

Sa main gauche devant le visage, Marina fit un rapide mouvement de dégoût. Elle s'apprêtait à saisir l'album photo quand une porte du garage, dans la cour, s'ouvrit avec un bruit de bouteilles de verre. À travers les croisées de la rambarde, elle observa sa voisine étudiante qui descendait du premier étage les restes de sa fête. Des bouteilles non consignées. Du mousseux et du vin en pagaille.

— Salut ! s'écria Marina qui avait été conviée à la fête même si, à cause de l'enquête, il lui avait été impossible de s'y rendre. Mais l'étudiante avait ses écouteurs plantés sur les oreilles et n'entendit mot.

La couverture de l'album photo avait ramolli au soleil et les doigts de Marina y déposaient de grosses empreintes. Elle les essuya avec sa serviette. Il fallait éviter que l'album soit trop abîmé, car même s'il était déjà vieux et puant, il avait une aura sacrée pour les collègues du syndicat.

— Il ne reste plus grand-chose d'autrefois, c'était une période faste, lui avaient-ils dit en lui tendant l'album à contrecœur.

Elle ouvrit la première page. Un barbecue dans la cour du commissariat. Le gril était assez grand pour accueillir des saucisses par douzaines. Un policier en uniforme – avec l'ancien uniforme mal coupé, car cette fête remontait bien à dix ans en arrière – allumait le charbon. Autour de lui des chaises de bureau, réparties sur l'ensemble de la cour : les gens les sortaient du commissariat pour les installer à l'extérieur. À peine croyable. Et avec ça, des tables pliantes et des haut-parleurs. Une tireuse à bière était en train d'être installée juste en dessous de la fenêtre qui était aujourd'hui celle de la cantine.

Marina passa à la page suivante.

Des photos du chef de l'époque, peu à son avantage, en train de discuter avec des personnes inconnues. Par endroits, elle pensait reconnaître un de ses collègues actuels mais elle ne pouvait pas en être sûre. Sauf Lasse, pour lequel il n'y avait aucun doute. Même s'il était plus mince, plus sportif et plus gai à l'époque qu'aujourd'hui. Il présentait de très appétissantes petites fesses sur l'une des photos. Beau gosse, vraiment. Et l'homme à côté de lui devait être son ami Klaus Cordes, le mari de Gesine. Très séduisant, lui aussi.

Ensuite venaient quelques photos de groupe. La cour du commissariat s'était remplie et les sœurs Augenthaler faisaient enfin leur apparition. En gros plan.

On ne voyait qu'elle. Gesine. À moins que ce soit Mareike ? Dans tous les cas, c'était la star. À peine maquillée, mais débordant de fraîcheur. Elle portait un pantalon noir et un tee-shirt à rayures. Avec un Wonderbra ?

Puis l'arrivée de la star numéro deux. Les mêmes cheveux, la même peau et la même ligne. Mais la star numéro deux portait une jupe au lieu d'un pantalon. Ensuite, les deux femmes bras dessus bras dessous, affichant un seul sourire radieux comme pour célébrer leur ressemblance. Qui était Mareike ? Qui était Gesine ? Et les types qui lorgnaient par-derrière sans se gêner, ils n'avaient pas honte ? Marina revint en arrière avant de continuer à examiner les photos dans l'ordre.

Un peu plus loin, Lasse entre les deux femmes. Ses mains sur les hanches de chacune des sœurs, les pressant étroitement contre lui. Tous les trois en train de beugler à s'en décrocher la mâchoire.

Lasse portant une bière à la femme en jupe. Deux photos plus tard, la même femme en train de jouer de la guitare. Il s'agissait donc de Mareike.

Mareike en minijupe en train de chanter, et toujours une bière à côté d'elle sur le banc. Un demi-verre pour tenir les foules à distance, car Lasse n'était pas le seul à se faire photographier avec elle. L'ensemble du commissariat semblait rechercher sa présence, photo après photo. Et, pourtant, personne ne l'approchait plus près que Gesine.

Gesine prend le verre sur le banc et le vide. Mareike l'embrasse sur la joue. À la fin, on danse. Les sœurs Augenthaler joue contre joue. Le photographe est toujours là, et, à la fin de la série de photos, ce sont les parents en personne qui arrivent dans la cour. Richard et Renate Augenthaler dans le commissariat, souriants, joyeux, un petit garçon à la main. Philipp Cordes ? Quelques semaines avant sa mort ? Marina tendit le bras pour regarder l'album à bonne distance.

Comment des policiers avaient-ils pu autant se laisser aller sur leur lieu de travail ? Comment une fête entre collègues finissait-elle en une fête privée ? Comment une femme qui ne faisait même pas partie de l'institution, qui était juste la sœur d'une policière, se retrouvait à donner le ton ? Cerise sur le gâteau, même les parents de ce duo participaient à la fête. Et Lasse qui faisait aujourd'hui comme si tout ça avait été parfaitement normal.

Elle ouvrit une autre page au hasard. Les sœurs.

Tellement de bonheur, et tellement de sensualité aussi. Il fallait être aveugle pour ne pas s'en rendre compte.

Ensuite l'enfant était mort, puis l'une des deux sœurs dix ans plus tard. Et l'autre se reposait maintenant à l'hôpital, le visage vert et bleu.

Un hasard ? Marina Olbert ferma les yeux. Non, on ne pouvait attribuer tout ça au hasard.

Quelque chose d'inconnu dépliait ses longs tentacules pour venir étreindre le souvenir de ces années.

CARNET DE NOTES
(feuille volante)

Ancolie

Plante rustique vivace, servant également de fleur à couper.
Situation mi-ombragée ou ensoleillée, pleine terre, éviter la concurrence racinaire.
Famille des Renonculacées.
Large spectre de couleurs possibles.
Espèces sauvages et de culture.
Herbacée pouvant atteindre 80 cm, racines vigoureuses, épaisses et charnues. Facile d'entretien, persistante, envahissante.
Floraison précoce. Fleurs tombantes aux longues tiges allant jusqu'à cinq centimètres. Sépales à éperons. Tiges en partie poilues. Feuilles à trois folioles, pédonculées en bas, sessiles en haut. Follicules poilus.
Substance toxique de la famille des glycosides et des alcaloïdes, groupe des isoquinoléines.
Le poison est surtout présent dans les graines, mais également dans les feuilles et les autres parties de la plante.
Irritation cutanée pouvant aller jusqu'à la formation de cloques ou de nécroses. Nausées, vomissements, diarrhée, insuffisance respiratoire.
Après ingestion de la plante, provoquer le vomissement et administrer du charbon actif si nécessaire.
Rincer les zones irritées de la peau à l'eau froide.

11

— Martin Braumüller.

Gesine ouvrit les yeux. Un étranger se tenait devant son lit d'hôpital. Très grand, élégant malgré ses cheveux longs. Sa voix était étonnamment grave et recouvrait l'émission de radio que Gesine était en train d'écouter.

— Je suis désolé si je vous ai réveillée, dit l'homme.

Elle retira ses écouteurs.

— J'ai l'air si malade que ça ?

— Je dirais plutôt digne des soins qu'on vous prodigue.

Il lui tendit un cadeau emballé. Un livre d'après la forme du paquet.

— Frida et Marta vous ont déjà parlé de moi ? ou de notre association ?

— L'association de basket ?

— Non. (Son sourire s'élargit.) Je fais partie de l'association Radix, qui s'occupe des enfants et des adultes en deuil.

— Je vois.

Elle posa le cadeau sur la table de nuit. *Radix*, la racine en latin.

— Je m'occupe un peu de Frida et de Marta.

Il tira vers lui la chaise destinée aux visiteurs et s'assit sans qu'elle l'y ait invité.

— Votre ressemblance avec les petites est incroyable.

— Vous pouvez me rappeler votre nom ?

— Martin Braumüller.

— J'ai déjà vu un prospectus de Radix, dit-elle. Au cimetière.

C'était le gardien qui le lui avait donné, et elle l'avait jeté à la poubelle. De la rhétorique et des smileys. Affligeant.

— J'en suis ravi. (Martin Braumüller hocha tranquillement la tête.) Mais nous ne faisons presque plus de publicité parce que nous sommes débordés. Cela dit, Frida et Marta peuvent participer, bien sûr. C'est pour cela que je suis ici.

— Je ne comprends pas.

— Les filles m'ont demandé de parler avec vous. Elles souhaiteraient que vous les autorisiez à participer à notre groupe d'enfants.

— C'est leur père qui est le responsable légal, Juan Alvarez.

— Je ne parviens malheureusement pas à entrer en contact avec M. Alvarez. (Martin Braumüller afficha un air de regret.) Il n'accorde pas de valeur au travail de deuil ou, pour être exact, il n'y connaît rien.

Il passa les mains sur son pantalon comme s'il fallait en enlever les peluches. Des mains lisses qui avaient l'air de sortir d'une séance de manucure. Les pores fins, les membres longs, l'ensemble de sa personne était richement doté. Gesine fit la moue. Riche n'était pas synonyme de sympathique.

— Nous avons cinq filles et quatre garçons dans notre groupe d'enfants, dit-il. Chacun a perdu son père ou sa mère. Frida et Marta s'y intégreront parfaitement.

— Si tant est qu'on puisse utiliser le mot « parfaitement » quand on parle d'orphelines.

Gesine sentait ses poils se hérisser.

— En tout cas, Mareike aurait voulu que ses filles viennent chez nous, dit-il.

— Quoi ? Vous connaissiez Mareike ?

— Mais Mareike a travaillé chez Radix ! (Il hésita.) Elle animait le groupe des adultes.

Il étudia le visage de Gesine. Ses yeux étaient d'un bleu étincelant, ses cils recourbés.

Elle réprima l'envie de se déplacer de l'autre côté du lit.

— Mais si Mareike était bénévole dans votre association, je ne comprends vraiment pas pourquoi vous ne parlez pas avec son mari.

— Juan Alvarez n'a pas d'expérience de la mort. Vous, Gesine, vous vous situez à un tout autre niveau.

Cette fois elle recula un peu, de quelques centimètres vers le côté.

— Je ne suis qu'une simple employée de cimetière, comme vous devez le savoir. Et peut-être savez-vous également que je n'avais aucun contact avec ma sœur, sans même parler de son mari ou de ses enfants.

— Mais, voyons, vous ne pouvez tout de même pas être indifférente au sort de Frida et de Marta. Les deux petites me font une très, très mauvaise impression. Elles sont seules, elles portent le deuil et elles savent d'instinct qu'elles seront entre de bonnes mains chez Radix.

— Je le répète. Vous vous êtes trompé d'adresse, monsieur Braumüller.

Le cadeau était posé sur la table de nuit. Elle devait le refuser.

Il effleura le dessus-de-lit.

— Gesine, je suis certain que vous voulez faire quelque chose. Vous savez très bien ce que c'est, de ressentir une perte, tout à l'intérieur, même si on ne veut rien montrer.

Tout ça devenait répugnant. Perte, tout à l'intérieur. Était-il possible que Mareike ait parlé avec cet homme ? qu'elle lui ait même tout raconté ? tout, tout sur avant, tout sur Gesine et sur Philipp, et tout sur la suite ?

Elle saisit le cadeau et le tendit à Martin Braumüller.

— Tenez. Il y a certainement des centres de conseil vers lesquels vous pouvez vous tourner, où on aidera les enfants.

— C'est ce que je craignais. (Il lui reprit le cadeau.) Vous vous êtes repliée sur vous-même, comme l'avait fait votre sœur. Mareike était profondément emprisonnée en elle-même avant de venir à Radix.

— Je suis vaccinée contre toute comparaison avec ma sœur.

— Très bien. Alors je vais formuler les choses ainsi : votre fils Philipp a deux petites cousines, et vous devriez réfléchir à ce qu'elles vont devenir.

Il quitta la pièce après un bref salut sans même remettre la chaise à sa place. Cette abomination en métal gris.

Gesine fouilla pour trouver son portable, dans un besoin subit de parler, sans pour autant savoir qui appeler. Elle aurait aimé se lever.

Elle se tint fermement à la potence et tendit le pied vers la chaise. Le vacarme épouvantable qui s'ensuivit était complètement absurde.

Elle se roula en boule et pressa ses poings sur son front.

Ce lit vinaigré. Un lit sans sphère privée, accessible à tous ceux qui voulaient entrer dans la chambre. À n'importe quel inconnu qui avait décidé de mettre le nom de Philipp dans sa bouche. Qui voulait la provoquer, qui lui jetait en pleine figure tout ce qu'il savait sur elle, ce qu'il avait appris par Mareike, par Mareike et pas une autre.

Et qu'en était-il de Frida et de Marta ? N'étaient-elles pas juste un moyen pour Martin Braumüller ? une manière de se faire mousser ? en sa qualité d'homme omniscient, d'homme qui comprend le deuil ? Oui, car s'il s'était sérieusement préoccupé de ces enfants, il n'aurait pas craint de faire face à Juan Alvarez. Il aurait lutté pour que Frida et Marta puissent entrer dans le groupe de deuil, il n'aurait pas essayé d'en rejeter la responsabilité sur Gesine. Pourquoi Braumüller était-il venu à l'hôpital ?

Soudain décidée, elle enleva sa chemise de nuit. Où était son jean ? Elle se déplaça vers le rebord du lit, posa ses pieds par terre et s'appuya sur la chaise des visiteurs. Un charbon rougeoyant dans la tête. Pouvait-on partir du principe qu'il y avait toujours des taxis en bas de l'hôpital ou lui faudrait-il en appeler un ?

Elle enfila son pantalon et passa un tee-shirt. Puis elle s'assit pour récupérer un peu et finit par se pencher pour attraper son sac de voyage. Elle réussit à le poser sur le lit malgré la douleur, malgré sa faiblesse grandissante. Tout plutôt que rester à l'hôpital.

— Qu'est-ce que tu fais ?

— Hannes !

— Qu'est-ce qui s'est passé ?

— Tu es venu en voiture ? demanda-t-elle, s'accrochant fermement au rebord du lit.

— Tu as le droit de rentrer chez toi ?

Sans répondre, elle fourra sa chemise de nuit dans son sac de voyage et marcha vers la salle de bains, raide comme un piquet. Elle ne s'attendait pas à ce que le trajet soit aussi long, tout le temps collée au mur. Dans sa tête, les douleurs passèrent du rouge au bleu vif.

Hannes jeta son bouquet de fleurs sur la table et la prit dans ses bras.

— Tu as eu de la visite ? Qui est venu ici ?

— J'ai juste besoin de me reposer un moment.

Il la reconduisit à son lit et veilla à ce qu'elle pose doucement sa tête sur l'oreiller. Puis il la borda, malgré son jean. Il porta la chaise destinée aux visiteurs à l'autre bout de la pièce et ne posa pas plus de questions.

Elle piqua du nez. Il montait la garde.

Lorsque l'infirmière Monika entra dans la chambre pour porter le thé de l'après-midi, Hannes poussa du pied le sac sous le lit. Mais Monika ne s'y trompa pas. Elle se pencha au-dessus de Gesine.

— Je pars du principe que vous ne ferez pas de bêtises, madame Cordes, dit-elle, ou alors vous préférez partir et avoir des problèmes avec la caisse d'assurance maladie ?

— Je n'en ai pas les moyens, répondit Gesine d'une voix éteinte, et elle soupira une fois l'infirmière partie.

Hannes s'assit sur le bord du lit.

— J'ai encore croisé les jumelles à la chapelle. Elles m'ont demandé si tu étais guérie. Est-ce que tu prévois de leur donner un rendez-vous ?

— Non, bien sûr que non.

— Mais on dirait qu'elles sont déjà venues te voir à l'hôpital.

— Tout va de travers, Hannes. Josef les a amenées.

— Le vieux Josef ? Il a amené les enfants de Mareike ?

— Elles ont réussi à l'embobiner, je ne sais pas comment elles ont fait.

— Ah. (Hannes tirait une mine sceptique.) Espérons qu'elles te laissent tranquille maintenant. Elles passent vraiment tout leur temps au cimetière, et leur père aussi.

— Tu sais ce que c'est. On va sur la tombe tous les jours au début, puis toutes les semaines, et après on n'y va plus que tous les deux ou trois mois.

Hannes la regarda d'un air inquiet et bienveillant, et elle imagina sa rencontre avec Juan et les enfants au cimetière. Il avait certainement trouvé les mots justes pour installer autour de Gesine l'une de ses barrières de protection.

— Est-ce que tu as déjà entendu parler de Radix ? demanda-t-elle.

— L'association d'aide au deuil ? À une époque, on avait leurs prospectus à la Fédération des pompes funèbres.

— Mareike a travaillé à Radix. L'un de ses collègues vient de passer me voir. Martin Braumüller. Et je pense qu'elle lui a tout raconté à mon sujet.

— Tout quoi ?

— Tout ce qui s'est passé il y a dix ans.

— Tu es sérieuse ? Est-ce qu'il t'en a parlé ?

— Non, mais il a fait des allusions. Et il connaît Frida et Marta. Il veut qu'elles viennent dans son groupe de deuil. Il m'a même demandé de leur en donner l'autorisation.

Hannes glissa du lit.

— Mais tu n'as rien à voir avec ça !

— C'est ce que je lui ai dit.

— Et après ?

— Rien. La conversation s'est arrêtée là.

— Tu en es certaine ?

— Bien sûr. (Elle sourit.) J'ai encore toute ma tête, ou bien tu n'as pas cette impression ?

Dix ans plus tôt

Mareike qui n'entend pas cet objet en train de tomber dans le cabanon. Ou qui ne veut pas l'entendre tomber ou rouler. Mareike qui marche à grands pas sur la pelouse comme si le bruit dans son dos ne la concernait pas.

Serrant de toutes ses forces le corps du petit garçon, Gesine regarde Mareike. D'un air implorant ? d'un air suppliant, ou alors plein d'espoir ?

Gesine qui espère que Mareike puisse empêcher quelque chose. Que quelque chose soit encore en son pouvoir, quelque chose qui puisse changer le cours de l'histoire. Le silence.

Et Mareike court vraiment sur le gazon, elle n'arrive pas péniblement, elle n'a ni cette mollesse ni cette paralysie avec lesquelles Gesine s'est approchée de son fils. N'est-ce pas logique d'espérer quelque chose de sa part ?

Des insectes sur le bord de la flaque. Le vert mêlé de brun. L'odeur semble avoir disparu, mais Gesine est toujours assise en plein dedans.

Mareike aussi tombe sur les genoux, devant Philipp et Gesine, mais ça ne doit pas se passer comme ça.

Elle doit changer quelque chose, elle ne peut pas se contenter d'être là.

Le garçon dans les bras, Gesine glisse sur le côté, ses cheveux entre les lèvres. Loin de Mareike qui tout à coup semble molle elle aussi.

Le corps du garçon. Les sapins, la pelouse. La terrasse et, derrière, la façade blanche de la maison. Le silence.

Et le cabanon d'où aucun autre son ne s'échappe.

Mareike qui chuchote : « Qu'est-ce que tu as fait ? », et Gesine qui fronce les sourcils, car elle ne trouve pas de réponse à cette question.

Les cheveux humides du garçon. Pour les caresser, il faut enlever une des mains qui est sur son corps.

Mareike qui la pousse.

Mareike qui saisit le visage du garçon, le tourne vers elle et le regarde. Qui se met à respirer bruyamment et à vomir.

Au lieu d'appeler un médecin.

Gesine dont la voix à la résonance métallique envahit tout le jardin.

— Pourquoi est-ce que tu n'as pas appelé un médecin ? Où est-ce que tu étais ?

— Il a mangé tes plantes. (Mareike qui vomissait à chaque syllabe.) Tes plantes de merde, Gesine.

12

Enfin de retour à la maison. La première matinée hors de l'hôpital. Gesine se mit à la porte du camping-car. Le vieux Josef n'avait pas encore fauché la prairie ce mois-ci, il s'était contenté d'aplatir une bande tout autour de chez elle. La chaise de camping et le tabouret se tenaient déjà prêts depuis la veille.

Elle posa la bouteille Thermos par terre, s'assit très précautionneusement et ne ressentit presque aucune douleur. Autour de sa cicatrice, ses cheveux étaient encore courts et hirsutes. Elle avait un œil au beurre noir, mais les bosses et les contusions guérissaient peu à peu.

La veille, Hannes était passé la chercher à la clinique en corbillard pour des questions de logistique. Les fumeurs regroupés devant l'entrée avaient failli en avaler leur cigarette. Sans s'émouvoir, Gesine avait ouvert la portière pour s'installer du côté passager.

Le vieux Josef l'attendait au portail de la ferme. Il lui remit solennellement les nouvelles clés du camping-car puis se retira avec tact. Hannes aussi la laissa seule. « Il faut que tu te réappropries tranquillement ta maison », avait-il dit. Ce comité d'accueil avait fait très plaisir à Gesine. Elle était confiante dans le fait de parvenir rapidement à se réacclimater. Et l'était toujours au moment d'appuyer sur la poignée de sa porte.

L'air était chaud et sentait le renfermé, l'intérieur du camping-car n'avait pas été aéré depuis des jours. Il y régnait une odeur familière d'été et de bois sec. Elle posa le sac de l'hôpital, referma la porte derrière elle et fit l'état des lieux sans ouvrir une seule fenêtre.

La bouteille de vin était toujours posée sur la table, ainsi que le verre dans lequel elle avait bu le soir de l'intrusion. Tout avait l'air en l'état dans le coin-salon, la couverture de laine jetée en vrac sur la banquette.

Par contre, quelqu'un était venu dans le coin-cuisine. Le chargeur du téléphone portable qui était branché là était à présent enroulé et suspendu au crochet à torchon. Josef devait l'avoir débranché par précaution. Ce n'était pas grave.

Mais le lit. La couette était tirée à quatre épingles et non plus roulée en boule comme ce soir-là. Manifestement, quelqu'un avait inspecté la couette et les draps. Ses propres draps ! En plus, la boîte de somnifères traînait à la vue de tous. L'encyclopédie des plantes avait été refermée sans qu'on glisse le marque-page à l'intérieur et l'article de journal sur la disparition des espèces qu'elle avait pris soin de ranger sur l'étagère était froissé.

L'intrus, la police scientifique, Marina Olbert, Lasse Johannsen. Hannes et Josef. Tout un tas de gens étaient entrés dans le camping-car. Qui pouvait bien avoir fouillé son lit sans le moindre scrupule ?

Et maintenant ? Comment Gesine pouvait-elle se réinstaller ?

Elle rangea la boîte de somnifères et enleva la housse de couette. Elle rouvrit l'encyclopédie des plantes et lissa l'article de journal. Mais elle n'arrivait pas à se calmer. Elle tripota la bouteille et le verre. Elle irait expliquer à Lasse Johannsen comment faire un relevé anthropométrique digne de ce nom. Elle lui demanderait s'il avait lavé ses sales pattes avant de les poser sur son oreiller et s'il portait des gants pour travailler, au moins.

C'était son camping-car ! C'était son cambriolage, c'étaient ses droits.

Elle ouvrit brusquement les fenêtres. Tout ça lui apparaissait vraiment absurde. À moins que l'incursion de la police ait porté ses fruits ? Elle pouvait être certaine qu'ils n'avaient pas découvert la moindre empreinte faisant avancer l'enquête sur la mort de Mareike. En revanche, on avait violé son intimité.

Elle quitta le camping-car et traversa la prairie à vive allure. Entre les brins d'herbe foisonnaient des fleurs sauvages qui lui montaient jusqu'au genou. Des insectes bourdonnaient en polyphonie. À l'autre bout de la prairie se trouvait le rond du feu de camp, presque entièrement envahi par les mauvaises herbes. Elle s'accroupit devant et renifla les cendres froides.

Le pommier ployait sous le poids des fruits pas encore mûrs. Les buissons d'aubépines, à l'arrière, avaient poussé, bien épais, comme elle l'avait prévu. La douche extérieure se trouverait donc exactement à la bonne place cette année. Elle testa le robinet. Il fonctionnait. Si on le désirait, on pouvait prendre sur-le-champ une bonne douche, à l'air libre, au beau milieu de la nature, protégé par la végétation. N'était-ce pas là un vrai chez-soi ?

Elle quitta les buissons et vit Hannes et Josef arriver de la ferme. Ils riaient et portaient à deux une caisse qui paraissait très lourde.

— Mets le lait au frigo avant qu'il se renverse, s'écria Hannes en traînant la caisse jusqu'au marchepied du camping-car.

De la nourriture. Un stock pour deux semaines au moins. Des légumes, des pâtes, du pain, du fromage et de la bière. Gesine regarda les deux hommes. Elle voulut dire quelque chose mais rien ne lui parut approprié. Ce fut seulement lorsque Josef se frotta le menton en grognant et que Hannes lui posa un baiser gêné sur la joue que quelque chose se libéra en elle.

— N'entrez pas dans le camping-car avec vos chaussures sales. Et je vous remercie, vraiment.

Hannes l'aida à remettre le camping-car en état dans la bonne humeur et un grand remue-ménage. Le vieux paysan s'assit pour les regarder. On jeta la bouteille de vin, on rinça le verre. Il fallait nettoyer la table et les étagères. Et aussi sortir toute la vaisselle du placard pour la laver. On ne pouvait pas savoir tout ce qui avait été touché par des doigts étrangers. Il valait mieux jouer la carte de la sécurité.

Mais Gesine voulut faire son lit sans aide. Elle renvoya Hannes et Josef à la ferme et retira les draps sales. Elle alla choisir ses plus beaux draps propres et recouvrit tranquillement le matelas, la couette et l'oreiller.

C'était réglé. Tout était comme neuf. Gesine ferma le camping-car à clé, se dirigea jusqu'à la ferme, entra dans la vieille salle de bains et remplit la grande baignoire. L'eau sentait bon, avec une montagne de mousse qui flottait. Elle eut une pensée ridicule en se glissant dedans. Un grand nettoyage est la condition *sine qua non* de tout nouveau départ.

Mais elle dut renoncer au dîner en sortant du bain. Elle était si fatiguée qu'elle réussit tout juste à se traîner jusqu'au camping-car pour s'endormir, heureuse de se rouler en boule dans ses draps propres.

Elle se réveilla pourtant en sursaut huit ou neuf heures plus tard. Elle rejeta la couverture, brusquement persuadée que quelque chose manquait. Elle y avait sans doute réfléchi dans son sommeil. Elle ouvrit la penderie, fouilla les poches de sa veste de travail et fut au regret de constater qu'elles étaient vides. Son carnet de notes avait disparu.

Incompréhensible. Qui pouvait bien être intéressé par ces notes, en dehors d'elle-même ?

Était-ce l'intrus qui avait pris le carnet ? ou quelqu'un de la police ? quelqu'un qui s'était mépris sur l'intention des notes sur les plantes toxiques et qui voulait voir maintenant si elle allait porter plainte pour vol ? Tout ça était très pénible et très désagréable.

Voilà donc pourquoi Gesine s'était levée tôt, cette première matinée de retour chez elle, et pourquoi elle avait assisté à un nouveau lever de soleil. Elle se sentait un peu secouée et pensait toujours au carnet de notes quand elle s'assit sur la chaise devant le camping-car. Elle posa la bouteille Thermos à côté d'elle, comme elle en avait l'habitude.

La prairie fraîche sentait bon la rosée. Le soleil était encore caché derrière la forêt mais le ciel s'éclaircissait. L'achillée tenait prêtes ses assiettes jaunes, la carotte sauvage présentait ses ombelles. Les pies faisaient entendre leurs derniers chants à la lisière de la forêt. Gesine s'installa à son poste.

La bouteille Thermos, le café. Les chaînes cliquetaient dans l'étable, un bruit dur auquel il faudrait prêter moins d'attention à l'avenir. On entendait un volet roulant s'ouvrir dans le bâtiment de la ferme. Le chien se taisait, Josef allait arriver par la prairie d'un moment à l'autre.

Le soleil sortit des arbres d'un coup, comme si on venait juste de le laisser s'échapper. Chaque fois, c'était pareil : on savait à quoi s'attendre mais on était tout de même ébahi.

Gesine présenta sa peau blanche aux rayons du soleil et sa cicatrice se mit à picoter, au sommet de son crâne. Des pas lourds s'approchèrent, elle ferma les yeux.

L'odeur du savon avec lequel Josef se rasait. Le grincement du tabouret. Le café qui clapotait quand on le versait dans la tasse. La tasse noir et blanc, probablement, le cadeau de la laiterie qui, par un grand mystère, était toujours intacte.

— Je suis vraiment content que tu sois de retour, chuchota Josef.

— Chhh.

Les pies se taisaient maintenant qu'il faisait jour. Des pigeons roucoulaient en stéréo depuis la forêt et la prairie. Ils roucoulaient très fort comme s'ils étaient les seuls à devoir rattraper quelques levers de soleil manqués. Mais ils s'arrêtèrent net, comme si quelqu'un avait appuyé sur un bouton, et on entendit chanter un coucou, très bas et très loin.

— Qu'est-ce que c'est que cette chose sous mon camping-car ? finit par demander Gesine.

— Une surprise, répondit Josef.

— On dirait une banderole pliée.

— Alors tu sais tout.

— Mais je ne veux pas de fête, Josef.

— Ce sera juste un petit déjeuner tardif, rien de plus. Parce que nous sommes contents que tu sois de nouveau sur pied. Et tes invités ne seront là qu'à onze heures. Tu as bien le temps de regarder ton nombril jusque-là.

Le temps fila sans que Gesine s'en aperçoive. Car une voiture de police arriva peu après dix heures. Le vieux Josef venait de grimper en haut d'une échelle pour tendre la banderole au-dessus de l'entrée. La police roula sur les fils qui traînaient encore par terre et se gara juste devant la prairie. Lasse Johannsen et Marina Olbert descendirent de voiture.

— C'est ce que j'appelle un comité d'accueil, dit Lasse en montrant la banderole du doigt.

— Bonjour, madame Cordes. (Marina Olbert posa précautionneusement dans l'herbe ses pieds chaussés de sandalettes à lanières.) Je vous remercie de nous avoir appelés.

— Je ne pensais pas que vous alliez débarquer tout de suite chez moi, répondit Gesine en venant à sa rencontre.

— Mais si ! Nous devons en savoir plus sur ce livre qui a disparu.

— Ce n'est pas un livre, c'est un carnet de notes tout à fait ordinaire.

— Comme l'agenda de votre sœur que nous avons regardé ensemble ?

— Non.

— Bien. (Marina Olbert frappa dans ses mains.) Lasse, retourne jeter un œil à la mangeoire dans l'étable. Mme Cordes et moi, nous allons nous installer pour un petit brainstorming.

Elle se dirigea d'un air déterminé vers le tabouret pliant installé sous le pommier, s'assit, tira sur sa jupe et ôta ses sandalettes en cuir.

— Vous êtes vraiment bien ici, déclara-t-elle en fourrant ses orteils sous l'herbe aplatie. Je vous imagine parfaitement dans ce cadre en train de méditer sur la vie, madame Cordes.

— Ce sont surtout vos enquêtes qui me font méditer, dit Gesine.

— Oui, je comprends. Ces mystérieuses journées de février – mardi dix-sept heures, Mareike – me restent sur l'estomac à moi aussi.

— C'est exactement ce que je voulais dire. Vous n'avancez pas, madame Olbert.

— Mais, parfois, il ne sert à rien d'avancer. Il faut même, parfois, reculer pour trouver la solution.

— Et, parfois, on s'assomme soi-même avec ses propres déclarations.

Marina Olbert dodelina de la tête.

— Nous avons reconstitué la cuillère au manche en porcelaine, à peu de détails près. Selon vous, qui serait la personne la plus apte à l'identifier ?

— Je ne veux pas la voir.

— Dommage. Je serais prête à ce que nous mettions nos deux cerveaux à contribution ; si ce n'était pas vous, qui aurait bien pu amener cette cuillère sur les rails ?

— Ce n'était pas moi.

— Alors je vais devoir vous demander de revenir loin en arrière, madame Cordes, très loin. Vous souvenez-vous que vous étiez inhabituellement proche de votre sœur à une certaine époque ?

— Je croyais que vous vouliez parler du carnet de notes qu'on m'a volé.

— C'est ce que je fais, mais en resituant le contexte. Expliquez-moi la signification de vos notes sur les plantes toxiques. Au vu de votre histoire.

Gesine ne réagit pas. Olbert misait sur des associations d'idées beaucoup trop faciles, ce n'était pas un travail d'enquête qu'on pouvait prendre au sérieux.

Olbert se pencha vers elle.

— Dites-le franchement. Vous avez noté dans ce carnet des choses qui n'ont rien à voir avec ces histoires de plantes.

— Non, répondit durement Gesine, tout en visualisant dans son esprit les quelques mots qu'elle avait inscrits sur la dernière page. *Quelle sorte de personne était Mareike. Juan Alvarez.* Mais fallait-il parler de cette phrase à Olbert ? Certainement pas. Elle se contenta plutôt de tirer une feuille de papier de la poche de son pantalon.

— Tenez. Voilà à quoi ressemblent toutes mes notes. J'ai écrit cette page à l'hôpital pour la coller dans le carnet après ma sortie.

Marina Olbert prit la feuille.

— L'ancolie ? Elle est toxique ?

— Du glycoside et de l'isoquinoléine, qui est un type d'alcaloïde.

L'enquêtrice lut les quelques lignes avec attention.

— C'est joliment écrit. Mais quel est l'intérêt de vous voler ça ? Quelqu'un pourrait-il être fétichiste de votre écriture ?

— Absolument.

— Ou alors il nous faut pousser la réflexion plus loin. (Olbert lui rendit le papier.) Le cambrioleur ne voulait pas le carnet. Il voulait, en réalité, vous violer.

— Moi ? (Gesine éclata d'un rire ironique.) Alors ce type ne sait absolument pas qui je suis.

— Oh. Vous ne devriez pas faire aussi peu de cas de votre physique.

— J'ai une formation en corps-à-corps ! Voilà ce que je voulais dire.

Olbert sourit à sa manière, très énervante, puis elle rangea ses sandalettes sous le tabouret, les alignant soigneusement comme si elle prévoyait de rester un bon moment.

— J'attends des invités, dit Gesine.

— Merveilleux. Je serai ravie de rencontrer vos proches.

— Non. Vous n'embêterez personne ici.

— Madame Cordes ! Qui s'est déjà senti embêté par moi ? De nos jours, le rôle d'une enquêtrice est d'aller vers les gens et de créer un cadre de discussion agréable.

— Vous n'y êtes pas arrivée avec moi.

— Je devrais peut-être vous faire part de mes réflexions sur cette affaire ?

— Non, s'il vous plaît.

— Très bien. (Marina Olbert agita les mains.) Pour moi, la mort de votre sœur ressemble à un cercle.

Au début, il y a l'amour entre vous et Mareike, puis la haine, et à la fin vous vous retrouvez. Le mardi, du moins.

Gesine resta parfaitement impassible.

— Un cercle n'a ni début ni fin.

— Ah, c'est vrai. (Marina Olbert fit retomber ses mains.) Vous êtes plutôt du genre matheuse, vous.

— J'aime bien la précision, et, autrefois, les personnes précises étaient plutôt bien vues à la criminelle.

Les invités arrivèrent à onze heures. D'abord Hannes dans son utilitaire noir avec le logo des pompes funèbres. Il rivalisait d'éclat avec la peinture de sa carrosserie. Ce fut à ce moment que Gesine comprit que la brillante idée d'une fête de bienvenue sortait tout droit de son ciboulot.

Il eut un moment de surprise en voyant la police mais ne se laissa pas décourager. Il ouvrit le coffre d'un air important et présenta au grand jour un plateau recouvert de toasts.

Ensuite, ce furent les pétarades du scooter de Juan Alvarez qui se firent entendre. Gesine tint d'abord son apparition pour un hasard désagréable, mais lorsqu'il salua à la ronde et que Josef alla à sa rencontre comme une vieille connaissance, elle en eut le souffle coupé. Juan Alvarez, invité à la ferme ?

Les jumelles étaient assises dans le side-car avec des casques sur la tête. Josef se hâta d'aller les aider à descendre. S'était-il découvert des gènes de grand-père ? Elles l'accueillirent très joyeusement. Une scène tirée d'un livre d'images ridicule. Gesine enfonça les mains dans ses poches.

Juan remonta la visière de son casque et ouvrit la fermeture Éclair de sa veste en cuir.

— À quelle heure est-ce que je dois venir les chercher ? lança-t-il à Gesine, et elle sentit tous les regards se poser sur elle, y compris ceux de Frida et de Marta.

Scrutateurs, pénétrants. On allait peser chacune de ses paroles.

Entre-temps, Marina Olbert s'était glissée dans ses sandalettes.

— Pourquoi ne restez-vous pas ici, monsieur Alvarez ? demanda-t-elle dans le silence.

Il fit aussitôt un geste de refus, tout en levant son bras exagérément haut. Gesine écumait de colère. Ce n'était absolument pas à lui de décider de sa présence.

Elle sentit alors Hannes à ses côtés.

— Je n'étais pas du tout au courant, lui dit-il tout bas, dans le creux de l'oreille. C'est Josef qui a dû les inviter. Tu ne lui as pas dit à quel point c'était difficile pour toi d'être mise en contact avec eux ?

— Pourquoi est-ce que je devrais lui raconter ça ? rétorqua Gesine. Chacun devrait comprendre les choses par soi-même.

— Bon, eh bien, je vais parler avec Josef.

— Ça ne sert plus à rien maintenant. Juan Alvarez est irresponsable. Il n'aurait jamais dû amener ses filles ici.

Elle brûlait d'envie d'éjecter Juan de sa moto et de le forcer à partir à pied. Mais il fallait aussi qu'elle pense aux petites. Il suffisait de se rappeler leur insistance quand elles avaient voulu savoir pourquoi Gesine se disputait toujours avec leur père. Et le regard de colère de Marta qui, l'espace d'un instant, lui était apparu étrangement familier.

Gesine resta donc immobile, les mains dans les poches, et ne dit plus rien. Son quotidien, le cimetière, son travail sous les grands arbres et la terre silencieuse lui manquaient. Tout comme sa liberté qui, ces derniers temps, avait déserté sa vie.

Mais le tourbillon des événements ne faisait que commencer. À peine Marina Olbert et Lasse Johannsen étaient-ils partis que Natacha, la collègue de Hannes, surgissait dans l'allée. Elle voulut prendre Gesine dans ses bras pour la saluer mais elle avait des difficultés à tenir droit le gros bouquet de roses anglaises qu'elle avait apporté. Hannes lui prit les fleurs des mains et se réjouit de cette invitée surprise. Et Juan, qui aurait dû être parti de la ferme depuis longtemps, se présenta auprès de Natacha comme s'il était soudain important de faire connaissance.

Gesine prit une gorgée de champagne et sourit aux enfants, mais puisque tout le monde était occupé, elle ne put s'empêcher de se réfugier dans le camping-car pour faire une pause.

Elle se rafraîchit au robinet de l'évier et avala un médicament. Ses chances de pouvoir se glisser dans son lit étaient faibles, mais elle voulait au moins se reposer dans le coin-salon. Appuyer sa tête, fermer les yeux et ne penser à rien. À rien du tout. Peut-être même enlever ses lentilles de contact.

Si seulement des voix fortes n'avaient pas retenti quelques minutes plus tard. Des voix d'homme qui venaient de l'extérieur.

Elle regarda par la fenêtre et se figea. Ses parents, Richard et Renate Augenthaler, se tenaient dans l'allée à côté du scooter. Ils se disputaient avec Juan qui se tenait sur la selle de son scooter et répondait à leurs invectives. Gesine ouvrit la porte du camping-car d'un coup et se rua sur eux.

— On ne restera pas les bras croisés à te regarder élever ces enfants n'importe comment ! menaçait son père en secouant le guidon du scooter.

— Qu'est-ce que vous faites là ? s'écria Gesine sans même être arrivée à leur hauteur.

Ses parents firent volte-face.

— Quoi, tu arrives même à courir ?

La voix de sa mère s'éleva sur un ton plaintif.

— On pensait que tu étais à l'hôpital !

— Oui, et alors ?

— Nous voulions venir te voir.

— Vous ? Me voir ?

— Ils nous ont juste donné ton adresse. Et voilà ce que nous trouvons. Tu fais une fête avec Juan et les enfants !

Juan poussa une exclamation moqueuse. Frida et Marta n'étaient qu'à quelques mètres et entendaient tout ce qui se disait. Gesine décida de se mettre à côté d'elles.

Elle inspira fortement.

— Maman, quittez la ferme immédiatement.

Son père fit une grimace.

— Voyez ça. Gesine et les jumelles, ensemble en toute harmonie. Est-ce que c'est toi qui as envoyé les enfants à cette association d'aide au deuil ?

Frida et Marta tressaillirent. Juan leva la main.

— Mes filles ne vont pas au groupe de parole sur le deuil, éclaircit-il. Je le leur ai interdit.

— Et pourquoi se promènent-elles avec Martin Braumüller ? demanda le père de Gesine. Nous avons des amis qui les ont vus ensemble.

— Ça ne vous regarde pas, s'interposa Gesine, et, d'ailleurs, Martin Braumüller sait très bien qu'elles n'ont pas le droit de participer au groupe.

— Attends ! s'écria Juan. Depuis quand tu connais Braumüller ?

— J'ai seulement parlé une fois avec lui.

Son père s'esclaffa.

— Voilà, Jan, voilà ce qui arrive quand on refuse d'admettre la véritable personnalité de Gesine. Tu ne devrais pas être avec elle et les filles devraient vraiment garder leurs distances.

Il poussa encore le guidon du scooter et se retrouva au corps-à-corps avec Juan, à le tirer par le col, jusqu'à ce que Juan démarre le moteur et parte en trombe.

Les jumelles restèrent en arrière dans un nuage de fumée, le bras de Frida enroulé autour de la jambe de Gesine et Marta comme frappée par la foudre.

— Ne vous inquiétez pas, on va trouver une solution, dit Gesine, sans savoir elle-même ce qu'elle voulait dire par là.

Elle ne sut pas non plus pourquoi elle posa ses mains tout à coup sur les épaules des jumelles, mais elle le fit, avec raideur et prudence.

— Si Mareike voyait ça, dit Richard Augenthaler, si elle te voyait toucher ses enfants. Tout particulièrement toi.

Sa mère tira une mine dédaigneuse elle aussi.

— Mais c'était exactement ce qu'il fallait redouter, n'est-ce pas, Richard ?

— Et c'est pour ça que vous êtes là ? demanda Gesine. Pour savoir avec qui je suis en contact ?

— Nous sommes inquiets que tu te comportes avec les enfants de Mareike comme si rien ne s'était passé. Il paraît qu'elles sont venues te voir à l'hôpital il y a peu de temps.

— Nous nous voyons quand nous en avons envie.

— Non. (La voix de Richard Augenthaler était redevenue très forte.) Nous voulons te proposer un compromis. Laisse ces enfants tranquilles et, en échange, nous te financerons un bon avocat.

— Je n'ai pas besoin d'avocat ! (Gesine baissa le ton, tremblante de colère.) Parce que vous êtes les seuls à croire que j'ai tué Mareike.

Elle venait de tout gâcher avec cette remarque. Elle le comprit avant même d'avoir prononcé les dernières syllabes. Les épaules des jumelles se raidirent. Tué Mareike ? Gesine ?

Elle laissa retomber ses bras.

— Venez, laissons vos grands-parents tranquilles et allons boire quelque chose.

Frida et Marta hésitèrent, mais, quand elle s'avança, elles la suivirent. Elle les conduisit sous le pommier et alla chercher de l'eau et du jus de fruits. Du coin de l'œil, elle observa ses parents qui se mettaient maintenant à parler au vieux Josef. Il secouait énergiquement la tête et voulait visiblement les chasser de chez lui.

Les enfants s'assirent dans l'herbe. Gesine s'accroupit à côté d'elles.

— Votre papa va sûrement très vite revenir vous chercher, les rassura-t-elle.

Les deux fillettes ne disaient rien. Marta arrachait des brins d'herbe et Frida jouait avec son verre de jus de fruits.

Gesine cherchait ses mots avec effort.

— Je ne veux pas me débarrasser de vous, bien sûr, je veux juste dire que vous ne devez pas vous inquiéter.

Silence.

— C'est pas de ta faute si maman est morte, dit brusquement Frida.

— Non, bien sûr que non.

Frida se redressa sur son séant.

— C'est de notre faute, chuchota-t-elle.

— C'est la faute de qui ?

Gesine croyait avoir mal entendu.

— C'est de notre faute, répéta Frida, et une larme coula sur sa joue.

— Tais-toi !

Marta donna un coup de coude à sa sœur, ce qui eut pour seul effet de faire pleurer Frida encore plus fort. Elle laissa tomber sa tête et se mit à sangloter. Ses boucles glissèrent sur son visage comme un rideau.

Gesine se pencha vers elle.

— Frida, tu as mal compris quelque chose.

Mais Frida continuait à pleurer. Marta se rapprocha d'elle, la prit dans ses bras et se mit à la bercer. Les mains de Gesine étaient comme paralysées.

— Vous ne pouvez pas être coupables de la mort de votre mère, dit-elle, même si parfois on pense avoir fait quelque chose de mal, surtout quand on est un enfant.

— C'est sûr, répondit Marta, merci.

Et son intonation disait : ferme-la.

— Ce qui s'est passé avec votre mère n'a rien à voir avec vous !

— Non ? (Frida releva la tête, des mèches de cheveux collées à sa joue baignée de larmes.) D'où est-ce que tu sais ça, Gesine ?

Oui, d'où est-ce qu'elle savait ça ? Est-ce qu'elle savait quelque chose, au juste ? À propos de ces enfants, de leur peine et de ce qui s'était passé avec Mareike ?

— Les enfants ne sont jamais coupables, finit-elle par dire d'une voix claire.

— Oui, et les tantes non plus, compléta Marta.

Si le visage de l'enfant n'avait pas été si sombre, Gesine aurait probablement pu se sentir soulagée.

Dix ans plus tôt

— Tes plantes de merde, Gesine.

Les fleurs bleues et leur multitude de petites clochettes. C'est là que tu dois les prendre, ici, par les tiges, et les secouer. C'est ton petit doigt qui le dit.

Mareike qui essaie de tirer à elle le corps du garçon.

— Lâche-le, bon sang.

Gesine qui s'accroche à Philipp et qui est certaine qu'elle tiendra son petit garçon pour l'éternité.

Gesine qui devrait en fait poser la même question une deuxième fois – pourquoi est-ce que tu n'as pas appelé le médecin, Mareike ? – mais qui ne fait que subir et regarder en arrière vers sa plaque sur la table de la terrasse, qui gît dans la mixture vert et bleu.

Est-ce qu'elle ne brillait pas deux minutes plus tôt ?

Un maillon de sa chaînette s'est ouvert au travail. Gesine ne l'a pas réparé, elle s'est contentée de fourrer la chaîne et la plaque dans sa poche. Il fallait qu'elle rentre à la maison au plus vite pour retrouver son petit Philipp qu'elle avait si peu vu cette semaine, et retrouver sa chère Mareike qui lui donnait si souvent un coup de main.

Rentrer à la maison. Fin de la journée de travail, fin des heures supplémentaires. Donner son bain à Philipp, lui faire des câlins et attendre Klaus qui doit malheureusement se farcir une conférence avec de gros bonnets. La plaque et la chaînette ont tinté sur la table d'un son prometteur. Et, maintenant, elles gisent dans la bouillie vert et bleu.

C'est le petit doigt qui le dit. Le petit doigt secoue les prunes. Il les ramasse. Il les rapporte à la maison. Et il les mange jusqu'à la dernière.

Toutes ces plantes de merde.

Gesine qui essaie une dernière fois d'espérer quelque chose de Mareike.

— Tu veux lui faire prendre un bain ? demande-t-elle alors que Mareike n'arrête pas de tirer sur le corps de Philipp.

— Tu es folle ou quoi ?

— Tu aurais pu lui faire prendre un bain tout à l'heure. (Gesine entend sa propre voix comme dans le lointain.) Comme ça, tu aurais été avec lui au moins.

— Tais-toi.

Mais ça ne marche plus maintenant.

Gesine pour qui une nouvelle pensée naît avec chaque mot. Qui berce son garçon et fourre son nez dans ses cheveux humides. Qui ferme les paupières dans l'espoir qu'entre-temps ses paupières à lui se referment aussi. Mais sa tête pend en arrière, elle ne peut pas être sûre.

Mareike qui crie.

Gesine qui murmure dans les cheveux de Philipp.

— Tu étais tout seul, tout seul. Personne ne s'est occupé de toi, personne n'a appelé le médecin.

13

Jamais plus Marina Olbert ne se laisserait aller à une partie de jambes en l'air dans un véhicule de police. Tous ses ennuis avaient commencé comme ça dans son ancien service. D'abord, ça vous reluquait les jambes pendant le trajet, les seins, puis ça rétrogradait pour faire ronronner le moteur. Comme par miracle, il y avait presque toujours un chemin de campagne dans les parages, et Marina se souvenait très bien du bruit des pneus quand la voiture entrait dans le virage. Du crépitement des mottes de terre glaise et du gravier qui venaient heurter le dessous de caisse, pendant qu'au-dessus ça gloussait d'un air gêné. Les crissements et les craquements du véhicule qui ralentissait annonçaient l'arrivée. Couper le contact, soupirer. Aller vers l'autre.

Il y avait toujours comme un vide, à l'intérieur de soi tout du moins, et ce vide était impossible à combler, même si on s'y reprenait à plusieurs fois. Et quand on n'avait vraiment pas de chance, la radio envoyait un message.

Heureusement, Lasse n'était pas marié. Mais Marina trouvait tout de même désagréable que le chemin de terre craque sous les pneus de la voiture de service. Le moteur s'éteignit et Lasse soupira. Marina regardait droit devant elle.

Le capot claqua. Un joggeur passa en trottinant, jetant un regard curieux sur la voiture.

Elle ouvrit la portière et sentit l'air tiède du soir sur ses jambes. Le soleil était rouge, posé sur l'horizon, et les champs jaunes s'étiraient sur les collines.

Elle descendit de voiture, défroissa sa robe.

— Viens, Lasse, la soirée est magnifique, dit-elle.

Mais il ne bougea pas.

— Pourquoi m'as-tu dit que tu voulais interroger toute seule Hannes Van Deest ?

— Prends-moi au mot, Lasse, et tu comprendras.

— Ce type te fait du gringue !

— Mais non.

Une buse planait au-dessus du champ. Ça sentait le colza. Marina étira ses doigts. Elle aurait beaucoup aimé pouvoir toucher l'atmosphère de cette soirée, mais l'air n'offrait pas beaucoup de prises.

Elle se tourna vers la voiture et posa son ventre contre la portière arrière. Elle allongea ses bras sur le toit de la voiture, sur l'agréable chaleur du soleil emmagasinée par la tôle. C'était bien comme ça, elle pouvait se sentir elle-même et sentir le soir qui tombait.

— Et d'ailleurs, Lasse, tu n'es pas en position d'être jaloux, lança-t-elle.

— Mais j'ai le droit de te demander où nous en sommes dans nos investigations et pourquoi tu mènes des interrogatoires privés.

— Le cambriolage de Cordes a tout changé. Je dois voir plus large, maintenant.

— Le cambriolage t'a surtout changée toi, Marina.

Il n'avait toujours pas bougé. Elle sourit. Il ne maîtrisait pas ses émotions.

— Et pourquoi est-ce que tu ne parles jamais de ce carnet de notes ? demanda-t-elle. Cordes a des lubies plutôt intéressantes.

— Un traumatisme. Qu'est-ce que je pourrais dire de plus ?

— C'est de l'autoflagellation. Son fils meurt empoisonné par une plante toxique et elle se prend de passion pour ces trucs-là.

— Tu perds trop de temps à faire de la psychologie, Marina.

— Il faut qu'on se mette à la place des gens si on veut résoudre cette affaire.

— Je suis un homme. Je préfère aller droit au but.

Marina fit la moue. Cette phrase aurait pu lui plaire dans un contexte privé. Mais pas au travail.

— Je suis dans le brouillard avec cette cuillère pour enfant, en tout cas, dit-elle. On ne peut pas prouver qu'elle ait été en la possession de Gesine Cordes et les empreintes sont inutilisables.

— Tu débloques ou quoi ?

Elle frappa le toit de la voiture du plat de la main.

— Comment est-ce que tu me parles ?

— Marina ! On a interrogé des dizaines de témoins qui ont côtoyé Gesine après la mort de son fils. Tout le monde se rappelle le cinéma qu'elle a fait avec cette cuillère.

— Ça ne suffit pas, Lasse. En théorie, Mareike aussi aurait pu la récupérer depuis. Ou bien Klaus Cordes, ou bien l'un des Augenthaler. Beaucoup d'années ont passé, elles ont aussi laissé des empreintes.

— Mais pourquoi les Augenthaler se promèneraient-ils dehors la nuit avec une cuillère pour assassiner Mareike ? Il faut être dérangé psychologiquement pour faire ça, même moi je le reconnais. Et ça nous ramène à Gesine.

— Il y a quelque chose qui ne colle pas.

— Bon, si tu veux. Mais si tu persistes à rejeter tous mes arguments, tu devrais au moins repenser à l'hypothèse du suicide. On a très peu envisagé cette possibilité jusqu'ici.

— Mais non. (Elle dégagea sa nuque de sa queue-de-cheval blonde.) On repasse à l'offensive chez les parents. Richard et Renate Augenthaler.

— Pardon ? (La porte conducteur claqua, Lasse était dehors.) Tu dépasses les bornes, là.

— J'ai ma stratégie.

Elle lâcha sa queue-de-cheval. Le rouge du soir se reflétait sur la peinture du toit de la voiture. Lasse se mit face à elle. Il enleva ses lunettes.

— Fais-moi une faveur, dit-il, épargne ses pauvres vieux parents.

— Pas question. Et on va interroger Martin Braumüller aussi. On va prendre le problème à la racine. Mais c'est peut-être mieux si tu n'as plus rien à voir avec ça.

— Qu'est-ce que tu veux dire ?

Lasse remit ses lunettes.

— Si tu continues sur cette lancée, cette enquête pourrait se terminer pour toi. Et tu es beaucoup trop proche des Augenthaler, de toute manière.

— Tu es devenue folle ou quoi ?

Marina tendit ses abdominaux. Elle n'avait pas du tout prévu de parler de cette manière avec Lasse, ce soir-là, mais maintenant qu'il la provoquait, elle allait le faire sortir de ses gonds.

— Je suis au courant, dit-elle. Les sœurs Augenthaler étaient le duo le plus canon que votre commissariat ait jamais connu. Elles t'ont allumé et tu leur as couru après. Qui sait pendant combien de temps.

La voix de Lasse devint rauque et forte.

— Ça frise la calomnie.

— Mais c'est vrai, non ?

— Marina ! Les sœurs et moi étions amis ! Et si tu veux m'exclure de l'enquête à cause de ça, tu vas devoir exclure l'ensemble du commissariat. On était tous amis et on a tous pris du bon temps à l'époque.

— Des amis. Et malgré ça, tu abordes l'enquête avec une brutalité inouïe ! Tu ne veux rien résoudre ici, on dirait plutôt que tu veux lutter, et je ne sais pas contre quoi.

— Oui, je lutte ! (Il frappa du poing sur la voiture qui fit un craquement sourd.) Parce que je traîne ma frustration ! Parce que ta manière d'aborder la mort de Mareike me hérisse le poil !

Il fit le tour de la voiture. Sa chemise était ouverte et la brise du soir transportait son parfum, mais Marina n'eut pas besoin de faire un seul geste. Elle avait toujours réussi à le diriger, même quand il n'arrivait plus à se dominer.

— Tu dois m'obéir, précisa-t-elle. C'est comme ça à la police.

— Tu ne comprends pas que je veux juste te protéger ? insista-t-il d'un ton coupant. Ce n'est pas à moi qu'on devrait retirer l'enquête, mais à toi.

Elle leva les yeux sur lui.

— À moi ?

— Parce que tu es jalouse. Tu ne supportes pas que Gesine et Mareike aient été si populaires dans le commissariat. Tu poses tout le temps des questions à ce sujet. Tu m'as même interrogé sur les frangines quand tu étais au lit avec moi. Alors que tu es responsable de l'enquête !

— Je fais des recherches. Quelqu'un comme moi est toujours au travail.

— Au pieu ? Sûrement pas. Tu es jalouse, et autant de Mareike que de ta suspecte, Gesine. Les sentiments que tu as pour moi sont en travers de ton chemin et moi, comme un imbécile, j'ai caché ça à nos collègues pendant tout ce temps.

— Je n'ai pas de sentiments, Lasse. Ce que j'avais avec toi était un arrangement auquel j'ai mis un terme.

— Trop tard, Marina. Et quand tu y as mis fin, d'une manière peu convaincante d'ailleurs, on était déjà tous les deux en plein dans cette affaire.

Elle se détourna de lui avec un sourire moqueur et regarda par-dessus la colline. Les hypothèses de Lasse étaient complètement fausses, elle avait l'enquête bien en main. Tout comme ses propres pulsions, du reste.

Lasse s'avança tout contre son dos.

— Maintenant je veux savoir ce qui se passe avec Hannes Van Deest. Si on fait table rase.

— Rien, dit-elle, sentant son haleine sur sa nuque, je l'utilise pour mes recherches.

Cela dit, avoir quelques points faibles n'aurait rien de condamnable. Quand on connaît ses points faibles et qu'on les garde sous contrôle.

— Hannes Van Deest est le dernier à avoir vu Mareike, poursuivit-elle, même si elle était déjà morte.

Je peux lui poser toutes les questions que je veux sur le cadavre, et je ne vais pas m'en priver.

Lasse enserra son cou d'une main, posa l'autre sur sa hanche et l'attira vers lui. Audacieux et peut-être pas si mal, mais en d'autres circonstances. Ça ne suffisait plus à présent.

— Ne te fatigue pas, dit Marina, tentant de se défaire de son emprise.

— Si, murmura Lasse, je t'aurai. Et si tu oses m'exclure de cette enquête, je raconterai à tout le monde à quel point tu aimes ça. Tu aimes ça et tu es beaucoup trop partiale pour diriger cette affaire.

14

Le cimetière ne ressemblait à rien. Qu'est-ce que les jardiniers avaient bien pu fabriquer tout le temps que Gesine était restée à l'hôpital ?

— Pas grand-chose, dit Hannes en repliant son mètre. D'abord il y a eu la canicule, ils étaient complètement dépassés par l'arrosage, puis il y a eu les tempêtes et les véhicules de déblaiement ne savaient plus où donner de la tête. Alors les jardiniers ont décidé d'attendre que ça passe.

— Les véhicules de déblaiement ? (Gesine descendit le râteau et la bêche de son épaule.) Mais on peut dégager la plupart des branches à la main.

— Non, pas toi. C'est ton premier jour de travail !

Ils se tenaient à côté d'une fosse qui venait d'être creusée. La lumière matinale tombait à l'oblique à travers les arbres, les rhododendrons scintillaient de rosée. Une journée tranquille de début d'été, idéale pour se réacclimater au cimetière. Il suffisait de ne pas se demander depuis combien de temps les débris jonchaient le sol, éparpillés sur les tombes et les allées. Des feuilles, des brindilles et des branches que la tempête avait arrachées des cimes. La tempête qui avait fait rage cinq jours plus tôt.

Hannes plongea son mètre dans la fosse pour vérifier la profondeur. Il secoua la tête.

— Un caveau familial.

— Quelle était la commande ?

— Une tombe individuelle. L'enterrement a lieu demain.

Le collègue avec l'excavatrice du cimetière était introuvable, bien entendu. Hannes sortit son portable de sa poche. Gesine ramassa les emballages en plastique de plusieurs cierges qui avaient été emportés par le vent et les porta à la poubelle.

Elle trouva le vieux M. Dinkelbach au coin du chemin. Il était absorbé par le travail sur la tombe de sa femme. Les dégâts causés par la tempête semblaient également lui donner du fil à retordre.

— Des problèmes ? lança-t-elle.

M. Dinkelbach se retourna et se fendit d'un large sourire quand il aperçut Gesine.

— J'ai cru que vous ne reviendriez jamais.

Elle lui tendit la main. Il avait l'air d'avoir encore maigri. Mais il portait une veste visiblement neuve. Et il ne voulait plus lâcher sa main.

— Où étiez-vous donc ? Vous avez été arrêtée par la police ?

— Non ! J'étais malade, c'est tout.

— Pourtant la police était derrière vous ! Nous avons parlé de ce policier qui est venu enquêter ici au cimetière.

Elle fit un geste de dénégation et se pencha. Du bois mort tombé d'un pin gisait sur la tombe. Il fallait faire attention à ne pas abîmer les dernières marguerites en le retirant. M. Dinkelbach aimait beaucoup les marguerites. Le prénom de sa femme était Gerda M.

M comme Margret ?

Il se mit face à la tombe voisine et chercha à attirer l'attention de Gesine pendant qu'elle travaillait.

— Quelqu'un d'autre m'a posé des questions sur vous depuis, madame Cordes.

— Un autre policier ?

— Non, quelqu'un qui vient d'Espagne. Nous nous croisons souvent à la fontaine et, un jour, il m'a demandé si je connaissais une Mme Cordes et si je pouvais lui montrer où son fils est enterré.

— Vous n'êtes pas sérieux.

Elle se redressa d'un coup, une branche dans la main.

Les joues de M. Dinkelbach se colorèrent de rouge.

— Est-ce que j'ai fait quelque chose de mal ? demanda-t-il.

— Non.

Mais le vieil homme était inquiet.

— J'aurai certainement l'occasion de vous présenter ce monsieur espagnol, il vient au cimetière toutes les semaines.

— Pas besoin !

Elle jeta la branche au loin et se pencha de nouveau. Juan Alvarez allait en prendre pour son grade.

— Je suis désolé pour votre fils. (M. Dinkelbach quitta la tombe voisine pour revenir sur le chemin.) Je ne savais pas du tout.

Gesine garda le silence. Un élancement dans la poitrine, qui finit par passer.

— Votre pierre tombale se couvre de mousse, dit-elle. Nous pourrons la gratter la semaine prochaine.

— Je ne voudrais pas en parler non plus, à votre place. (M. Dinkelbach toussota.) C'est comme pour moi et ma femme.

Il attendit qu'elle lève les yeux sur lui, puis s'agenouilla péniblement et ramassa une pomme de pin. Il cracha dessus et la jeta en l'air dans les arbres, aussi haut qu'il pouvait.

— Essayez de faire ça à l'occasion. (Il souriait.) Ça fait du bien, madame Cordes.

— On dirait, oui.

Elle lui rendit son sourire.

Vers midi, l'excavatrice du cimetière arriva dans un boucan d'enfer pour réajuster la nouvelle fosse. Hannes mena une surveillance étroite et Gesine se retira sur le parvis de la chapelle. Là aussi il y avait du travail de balayage et de déblaiement, mais elle dut se rendre à l'évidence : ses bras étaient complètement ankylosés. Elle avait été arrêtée beaucoup trop longtemps.

Elle pensa à cette journée, quelques semaines plus tôt, où elle avait rencontré Frida et Marta pour la première fois sur ce même parvis. Le jour de l'enterrement de Mareike. Le jour où elle avait revu ses parents, où elle avait parlé à Juan Alvarez pour la première fois. Elle s'était sentie tellement misérable au moment de décharger les couronnes. Elle pouvait encore sentir l'*Anthurium crystallinum* entre ses doigts et entendre le cliquetis du chariot grillagé, pénétrant, toujours aussi angoissant aujourd'hui.

Et la maigre Frida qui s'était tenue près du pick-up en lançant des pierres dans les buissons. Frida qui surveillait Marta. Marta qui sautillait devant la chapelle.

Les deux fillettes en robe blanche. Est-ce qu'elles pensaient déjà qu'elles étaient coupables de la mort de leur mère, ce jour-là ?

Et la question qu'elles avaient posée, assises sous le rhododendron : *Est-ce que ça fait mal quand on meurt, ou est-ce qu'on est déjà mort avant que ça fasse mal ?*

Une question qui apparaissait maintenant sous un tout nouveau jour.

Que s'était-il donc passé entre Mareike et ses filles ? Pourquoi Mareike les avait-elle abandonnées ? Était-ce seulement de son plein gré ?

L'imaginer sur les voies de chemin de fer avant que le train ne la surprenne. Accablée par la terreur jusqu'à ce que le colosse de métal heurte son corps doux, en une fraction de seconde.

Mais non, pas accablée. Peut-être avait-elle été soulagée que sa vie détruite se termine enfin. Peut-être avait-elle même dit merci à la personne qui l'avait accompagnée jusqu'aux rails.

Gesine étira ses épaules. Elle aurait des courbatures demain, il valait mieux qu'elle se ménage un peu.

Le balai à feuilles grattait lentement la terre humide dans un bruit de métal. Des gravillons n'arrêtaient pas de se coincer entre les dents. Comme Gesine n'avait ni la patience ni la force de le manier habilement, elles étaient déjà tordues.

Elle aurait voulu aller à son pick-up pour s'allonger sur les sièges. Mais, si Hannes la trouvait là, il la renverrait directement chez elle. Elle continua à travailler.

Hannes vint enfin la chercher pour la pause-déjeuner. Elle fourra ses gants dans sa poche et l'accompagna à sa voiture. Le panier de pique-nique qu'il en sortit paraissait particulièrement lourd et l'estomac de Gesine grondait. Ils prirent le temps de marcher jusqu'au banc où, autant que possible, ils mangeaient ensemble le midi. Depuis des années.

Le banc se tenait à la limite du carré A, dans un coin juste avant les tombes d'enfants, un petit triangle qui s'enfonçait entre un noyer et des bosquets de noisetiers. Mi-ombragé en été, protégé du vent au printemps et en automne. En hiver, c'était un endroit qui permettait de se remémorer facilement les autres saisons de l'année.

— Quel plaisir d'être de retour ici ! dit Hannes.

Il étendit une nappe sur la moitié du banc où il disposa des assiettes et des petits bols. Une salade de poulet, une salade de pâtes. Des feuilles de vigne farcies et de la purée de pois chiches. De la baguette et une brioche. Merci l'épicerie fine.

Ils s'assirent côte à côte et se passèrent les plats jusqu'à ce que chacun ait de tout dans son assiette.

— On a un peu l'air d'un vieux couple, non ? demanda Hannes.

— Ça me va bien, répondit Gesine. Je n'aime pas les changements de toute façon.

Ils attaquèrent leur repas. Dégustant la nourriture en silence, comme avant. Comme si Mareike ne reposait pas en terre quelques centaines de mètres plus loin.

Une guêpe arriva, elle avait pris pour cible la salade de poulet, mais Hannes parvint à la mettre en fuite. Un lapin se faufila jusqu'au banc en bondissant avant de se faire peur tout seul. L'écureuil de l'année précédente ne donnait pas signe de vie.

Le gazouillis des oiseaux, les couverts qui tintaient contre les assiettes en porcelaine, les bouteilles qu'on ouvrait et qu'on refermait, sinon rien. Ce n'était qu'au dessert qu'on s'autorisait à briser le silence.

— Est-ce que Frida et Marta ont des jours fixes pour venir au cimetière ? l'interrogea Gesine.

— Malheureusement non, dit Hannes. Elles viennent même parfois sans leur père et, quand c'est le cas, elles viennent fourrer leur nez partout. Difficile de les éviter.

Gesine goûta le fromage blanc aux fruits et se laissa le temps de répondre.

— On pourrait aller leur faire un petit coucou de temps en temps, non ?

Hannes opina du chef.

— Je n'ai rien contre.

Ah bon ? Gesine resta sur ses gardes.

— Juste un petit bonjour, je veux dire. Il ne faut pas exagérer non plus.

— Tu as bien discuté avec elles récemment, pendant la fête au camping-car, non ?

Hannes se servit aussi un peu de fromage blanc et se mit à manger comme si cette conversation était anodine. Bizarre. Où étaient passés ses rappels à l'ordre ? Se tenir à distance de la famille Alvarez…

— J'ai eu une bonne conversation avec les fillettes, mais de manière toute relative, évidemment, dit Gesine.

Hannes examinait sa cuillère.

— Voilà comment je vois les choses : on ne peut pas avoir une grande conversation avec Frida et Marta un jour et les accueillir froidement le lendemain.

— Pardon ? (Gesine reposa son bol.) Est-ce que j'ai vraiment le choix ? Est-ce que j'ai invité ces enfants chez moi à une fête de bienvenue ? Est-ce que je suis responsable du fait qu'elles passent leur temps à courir partout dans le cimetière ?

— Non, bien sûr que non. Mais je me demande combien de temps ça va continuer ainsi : le contact est permanent et nous passons notre temps à dire que tu ne dois pas t'impliquer dans quoi que ce soit.

— Je suis impliquée depuis longtemps ! Frida et Marta ont même compris que je suis soupçonnée d'avoir tué Mareike.

— Je sais. Elles m'ont raconté la conversation avec tes parents.

Le cœur de Gesine fit un bond dans sa poitrine.

— Quand est-ce qu'elles t'ont dit ça ?

Hannes mesurait ses paroles.

— Il ne faut pas que tu te fâches. Mais j'ai joué au foot avec elles.

— Pendant la fête au camping-car ?

— Non, il y a quelques jours, ici au cimetière. Mais ça ne veut pas dire que j'ai changé d'avis. Nous devons garder nos distances avec elles.

— Raconte-moi immédiatement ce qui s'est passé, Hannes !

Le visage de son ami prit une expression bornée.

— Pas grand-chose. Je devais démonter une composition florale dans la chapelle et les filles sont arrivées, comme sorties de nulle part.

— Avec un ballon de foot ?

— Non. Elles m'ont demandé si tu t'entendais bien avec Mareike. Je ne savais pas quoi leur répondre donc j'ai lancé à Marta la boule de polystyrène que j'avais dans la main. Et c'était parti.

— Je ne te crois pas. Elles ne se laissent pas distraire aussi facilement.

Il hésita.

— Elles ont fini par reposer la question, évidemment.

— Et ?

— Et je leur ai dit qu'il n'y avait rien de particulier entre toi et Mareike, que ce soit dans un sens négatif ou un sens positif.

— Hannes ! (Gesine se leva d'un bond.) Pourquoi est-ce que tu as menti ?

— Tu n'as pas besoin de t'énerver. (Il gardait son air entêté.) Toi-même, tu passes ton temps à parler avec elles sans aller droit au fait. Que se serait-il passé si j'avais dit la vérité ? Je t'aurais ridiculisée devant Frida et Marta, rien de plus.

— Il y a une grande différence entre ton comportement et le mien vis-à-vis des jumelles ! Je tais des parties de la vérité par nécessité, tandis que toi tu la déformes.

— Il y a donc de bons mensonges et de mauvais mensonges ? (Hannes se leva.) Comment est-ce qu'on peut bien mentir à des petites filles qui demandent si tante Gesine aimait bien leur maman ?

Il la regarda d'un air de défi. Ce n'était pas du tout le moment d'éclater en sanglots. Ni de se mettre en colère, surtout pas de colère face à cette situation fâcheuse.

Dans quelle impasse s'était-elle retrouvée ? Est-ce que le fait de taire la vérité entraînait toujours plus de mensonges ? Est-ce que le mensonge amenait toujours plus de saloperies ?

— Je ne veux pas me disputer avec toi, Hannes, mais ça m'embête vraiment que tu ne puisses plus être sincère non plus.

— Moi aussi. La seule bonne option aurait été de prendre ses distances avec les enfants. Sans compromis, dès le début.

— Mais c'est exactement ce que j'ai essayé de faire, bon sang !

— Non. Le jour même de l'enterrement, tu rampais déjà sous les buissons avec Frida et Marta.

Elle se mordit les lèvres et commença à ranger la vaisselle dans le panier de pique-nique. Les assiettes cliquetaient. Une fourchette tomba sous le banc, Hannes la ramassa et la lui tendit, silencieux, dans l'expectative. Mais elle n'arrivait plus à le regarder maintenant.

Est-ce que Frida et Marta l'avaient cru ? *Rien de particulier entre elle et Mareike, ni dans un sens positif ni dans un sens négatif.* Faux et archi-faux ! À qui d'autre les petites avaient-elles posé cette question ?

Elle était debout à racler le bol de fromage blanc et avala son dessert sans s'en rendre compte. Hannes replia la nappe et lui prit la corbeille des mains.

— Ce n'était pas comme ça que j'avais imaginé notre pause-déjeuner.

Ils reprirent le chemin de la chapelle. Les coins ombragés au bord du chemin étaient toujours humides. Le soleil ne parvenait pas à sécher le cimetière en une seule journée. Une grosse branche de bouleau pendait très bas dans les rhododendrons.

Gesine marchait en claquant des talons, cherchant un moyen de se calmer. Le pire était que Hannes n'avait pas vraiment tort dans sa manière de voir les choses. Mais il avait menti, et elle le ressentait comme une trahison. Comme s'il s'était placé du côté des autres, qui affirmaient depuis dix ans que ce n'était rien qu'un accident.

— Je n'aurais jamais pensé qu'on en arriverait un jour à se disputer tous les deux sur l'idée de vérité.

— Moi si, répondit-il amèrement.

— Pourquoi ?

— Parce que je veux tout le temps te protéger, et que c'est la seule chose à laquelle je pense maintenant quand je déforme la vérité pour toi.

— Tu n'as aucun devoir vis-à-vis de moi. Je vais résoudre mes problèmes toute seule.

Hannes marchait aussi vite qu'elle et regardait fixement devant lui.

— Il ne s'agit pas seulement de Frida et de Marta, dit-il. Il y a autre chose que je ne t'ai pas dit. C'est à propos de la tombe de Philipp.

— Qu'est-ce qu'elle a ?

— Quelqu'un met des cierges sur la tombe de ton fils.

Sa voix était enrouée.

Elle s'arrêta brusquement, comme paralysée.

— Depuis quand ?

Il s'arrêta aussi et se tourna vers elle.

— Les premiers cierges ont été déposés au début de l'année, pendant trois ou quatre semaines. Puis il y a eu une assez longue pause et ça a recommencé depuis peu, mais plus très régulièrement. Les nouveaux cierges arrivent tous les deux ou trois jours.

— Depuis le début de l'année ? Et je ne l'apprends que maintenant ?

— C'est exactement ce que je voulais te dire : je veux te protéger d'un certain sujet, pour les raisons que nous connaissons, et en faisant ça je fais tout de travers.

— Est-ce que tu as parlé des cierges à la police ?

— Non, bien sûr que non.

Il posa la corbeille de pique-nique sur le bitume.

— Au début, je croyais que c'était toi qui allais sur la tombe. Et je pensais qu'il ne fallait pas te parler de ça. Comme d'habitude.

— C'est vraiment infâme ! s'écria-t-elle.

— C'est sûr. Je suis désolé.

Elle remonta le chemin sans l'attendre. Était-ce là le Hannes qu'elle connaissait si bien ? qui était toujours soucieux de la soutenir ?

Il savait très bien à quel point elle souffrait de son incapacité à aller sur la tombe de son fils. Ça avait failli la tuer quelques années plus tôt. Mais, à l'époque, il l'avait réconfortée. *Philipp sait que tu es avec lui. Pour toujours*. Et maintenant ? Il faisait comme si elle pouvait se promener jusqu'à la tombe et allumer un cierge. Il trouvait même normal de ne pas en dire un mot. Comme si elle était une handicapée de la communication ! Qu'est-ce que c'était que cette amitié ?

Elle se retourna et revint vers lui.

— Je veux savoir ce qui se passe sur la tombe de Philipp !

Hannes vint vers elle en laissant la corbeille de pique-nique sur le bitume.

— Les cierges du début de l'année ont pu être mis par Mareike, dit-il.

— C'était en février ?

— Oui, c'est possible.

— Et après ? Est-ce qu'on a arrêté de mettre des cierges quelque temps après la mort de Mareike ?

— Oui, il y a eu une pause, et c'est peut-être Juan Alvarez qui a recommencé.

— Je ne crois pas, répondit Gesine. Juan sait que la tombe existe, mais il ne semble avoir aucune idée de l'endroit exact où elle se trouve.

— Mais qui ça peut bien être alors ?

Hannes semblait soulagé qu'ils aient recommencé à parler.

— Est-ce que ton ex-mari est venu au cimetière ? Ou est-ce que c'étaient tes parents ?

Elle secoua la tête.

— Klaus est quelque part en Europe de l'Est, et si mes parents avaient trouvé Philipp, ils me l'auraient craché en pleine figure depuis longtemps.

Et Martin Braumüller de Radix, l'association d'aide au deuil ? S'il était un confident de Mareike, il aurait pu aller avec elle sur la tombe de Philipp en février. Pour exécuter un rituel pervers, le mardi à dix-sept heures. Un rituel qu'il continuait depuis. *In memoriam.*

— Ce qui est sûr, c'est que je vais t'aider à éclaircir tout ça, Gesine, dit Hannes.

Elle sourit faiblement. Comme il se tenait devant elle, empressé, le souffle court.

— Ce qui est important c'est que tu me croies, insista-t-il. Ce n'est vraiment pas par mauvaise foi que je t'ai caché cette histoire. Au contraire. Quand j'ai compris que ça ne pouvait pas du tout être toi qui allais sur la tombe, je n'ai pas voulu que tu t'inquiètes.

— Oui. Ça va, Hannes, ça, je peux le comprendre.

Ils se regardèrent, hésitants, et Gesine sut qu'il fallait qu'elle le prenne dans ses bras. Brièvement, et aussi pour s'épargner davantage de paroles de réconciliation. Elle leva la main, la posa sur son épaule et l'attira plus près d'elle.

— Merci, dit-elle, et elle le lâcha, une sensation de nervosité dans les jambes.

Hannes acquiesça d'un air gêné et retourna chercher la corbeille de pique-nique.

Arrêterait-il un jour de jouer au protecteur ? Est-ce qu'un jour il n'en aurait pas assez des complications que Gesine amenait avec elle, et du maigre butin qu'il pouvait en retirer ?

Il avait fait beaucoup d'efforts pour la conquérir depuis leur rencontre. De manière purement platonique, sur sa demande à elle. Il s'était occupé d'elle. Il s'était assuré qu'elle puisse passer ses journées au cimetière tout en gagnant de l'argent. Qu'elle puisse emménager dans le camping-car chez Josef et qu'on lui donne le pick-up noir. Il avait essayé de la raisonner pour qu'elle se réconcilie avec elle-même : *Philipp sait que tu es avec lui. Toujours, même si tu dois rester à deux cents mètres de sa tombe.* Se fier à Hannes avait toujours eu quelque chose de séduisant.

Ne devait-elle pas lui renvoyer l'ascenseur à présent ? s'occuper de lui à son tour ? L'extraire pour une fois de ses problèmes à elle pour que ce soit plus facile pour lui ?

Il revint avec la corbeille de pique-nique et elle prit l'anse pour l'aider à la porter. Hannes récompensa son geste par un sourire. Elle détourna le regard. Son sourire lui allait bien.

Dix ans plus tôt

Philipp sur la pelouse. Philipp, avec un cercueil posé à côté de lui. Installé à quelque distance, car la flaque autour du corps de Philipp doit rester en l'état.

Un cercueil en métal.

Philipp qui est photographié. Par en haut, sur les côtés, sous toutes les coutures. Avec de la bouillie sur son tee-shirt et son visage. Avec les cheveux poisseux.

Sa bouche est peut-être ouverte. On ne peut pas en être sûr depuis la terrasse.

Le dictaphone dans lequel on parle très fort en marchant autour de Philipp :

— La position du corps a été changée à plusieurs reprises par la mère. Des vomissures jusque loin dans la gorge. Position d'origine au moment de la mort : probablement sur le dos.

La police scientifique en combinaisons blanches. Les regards baissés.

Le vieux chef de la brigade criminelle sur la pelouse, et Klaus. Klaus qui s'appuie sur le chef. Klaus qui n'a pas encore jeté un seul coup d'œil sur la terrasse.

Gesine y est, sur la terrasse. Une policière à gauche, une policière à droite. Avec leur képi sur la tête. Elles transpirent, elles sentent mauvais, et pourtant elles restent près de Gesine.

De Philipp, par contre, on se tient à distance. Il nous a quittés, il a rendu son dernier soupir.

Le soulever une dernière fois. Le prendre une dernière fois dans ses bras et le serrer.

— Restez ici.

La policière finit par enlever son képi.

Mareike qui se tient devant le cabanon. Une policière à gauche, Lasse Johannsen à droite. Mareike qui pleure et qui sanglote, sans s'arrêter, comme si une sirène venait entrecouper les phrases qui sortaient de sa bouche.

— Je ne savais pas qu'il jouait dans le jardin.

Elle ne savait pas ? Mais il fait beau pourtant, non ?

— Elle n'a pas appelé le médecin, dit Gesine, et les policières s'empressent de hocher la tête, espérant qu'elle se taise.

Ni médecin ni surveillance. Et des heures supplémentaires.

Klaus qui montre Mareike du doigt et qui hurle :

— Le petit a toujours joué dans le jardin, Mareike !

Klaus qui pleure, lui aussi. Elle ne l'a jamais vu comme ça.

— Personne ne m'a mise au courant. (La voix de Mareike devient stridente.) Je ne savais même pas qu'il était à la maison. Je ne savais pas non plus que vous aviez des plantes toxiques dans le jardin.

C'est là que tu dois secouer, ici, en tenant par les tiges.

Gesine qui veut se lever mais qui est retenue par les policières.

Le médecin qui s'agenouille et qui déchire un emballage entre ses dents.

En face, sur la pelouse, on soulève le couvercle du cercueil. On le pose à côté. La police scientifique qui regarde dans les sapins maintenant. Klaus qui tombe à genoux. Le chef qui lui tapote l'épaule. Mareike qui se tait enfin.

Un corps que l'on peut manifestement à peine toucher. Démantibulé, glissant et pourtant si mignon. Philipp.

Deux hommes qui lui tiennent les jambes, deux qui le soutiennent par les aisselles, sans personne pour retenir sa tête qui tombe en arrière.

La substance visqueuse tire des fils de la flaque à la tête, de la flaque au pantalon. Et les larmes de Klaus, qui doit se détourner.

Mais pas Gesine. Gesine qui s'extirpe des policières. Elle court une dernière fois, tout droit sur la pelouse. Péniblement, luttant à nouveau contre des résistances, mais cette fois elle arrive à temps.

La main de Philipp qui pend à l'extérieur de la boîte en métal.

Elle la prend, la presse tendrement contre sa bouche et la repose dans la caisse.

— Je t'aime si fort.

15

La maison de Mareike semblait s'affaisser sous le poids de la chaleur. Gesine pénétra dans la propriété avec hésitation. Le toit descendait très bas, les volets roulants étaient fermés. Dans le jardin de devant, un groupe de rosiers était abandonné à son sort. Des roses jaunes et des roses rouges se mélangeaient, entremêlées de pieds de lavande en fleur.

Elle essaya de ne pas marcher trop vite. On l'entendrait bien assez tôt à l'intérieur de la maison. Des panicules poilues s'élevaient entre les rainures des pavés. De l'herbe brune. Des tiges de pissenlits. Toutes les plantes demandaient à boire.

Elle appuya doucement sur la sonnette. Une tonalité brève et fatiguée, puis le silence. Elle compterait jusqu'à vingt, maximum, avant de faire demi-tour et de repartir. Ou jusqu'à dix. Assez longtemps pour que Juan lui ouvre s'il le désirait.

Il fallait espérer qu'il ait suffisamment de tact pour ne pas la prier d'entrer. Mais en réalité, elle n'avait pas à s'en inquiéter. Depuis la fête au camping-car qu'il avait quittée précipitamment, il évitait tout contact.

Elle avait essayé de l'appeler à plusieurs reprises, mais il ne décrochait pas ou lui raccrochait au nez. Elle lui avait même envoyé un texto. En vain. Pourtant il pouvait imaginer qu'elle devait avoir de bonnes raisons de s'adresser à lui. Le texto disait « au sujet des enfants », et tout bon père aurait été alarmé.

Ou alors était-il si prétentieux qu'il pensait que personne ne pouvait lui raconter quelque chose sur ses enfants qu'il ne savait déjà ? Ou était-il si méfiant qu'il imaginait Gesine avec une autre idée derrière la tête ? Il la connaissait si peu.

Cette angoisse qu'avaient les petites d'être coupables de la mort de leur mère lui tordait les boyaux. Et même si elle n'était pas la bonne personne pour s'occuper d'elles, elle était peut-être la seule à connaître leur souffrance. Elle devait rapporter ce qu'elles lui avaient raconté, que ce soit ou non une manière de dépasser son propre blocage.

Elle pourrait amener la question de la tombe de Philipp et des cierges tout naturellement dans la discussion, sans que Juan s'en aperçoive. Elle avait bien appris sa leçon. Un interrogatoire qui ressemblait à une conversation de salon. Et puis on n'envoyait pas balader une Gesine Cordes !

Elle pressa une deuxième fois sur la sonnette pour s'assurer que Juan l'avait entendue. Une tonalité fatiguée, puis, à nouveau, rien.

Elle put voir son pick-up en se retournant vers la rue. Mal garé, à moitié sur la chaussée, à moitié sur le trottoir. Prêt à partir.

— C'est toi ?

Juan ouvrit la porte en grand.

Gesine se ressaisit rapidement.

— Je suis là pour parler de Marta et de Frida.

— Elles ne sont pas là.

— Je sais, elles sont au basket le mardi. (Elle dut s'interrompre : il ne fallait pas qu'elle soit aussi cassante.) J'avais pensé qu'on pourrait faire un tour et discuter.

— Tu veux que je me promène avec toi devant ma propre maison ?

— Tu ne vas quand même pas me proposer d'entrer dans la maison de Mareike.

Il la dévisagea ouvertement. Ses cheveux qui s'échappaient de sa casquette, ses épaules nues couvertes de taches de rousseur et ses genoux nus. Il mit tellement de temps à l'inspecter qu'on pouvait littéralement sentir le malaise monter en lui. Gesine pensa qu'elle devait ressembler énormément à Mareike et regretta de ne pas s'être davantage couverte.

— Nous pouvons faire un compromis et aller dans ton jardin, proposa-t-elle.

Juan sortit avec un air pincé, tira la porte derrière lui et emprunta le petit sentier qui faisait le tour de la maison.

De part et d'autre s'élevaient des bosquets de sureau, lourds de fruits. Des insectes dansaient dans la pénombre. Un jardin de bambous poussait au bout du chemin, large et imposant. Juan en écarta les touffes pour faciliter le passage.

Un jardin agréable s'ouvrait derrière la maison. La pelouse, avec une pataugeoire au centre, n'avait pas été tondue depuis longtemps. Deux arbres fruitiers se courbaient sous le poids de pommes et de prunes encore vertes, et des plates-bandes couraient le long des palissades. Des phlox rose et blanc, une hybride extravagante d'échinacée qui jaillissait du sol comme un geyser.

Pas de cabanon sur le côté, pas de sapins derrière la pelouse.

Juan fila sur la terrasse sans s'occuper de Gesine. Un rideau de perles tinta et il disparut dans l'obscurité de la maison. Pensait-il qu'elle allait le suivre ?

Elle s'assit sur l'une des chaises capitonnées de la terrasse et s'appuya contre le dossier. Elle attendrait. Mardi, dix-sept heures vingt à présent. Une heure soigneusement choisie pour une entrevue en tête à tête avec Juan Alvarez.

Les planches de la terrasse semblaient neuves, le bois sentait encore le vernis. Un parasol claquait au-dessus du mobilier de jardin. Des suzannes-aux-yeux noirs grimpaient sur un treillage. Idyllique, si on faisait abstraction du propriétaire.

Enfin un mouvement dans le rideau de perles. Juan arriva dans le jardin et posa des verres sur la table. À la surprise de Gesine, il lui servit une carafe de thé glacé. La condensation gouttait, il s'essuya les doigts sur son jean et se laissa ensuite tomber sur la chaise comme si cette démonstration d'hospitalité l'avait éreinté pour le restant de la journée.

— Tu as l'air reposé, dit Gesine, tentant d'être le plus neutre possible.

— Toi aussi, répondit-il sombrement.

— Cette banlieue est très recherchée, félicitations.

— Si tu veux savoir si ton père nous a aidés, Gesine, eh bien, oui. Il nous a trouvé la maison. Il nous a aussi épaulés pour le crédit. Et non, Mareike et moi on n'aurait pas pu se payer ça tout seuls.

Elle laissa l'écho de ses paroles se perdre et sirota son thé glacé.

— Donc parlons des jumelles, finit-elle par dire.

— Est-ce que c'est Braumüller qui t'envoie ?

— Tu devrais prendre le deuil de tes filles au sérieux. Il est possible qu'elles aient besoin d'aide même si elles ont l'air tout à fait normal.

— Braumüller n'est pas une aide.

— Tu ne comprends rien, c'est bien ce que j'avais pensé.

— Arrête, tu vas m'énerver. (Il allongea les jambes.) C'est toi qui veux me raconter ce qui se passe avec mes filles ?

Gesine pondéra ses propos du mieux qu'elle le pouvait.

— Il n'est pas inhabituel que les enfants cherchent en eux-mêmes les causes d'un coup du sort. Mais ça ne veut pas dire qu'il ne faut pas s'en occuper. Frida et Marta doivent savoir que tu ne les laisses pas seules avec leurs soucis.

— Est-ce que vous avez discuté de ça à l'association ? Tous ces boniments ne me plaisent pas du tout.

— Je n'ai rien à voir avec l'association, Juan.

— Ah bon. Ce n'est pas du tout ce qui m'a semblé, l'autre jour, à la fête.

— Je n'ai parlé qu'une fois avec Martin Braumüller, rien de plus.

— Voilà. Eh bien retourne lui parler alors. Demande-lui pourquoi le sentiment de solitude de Frida et de Marta n'est pas récent. Demande-lui pourquoi elles se sentaient déjà seules quand Mareike était encore en vie !

— Qu'est-ce que tu veux dire ?

— Je peux t'expliquer !

Mais il commença par se taire. Il se versa un verre de thé glacé en marmonnant tout seul. Gesine examinait ses ongles comme si Juan et elle avaient toute la vie devant eux.

— Ça faisait des mois que ta sœur Mareike ne s'intéressait plus du tout à sa famille, finit-il par exploser. À part aller à l'association d'aide au deuil de Martin Braumüller, elle ne faisait plus rien du tout !

Intéressant. Quel genre de personne était Mareike ?

— Je suis désolée, dit Gesine.

Juan frappa sur la table et courut à l'intérieur de la maison.

— Viens ! lança-t-il, mais elle resta assise, évidemment.

La tournure que prenait la discussion ne pouvait pas être plus intéressante. Mareike elle aussi avait donc été une mère irresponsable, et Frida et Marta étaient peut-être fâchées contre elle. Mais comment expliquer le sentiment de culpabilité des enfants ?

Juan revint en trombe à la table. Il brandit une photo sous le nez de Gesine.

— Voilà Mareike peu après qu'on quitte l'Espagne et qu'on emménage ici.

Elle repoussa l'image avec énergie, mais il ne l'agitait que plus fébrilement encore. Mareike, plus vieille que sur la photo de l'enterrement, tout aussi belle. Regard pensif, fayot à en vomir.

Puis il lui présenta une deuxième photo.

— Voilà Mareike à peine six mois après. Quelques semaines avant sa mort.

— Laisse-moi tranquille avec ça.

— Je t'en prie, Gesine.

Elle regarda à moitié. Mareike, grise, en gris. Le visage tellement maigre que l'ombre envahissait ses joues creuses. Des rides profondes couraient sur son front et autour de sa bouche. Le regard de fayote était devenu terne.

Elle prit les deux photos des mains de Juan.

— Est-ce qu'elle était malade ?

— Pas du tout. (Il éclata de rire.) Elle se sentait utile ! Elle pouvait être Mareike, la femme engagée qui se démène pour les pauvres gens frappés par le deuil !

Gesine examina à nouveau les deux images.

— Mais un changement aussi marqué en l'espace d'une année ? demanda-t-elle, hésitante. Ça ne ressemble pas du tout à Mareike.

Sa sœur qui accordait tant d'importance à son image. Et qui en plus était infatigable, qui, lors des fêtes, aimait aller jusqu'au bout de la nuit, revenant de boîte avec des conquêtes parfois. Qui pouvait se coucher à trois heures du matin et prendre son petit déjeuner à sept heures sans montrer le moindre signe de fatigue. Qui profitait de la vie jusqu'au dernier souffle, de préférence en compagnie de Gesine.

— Tu n'as aucune idée de la situation, dit Juan. Je te l'ai déjà dit : Mareike était rongée par la culpabilité parce qu'elle n'avait pas empêché la mort de ton fils. Elle aurait beaucoup aimé se réconcilier avec toi. C'est la seule chose qui l'aurait aidée.

— Ah, merci bien.

Gesine se leva et posa les photos sur la table.

— Maintenant, c'est ma faute si elle allait mal ?

Viens, Gesine, viens danser, c'est pas drôle sans toi.

— Non. (Il leva les mains.) C'est ce Martin Braumüller qui l'a l'enfoncée dans ses sentiments de culpabilité. Il n'arrêtait pas de s'appesantir sur ce qui s'était passé à l'époque avec ton petit Philipp. C'est lui, aussi, qui a fait en sorte qu'elle se mette à chercher si ton fils avait une tombe. Mareike en avait déjà le pressentiment, mais elle n'aurait jamais pris l'initiative d'aller au cimetière toute seule.

— Donc Braumüller est allé au cimetière avec Mareike ?

— Pourquoi tu veux savoir ça ?

— Parce que je trouve répugnant que vous ne soyez pas capables de laisser Philipp reposer en paix. Vous arrivez d'Espagne, vous déterrez le passé et vous foutez toute ma vie en l'air !

Elle n'avait pas voulu dire ça. C'était tout le contraire du calme. Juan tirait évidemment une mine pas possible, comme si elle venait de s'arracher tous ses vêtements. Il s'approcha d'elle.

— Parfois moi aussi j'en pouvais plus, dit-il, et je voulais me mettre à ta recherche, Gesine. Je ne pouvais pas imaginer que tu sois fâchée à vie, comme me l'avait raconté Mareike. (Il parlait de plus en plus bas.) Je pensais que toi aussi, tu n'avais qu'une envie, faire la paix.

— J'ai parfois souhaité que la paix vienne toute seule à mes pieds, répondit-elle. Sans que j'aie à faire quoi que ce soit.

Une bourrasque balaya la terrasse en bois et le parasol tourna sur son pied. Juan cligna des yeux parce qu'il regardait maintenant le soleil, et il toucha le bout des doigts de Gesine.

— Tu n'es pas coupable, dit-il, tu n'es coupable de rien du tout. Même pas de la mort de Mareike.

Puis il s'attela au parasol. Il ne pouvait quand même pas laisser des phrases pareilles en suspens ! Si onctueuses, si clémentes. Ou bien croyait-il qu'elle était rassérénée maintenant ? qu'elle en avait appris assez et qu'elle pouvait partir ? Rien à faire, il fallait qu'elle dégaine maintenant.

— En tout cas, tout ça donne l'impression que Mareike faisait une dépression, dit-elle d'un ton acéré, et, pour moi, sa mort ressemble d'autant plus à un suicide.

— Tu parles comme Lasse Johannsen. (Il secoua la tête.) Elle a été assassinée, j'en suis persuadé. On n'a pas trouvé de lettre d'adieu, et, en plus, je sais qu'elle avait toujours son objectif principal en tête, qui était de te voir.

— Si Lasse Johannsen dit que c'est un suicide, alors ils vont bientôt clore l'enquête.

— Je vais empêcher ça. En plus, c'est Marina Olbert qui a le dernier mot, et le cambriolage chez toi l'a bien emmerdée.

Gesine croisa les bras.

— Est-ce que toi aussi tu fais partie des suspects ?

— Pour le meurtre de Mareike ou pour ton cambriolage ?

La légèreté avec laquelle il prenait tout ça !

— Choisis, répondit-elle.

Il haussa les épaules.

— Je ne vois pas ce que j'aurais pu chercher dans ton camping-car, et je ne sais pas non plus pourquoi j'aurais voulu assassiner ma femme.

— Et Martin Braumüller, poursuivit-elle, est-ce qu'il est suspect ?

— Bien sûr que non. Mareike était son agneau préféré.

— Voilà qui en dit long.

— Tes sarcasmes sont déplacés. Mareike ne m'a pas trompé.

— Tu as vérifié ?

— Lasse Johannsen l'a vérifié.

— Le champion de l'investigation.

— Lasse Johannsen m'aurait tenu au courant s'il avait découvert quelque chose. Il était tellement obsédé par le sujet qu'on aurait pu croire qu'il était encore avec Mareike.

Gesine tomba des nues.

— Avec Mareike ?

— Tu n'es pas au courant de leur petite liaison ? C'était il y a des années, et Mareike ne gardait pas un excellent souvenir de Lasse.

— Pas possible !

Même si Mareike et Lasse nourrissaient une sympathie mutuelle. *Une autre*, lançait-il quand elle chantait, en s'accompagnant à la guitare. *Apporte-moi une bière*, répondait-elle. Mais ils avaient toujours trinqué comme des camarades, car *aucun homme ne me plaît plus de cinq minutes*, avait chuchoté Mareike à l'oreille de sa sœur. Que pouvait donc espérer Lasse ? Une liaison de cinq minutes entre camarades ?

Juan retourna les photos sur la table, face vers le bas.

— Il ne faut pas qu'on s'embourbe dans de vieilles histoires. (Il se rassit sur la chaise capitonnée.) Tu es venue pour les jumelles, tout est réglé à leur sujet, non ?

Il leva vers elle ses yeux sombres et ronds. C'étaient les yeux de Frida et de Marta, avec le même regard direct, juste sans la peur.

Elle ne bougea pas d'un pouce.

— Est-ce que les filles t'ont demandé si Mareike et moi on s'aimait bien ?

— Oui, et je leur ai dit que Mareike t'aimait beaucoup.

Elle écumait.

— Vraiment ? L'ironie ne fait pas de bien à tes enfants, pourtant.

— À moi non plus. (Il prit une gorgée de thé glacé.) C'est pour ça que j'évite d'être ironique.

Elle avait envie de le prendre et de le secouer.

— Sais-tu ce que Mareike m'a dit quand mon fils est mort ? Qu'il était mort à cause de mes plantes et de mes heures supplémentaires. Elle a été terriblement brutale, pas du tout aimante.

— C'est atroce.

Elle agita la main.

— Ce qui est atroce, c'est que tu te mets à l'aise et que tu dépeins un beau tableau de moi et de Mareike, ou de la situation de tes enfants, juste parce que tu es allergique aux problèmes.

Il secoua les glaçons dans son verre.

— Tu as raison, je n'ai pas besoin de problèmes supplémentaires. Et je ne vais pas tarder d'ailleurs. Je suis de garde à l'hôpital.

— Et Frida et Marta ? ne put-elle s'empêcher de demander.

— Elles sont habituées à ce que je travaille. Je suis médecin, je n'ai pas des horaires très pratiques. Qu'est-ce que tu imaginais ?

— Donc elles rentrent toutes seules du basket à la maison ?

— Impossible de faire autrement, elles doivent être autonomes. Et si tu as des objections à ça, on peut se lancer dans une autre conversation et user des images d'Épinal dépeignant le quotidien des orphelins et de leur père isolé.

Ce satané parasol tourna encore une fois, faisant à nouveau tomber la lumière crue sur le mobilier de jardin. Juan se pencha.

— Tu apprécies mes filles, Gesine, tu les aimes même beaucoup, je peux l'entendre à chacune de tes paroles. Laisse-nous enfin enterrer la hache de guerre.

Quelle hache de guerre ? Elle voulait seulement savoir la vérité, et l'histoire des cierges était toujours en suspens.

— Est-ce que Mareike est allée sur la tombe de Philipp ? grommela-t-elle.

— Comment ça ?

— En février, le mardi ? Et qu'est-ce que tu as à faire sur la tombe de Philipp ?

— Rien du tout.

— Mais pourtant, tu as demandé des renseignements au cimetière pour savoir où était sa tombe. Pourquoi tu as fait ça ?

Il se leva, visiblement irrité.

— Je n'ai aucune idée de ce qui se passe dans ta tête, Gesine, mais tu devrais arrêter de me traiter comme ça.

Il s'approcha d'elle, trop près, voulut à nouveau toucher le bout de ses doigts, mais elle recula à temps.

— Tu peux dire aux enfants que je suis venue ici. Embrasse-les pour moi.

Elle quitta la terrasse d'une démarche raide.

— Gesine ! s'écria Juan d'une voix si forte et si pleine de reproches qu'elle dut se retourner pour en remettre une couche.

— Et dis aussi aux filles que j'ai mis un arrosoir de côté pour elles au cimetière si elles en ont besoin. Derrière la chapelle, elles le trouveront facilement.

— Mais on n'a rien réglé, Gesine !

Et il se contenta de lever la main pour lui dire au revoir.

16

Gesine n'avait pas pris depuis longtemps la voiture pour aller en ville. Il y avait toujours autant de travaux. La circulation était ralentie sur toutes les voies du périphérique. Une balise de signalisation était couchée sur le sol, un ouvrier passa à côté sans y faire attention.

Gesine baissa la vitre. Un homme âgé l'interpella depuis une voiture très basse, un vrai bolide :

— À toi aussi, elle ne te sert à rien ici, ta grosse bagnole, hein ?

Elle avança de quelques centimètres. Son plateau était vide.

Trois appels manqués sur le portable, tous du fixe de ses parents. Ils finiraient par masquer leur numéro dans l'espoir qu'elle décroche. Que voulaient-ils encore ? Contrôler les relations que Gesine entretenait avec Frida et Marta ? l'accuser une nouvelle fois d'être un ange vengeur, un danger pour leur prétendue famille ?

Le trafic reprit, des espaces se firent entre les voitures. Gesine mit le pick-up en marche mais roula doucement, de façon à ne pas avoir à freiner ensuite.

En entrant dans les locaux de l'association d'aide au deuil, elle ne sentit tout d'abord qu'une odeur de cierges en train de se consumer. Il y avait des bougies en cire d'abeille tout autour d'elle, épaisses, plantées à l'oblique, les vestiges d'un atelier récent. Aux murs étaient accrochés des dessins d'enfants. Des images peintes à l'eau, des tissus en batik. Des smileys peints à la main : *I love Radix*. Un pouf bloquait l'accès au couloir, juste à côté d'une étagère en contreplaqué qui soutenait des caisses bourrées de prospectus.

Une femme aux cheveux gris et courts conduisit Gesine à travers les bureaux.

— Je l'ai vu à l'instant, soupira-t-elle, mais il est très stressé. Nous organisons notre journée « portes ouvertes » le week-end prochain.

— Il aura bien cinq minutes pour moi.

Gesine devait se presser pour le suivre.

— Évidemment. Vous êtes bien la sœur de Mareike Alvarez, n'est-ce pas ? (Elle lui adressa un sourire.) Vous avez la même manière de bouger en tout cas.

Elles passèrent devant un panneau d'information où étaient punaisés plusieurs douzaines d'avis de décès, découpés dans les journaux ou imprimés sur des faire-part. Bon nombre d'entre eux avec les mains en prière de Dürer. Un cierge d'autel sous le panneau, parfum vanille.

Elles trouvèrent enfin Martin Braumüller. Il se tenait dans la kitchenette et essuyait une tasse. Il salua Gesine comme s'il s'attendait à la voir depuis longtemps. La femme hocha la tête d'un air satisfait et se retira.

— Un thé aux mûres ?

Martin Braumüller remplit deux tasses. Il portait une queue-de-cheval. Des cheveux propres, pleins de santé.

— J'ai juste quelques questions à vous poser, je n'en ai pas pour longtemps, répondit Gesine, mais il faisait déjà passer derrière la table son corps interminable pour s'installer sur la banquette et l'invitait à s'asseoir.

Il souffla sur son thé avec volupté.

— Je vous ai irritée lorsque je suis venu vous voir à l'hôpital, Gesine. J'en suis désolé.

— Vous aurez beaucoup de travail si vous souhaitez vous excuser auprès de toutes les personnes que vous devez irriter.

— Nous avons l'habitude de choquer avec notre travail sur le deuil. Surtout la famille des personnes qui viennent chez nous et cherchent de l'aide.

Des vapeurs douceâtres s'élevaient du thé aux mûres. Gesine poussa sa tasse sur le côté.

— Ne me considérez pas comme un membre de la famille, dit-elle.

— Comme quoi, alors ?

Il resserra les paupières. Ses sourcils étaient épilés. Ses mains soignées attirèrent l'attention de Gesine, une fois de plus.

— Je me considère comme une victime. Victime de Mareike et de vous.

Il sourit.

— C'est de mauvais augure.

— Combien de fois avez-vous parlé de moi avec Mareike ? Plusieurs fois par semaine ? pendant des mois ?

— Possible. Nous avons parlé de vous et de votre fils.

— Et maintenant ces conversations vous manquent tellement qu'il faut que vous veniez me chercher à l'hôpital pour les poursuivre ?

— Voilà une interprétation étrange, Gesine.

— Et pour couronner le tout, vous cherchez à prendre contact avec Frida et Marta. Soi-disant parce que vous vous faites du souci pour elles, mais j'ai des doutes.

— Pardon ? (Il agita les mains en signe de dénégation.) Qu'est-ce que vous me reprochez exactement ?

— J'ai parlé avec Juan Alvarez. Je sais que vous aviez perdu toute distance avec Mareike.

— Et alors ? Il n'est pas question de distance dans le travail de deuil, mais de proximité. Nous prenons soin les uns des autres, nous n'étouffons pas nos sentiments, bien au contraire. Nous les intégrons dans nos vies.

— Oh que non. Vous avez monopolisé Mareike et, ce faisant, vous avez fait du tort à Frida et à Marta. Et, pour couronner le tout, vous avez décidé de vous immiscer dans mes affaires.

— Comment ça ?

— Vous êtes allé sur la tombe de mon fils avec Mareike et vous y avez mis des cierges. Comme si je vous y avais autorisés. (Il croisa les bras et secoua la tête sans rien dire.) Si, en février, insista-t-elle. Le mardi à dix-sept heures, vous aviez rendez-vous sur la tombe avec Mareike. N'est-ce pas ? Mareike conduisait ses filles au basket avant d'aller au cimetière ?

Il prit une profonde inspiration, un air arrogant sur le visage, puis il hocha la tête.

— Mareike traversait une étape importante. Elle affrontait sa propre vérité.

— Et pourquoi dans le noir ? Le cimetière ferme à dix-sept heures en hiver.

— Notre projet nécessitait qu'on soit seuls. Donc je me faisais enfermer dans le cimetière et j'aidais Mareike à escalader le grillage depuis l'extérieur.

— J'exige que vous en parliez à la police. Car c'est mon nom qui est inscrit dans l'agenda de Mareike, pas le vôtre.

— C'était aussi de vous qu'il était question, Gesine. Mareike pleurait sur la tombe de Philipp, mais, en fin de compte, elle voulait en tirer de la force pour pouvoir se tenir devant vous un jour. Elle voulait parler avec vous.

— Épargnez-moi ça.

— Il vous est difficile d'avoir de l'empathie pour Mareike, bien entendu.

— Ce qui est surtout difficile pour moi, c'est d'avoir de l'empathie à votre égard, monsieur Braumüller. Votre projet avec Mareike devrait être achevé, mais non, vous êtes toujours attiré par la tombe de Philipp. Vous continuez d'y mettre des cierges !

— J'honore la mémoire de votre sœur.

— Vous devriez avoir honte.

Il se pencha.

— Est-ce que vous vous êtes déjà demandé pourquoi votre sœur a été assassinée ?

Elle se leva brutalement.

— Vous allez nous laisser en paix, à l'avenir. Moi, les jumelles et la tombe de mon fils.

— Mais ça ne change rien aux faits.

— Au fait que vous êtes abusif ?

Il lui adressa un regard de reproche, posa sa tasse dans l'évier et ouvrit le robinet. Le gilet en laine fine qu'il portait le faisait paraître plus grand encore qu'il ne l'était en réalité. Ses chaussures en cuir moka étaient étincelantes.

— J'ai commis une erreur, dit-il. C'est la seule raison pour laquelle je suis allé quelquefois sur la tombe de Philipp. Pour réfléchir et pour demander pardon.

— Demander pardon ? À mon fils ?

— Non. Mais, pour moi, sa tombe est un lieu central. Mareike et moi avons été très proches quand nous étions près de lui. Et, malheureusement, c'est là aussi que j'ai pris la décision d'accélérer le cheminement intérieur de Mareike et de libérer ses blocages.

Il était absurde de devoir subir ses paroles. Elles la rendaient même confuse et furieuse.

— Je vous souhaite une bonne journée, dit Gesine.

— Je vous en prie, écoutez-moi. J'étais trop pressé. J'ai informé vos parents beaucoup trop tôt du fait que Mareike voulait se réconcilier avec vous.

— Laissez-moi passer.

Mais il ne bougea pas, il lui bloquait l'accès à la porte.

— C'était très étrange avec vos parents. (Il devint rouge comme une pivoine.) J'ai eu l'impression que ça les a inquiétés que Mareike souhaite s'expliquer avec vous.

— Monsieur Braumüller, si vous m'empêchez de sortir, je vais finir par me défendre.

— Ne souhaitez-vous donc pas que la mort de Mareike soit éclaircie ?

— La police s'en occupe.

— Alors acceptez de me soutenir. Je ne peux pas recommencer, je ne peux pas me remettre à parler de quelque chose qui me dépasse complètement.

Son larynx faisait des bonds. Ses joues étaient brûlantes, ses yeux écarquillés. Gesine y décela la mauvaise conscience personnifiée. Braumüller savait qu'il avait dépassé les bornes en se mêlant des affaires de Mareike. Et, de toute évidence, il avait honte des raisons qui l'y avaient poussé.

— Avez-vous eu une liaison avec ma sœur ? demanda-t-elle durement.

Il allongea le menton.

— Vous l'appelez votre sœur, maintenant ? Mareike aurait aimé entendre ces mots de votre bouche.

— Mes parents sont-ils au courant ?

— Non ! Nous n'avions pas de liaison. Je peux vous le dire en toute sérénité : Mareike ne voulait pas mettre notre amitié en péril. Et vos parents n'en savent rien, absolument rien !

— Mais vous supposez que mes parents ont quelque chose à voir avec la mort de Mareike ?

Il essaya de se contenir. Manifestement, il ne voulait rien dire qui puisse lui être reproché.

— Je vois peut-être les choses trop en noir. Je suis moi-même encore en phase de travail.

— Alors ne vous dérangez pas, monsieur Braumüller, je vais aller moi-même à la police leur raconter ce que j'ai entendu ici.

Ses yeux bleus se troublèrent, ses lèvres pâlirent. Et il ne la laissait toujours pas passer.

— On peut vous accorder une chose, dit-il d'un ton cassant. Vous ressemblez beaucoup à votre sœur, et vous parlez parfois comme elle. Mais, là où Mareike était pleine d'empathie et de sensibilité, vous êtes froide comme une pierre.

Elle le poussa brusquement sur le côté. Ce n'était pas une prise, ce n'était plus nécessaire.

Dix ans plus tôt

Le cercueil en métal, parti. Laissant une trace sur la pelouse.

L'herbe écrasée, sèche, et au fond, devant les sapins, la zone mouillée. Remuée, écrasée.

Le marquage de la police scientifique, parti. Le chef et la plupart des collègues, partis.

Klaus sur la terrasse. Il se traîne jusqu'à la table où Mareike est assise, en train de pleurer.

Les traces de bouillie vert et bleu sur le plateau. La plaque et sa chaînette cassée.

Mais plus d'assiette en plastique rouge, la cuillère au manche en porcelaine, disparue elle aussi. La fille du logo de Sterntaler montée au paradis.

— Où étais-tu, Mareike ? demande Klaus d'une voix terrible.

— Tout le temps ici, répond Mareike, toutes les minutes même. J'ai dû aller une fois vite fait dans la maison.

— Dans le cabanon, corrige Gesine.

Gesine sans larmes, avec des douleurs. Gesine qui ne peut pas rester assise, ne peut pas se lever, ne peut pas marcher. Qui ne peut pas non plus aller jusqu'au cabanon pour ramasser ce qui est tombé si bruyamment par terre. Ou pour voir ce que ça peut bien être.

Gesine qui sent encore le corps dans ses bras. Mais, quand elle regarde, ses bras sont vides. Des taches marron et vert sur ses vêtements et sur sa peau.

— Où est la cuillère Sterntaler ? demande-t-elle.

— Dans la cuisine, sanglote Mareike.

— Je refuse que l'un d'entre vous touche aux affaires de Philipp.

— Je te l'amène ! Tout de suite !

Mareike qui court dans la maison et revient avec la cuillère. Le manche et le métal tachés, pas encore lavés.

Gesine qui lui arrache la cuillère des mains comme si c'était la dernière chose qui lui restait.

Lasse Johannsen qui prend la main de Gesine.

— Voilà des calmants. (Il lui caresse les doigts.) Et demain, on avisera.

— C'est ma cuillère.

— Non !

Encore un cri. Trop tard. Renate Augenthaler qui fait le tour de la maison, soutenue par Richard. Un trou béant à la place de la bouche, ses yeux racontent des histoires terribles.

Lasse Johannsen qui leur apporte deux chaises. Mareike qui pleure encore plus fort. Klaus raide comme un bout de bois.

Les sapins, l'ombre.

Gesine qui parvient pourtant à quitter la terrasse une fois de plus. La pelouse en vue, le sol mouillé et retourné.

Gesine qui veut se laisser tomber, juste là. Si elle y arrive. La cuillère fichée dans son poing.

— Où étais-tu passé ? demanda Klaus dans son dos.

Et cette fois, son père répond.

— Pourquoi ? J'étais à la maison.

— Tu ne devais pas passer prendre Philipp ?

Son père ? Pourquoi pas Mareike ?

— Non, dit encore son père, ce n'était pas ce qui était convenu.

— Richard et moi, on était à la maison, confirme sa mère, on attendait que Philipp nous appelle.

Richard et Renate Augenthaler : chez eux devant le téléphone.

Mareike Augenthaler : chez Gesine à la maison, après avoir été le prendre à la garderie, comme convenu.

Gesine et Klaus Cordes : au travail.

Mais si chacun était à sa place, pourquoi personne n'était-il avec Philipp ? Où avait été Philipp ?

Philipp qui est déjà sûrement à la morgue. Froid, et bientôt encore plus froid.

— Il ne fallait pas attendre d'appel de Philipp, maman. (La voix de Gesine monte et redescend les sapins, hors de contrôle.) Philipp n'a encore jamais téléphoné. Il a peur des voix sans visage.

— Conneries ! s'écrie Lasse Johannsen. Excuse-moi, dit-il juste après.

Non, ce ne sont pas des conneries. Et sa mère ne dit pas la vérité, Gesine sait y faire. Mais seulement le temps d'un instant. Puis elle veut s'allonger, devant les sapins, enfin. Les bras et le dos collés contre le sol mouillé, aussi fermement que possible, après ce moment, où elle s'est collée contre le corps de son enfant, ce moment qui n'est plus.

C'est ça qu'il faut faire, non ? Laisser aller les choses ? Laisser les autres parler entre eux ?

17

Un cheveu blond entre la couverture cartonnée et la première page. Il était encore là avant la pause de midi, il n'y était plus depuis. Marina feuilleta le dossier avec satisfaction. Lasse Johannsen était venu fouiner. Il s'était introduit dans son bureau pendant qu'elle trouvait à la cafétéria et avait étudié le dossier de l'enquête. Exactement comme elle s'y attendait.

Elle vérifia l'enveloppe brune marquée d'une inscription au feutre noir au milieu du dossier. *Copie des photos du barbecue au commissariat.* Elle avait vidé l'enveloppe, naturellement, mais elle pouvait imaginer Lasse l'ouvrir à plusieurs reprises, n'arrivant pas à croire qu'il n'y avait rien à l'intérieur. Il surestimait ses qualités de fouineur en même temps qu'il sous-estimait les capacités de Marina à déjouer ses ruses. Mais déclarer que ses sentiments la rendaient partiale puis jouer au maître chanteur ! Ridicule.

Elle fourra le dossier dans un tiroir du bureau qu'elle referma à clé. Le premier pas était franchi, elle allait désormais transformer cette boule de nerfs qu'était Lasse en vrai résultat d'enquête.

Elle entra dans son bureau sans frapper. Il avait le combiné du téléphone à l'oreille, mais raccrocha en la voyant arriver.

— Que me vaut l'honneur de cette visite ?

Il s'essuya sur ses manches comme s'il avait les mains moites.

— Lasse, j'ai réfléchi à l'affaire Alvarez. (Marina s'assit à la table de réunion et croisa les jambes.) Ça ne me plaît pas, mais j'en arrive à la même conclusion que toi, à présent.

— Il ne faut pas en avoir honte.

— Restons-en aux faits. Nous avons la déclaration de Juan Alvarez qui dit que Mareike était dépressive. Et l'association d'aide au deuil a confirmé qu'elle avait toujours la mort de l'enfant de Gesine sur la conscience. Tout ça plaide en faveur d'un suicide.

— Je sais. (Lasse Johannsen se leva de son bureau.) Mais comment en es-tu venue à un tel revirement ?

— Que Juan Alvarez soit excédé par son épouse dépressive ou que Gesine Cordes haïsse sa sœur au point de l'éliminer demeurent du domaine de la spéculation. Le suicide est la seule théorie concluante.

Il posa la main sur son épaule.

— Un bon enquêteur sait quand il est arrivé au bout de son travail.

Elle dégagea sa main.

— Renate et Richard Augenthaler vont monter sur leurs grands chevaux si on clôt l'enquête, c'est sûr, dit-elle. Ils attendent toujours qu'on arrête Gesine.

Lasse s'assit en face d'elle à la table et avança sa chaise tout près.

— Je peux comprendre ça. C'est horrible pour les

vieux Augenthaler d'accepter le suicide de leur propre fille.

— Or je ne suis pas en position de les aider. Je suis allée au bout des recherches dans cette affaire, sans reculer devant les efforts ou les ennuis, comme tu sais.

Elle eut des difficultés à prendre un ton doux et légèrement résigné, mais Lasse démarra au quart de tour.

— Je m'occupe d'aller l'annoncer aux Augenthaler, si tu préfères. (Il appuya son genou contre la jambe de Marina.) Je leur expliquerai très patiemment pourquoi nous devons clore la procédure.

— Ne t'imagine pas que ça va être facile, répliqua-t-elle. Je crains que ces gens n'aient plus d'un tour dans leur sac.

Elle vérifia la bonne tenue de sa coiffure. Des gestes qui avaient de l'effet : effleurer ses cheveux, tirer sur sa jupe, toucher ses tempes d'un air pensif.

— Pourquoi plus d'un tour dans leur sac ? demanda Lasse. Est-ce que j'ai loupé quelque chose ?

— J'ai honte. (Elle s'interrompit un instant.) Mais quand je suis allée chez les Augenthaler récemment pour les interroger une dernière fois, quelqu'un a consulté le dossier de l'enquête.

— Qui ça ?

— Richard Augenthaler. Je suis allée aux toilettes le temps d'un instant, j'ai vraiment été très négligente.

Lasse retira sa jambe.

— Et qu'est-ce qu'il y a de grave à ça ?

— Voyons ! Ça n'est pas correct. Je n'aurais jamais dû laisser traîner les dossiers.

— Personne n'en saura jamais rien.

— Espérons-le.

— À moins qu'il ne manque quelque chose.

Il remonta ses lunettes. Ses narines se tendirent.

— Non, il ne manque rien, le tranquillisa Marina en se levant.

— Tu en es sûre ?

Lasse saisit son bras.

— Certaine.

Elle fit semblant d'enlever un cheveu du pull-over de Lasse, puis retourna dans son bureau.

Jusque-là, son plan se déroulait comme prévu, même si c'était peu flatteur que Lasse ait gobé sa prestation aussi facilement. Il n'avait vraiment aucune idée de qui il avait en face de lui. Il ne la croyait pas capable de quoi que ce soit.

Elle sortit son sac de sport, rangé sous le bureau, et se changea. Son nouveau maillot de cyclisme n'avait pas de décolleté et couvrait entièrement ses épaules. Un maillot fait pour l'été, du matériel haut de gamme conçu pour éliminer très efficacement la transpiration. Pourtant, Marina était déjà en nage après s'être compressée dedans. Elle espéra ne pas devoir attendre trop longtemps avant que Lasse quitte le commissariat.

Elle posa le casque à portée de main et écouta à la porte qui communiquait entre les deux bureaux. La pièce voisine était silencieuse, tellement silencieuse que Lasse ne pouvait qu'être assis à son bureau à réfléchir. Ou en train d'écrire un texto pour ne pas laisser de traces sur sa ligne professionnelle.

C'est alors qu'il referma les portes des placards et quitta la pièce. Très bien. Elle enfila ses gants de vélo.

Il faisait chaud, l'air était humide et saturé de gaz d'échappement. Marina devait fournir beaucoup d'efforts pour suivre la voiture. Elle se tenait loin derrière pour ne pas être repérée dans le rétroviseur et courait en permanence le risque de la perdre des yeux. Lasse Johannsen zigzaguait nerveusement vers la sortie de la ville. Il passait sans cesse d'une file à l'autre et Marina devait souvent se lever de sa selle pour apercevoir sa Mazda dont le châssis était très bas.

Le vélo de course bourdonnait. La chaîne était neuve, les axes de pédalier venaient d'être graissés. Un coureur en roller surgissait sur la route de temps à autre, des passants prenaient toute la place ou débordaient du trottoir, mais Marina roulait avec une grande concentration et ne lâchait pas un pouce.

Au bout d'un moment, elle fut en mesure de penser que Lasse se dirigeait vers le cimetière-est. Ça pouvait coller, même s'il ne fallait pas spéculer, surtout pas à ce stade de l'enquête.

La route se désencombra, elle accéléra le rythme. Sur ses jambes : des faisceaux musculaires encore invisibles avant le début de l'été. Souples, fiables. Plus fiables que le maillot qui collait à son corps et qui ne semblait pas évacuer le moindre millilitre de sueur.

Quand Lasse s'apercevrait-il que Marina avait secrètement pris les choses en main ? qu'elle était sur le point de dégager cette enquête de tout le cinéma qu'il avait mis en scène avec soin, de façon que son propre rôle demeure dans le vague ? Des idées accessoires, des lieux secondaires, des sentiments pour ou contre quelqu'un… N'importe quoi, tout ça.

La conduite était de plus en plus rapide, et Marina se demanda bientôt si elle ne devait pas tirer profit de son avantage de cycliste et prendre un raccourci. À travers le parc, où la voie était libre si on jouait suffisamment de la sonnette. Pas de feux, pas de danger d'être reconnue dans le rétroviseur et beaucoup moins de fumée de pots d'échappement.

Elle prit le virage, laissant Lasse continuer tout droit. Confiant, vaniteux dans sa certitude de pouvoir la feinter. Elle lui apprendrait le respect.

Point numéro un : Lasse était très demandeur d'une clôture rapide de l'enquête. Pourquoi ?

Point numéro deux : Lasse niait obstinément son ancienne intimité avec les sœurs Augenthaler. Pourquoi ?

Et comment le point numéro un était-il relié au point numéro deux ? Pourquoi Lasse se permettait-il de faire chanter Marina Olbert sur sa prétendue partialité ? Lui, un officier chevronné ?

La réponse ne pouvait s'expliquer par la liaison qu'il avait entretenue avec Mareike ou avec Gesine, ou même avec les deux à la fois. Il aurait méticuleusement écarté une simple liaison plutôt que de se laisser emporter, dix ans après, dans des agissements compromettants. À moins que cette liaison l'ait durablement marqué ? Non, ça n'en avait pas l'air.

Les pédales dessinaient des cercles. Un homme, une liaison. Pas grand-chose. Une femme, la tête claire.

Elle n'arrêtait pas de passer les vitesses et arriva au cimetière dans un dernier sprint. La voiture de Lasse était déjà là. Était-il toujours à l'intérieur ? Elle freina, roula jusqu'au mur d'enceinte et se baissa. La voiture semblait vide.

Son cou la chatouillait, des gouttes de sueur coulaient dans son col. Les semelles en carbone de ses chaussures de vélo claquèrent sur les dalles de l'accès piéton quand elle descendit de selle. Beaucoup trop fort. Elle poussa le vélo dans les buissons et chercha une planque d'où elle pourrait garder la voiture à l'œil sans être découverte.

Où était Lasse ? Était-il allé sur la tombe de Mareike ? à la chapelle ? Il n'y avait pas un mouvement.

Le casque la comprimait. Un gros scarabée noir était accroché à une feuille, ses antennes dressées aux aguets. Il devait y avoir une crotte de chien dans les parages.

Peut-être ferait-elle mieux d'aller montrer sa plaque au gardien et de l'interroger discrètement sur Lasse. Marina s'apprêtait à partir quand elle le vit arriver, non loin des arbres. Il l'attendait près de l'entrée latérale, apparemment. Richard Augenthaler marchait derrière lui, en tenue de jogging. Lasse regarda autour de lui et ouvrit sa Mazda. Richard Augenthaler se glissa sur le siège passager, agile pour son âge, et ils partirent ensemble.

Marina laissa quelques minutes s'écouler avant de tirer son vélo des buissons. Lasse et Richard Augenthaler. Lasse et Richard Augenthaler secrètement impliqués.

Extrêmement intéressant.

Elle enleva quelques feuilles des rayons de son vélo, enclencha ses semelles sur les pédales et roula dans le cimetière. Passa devant le gardien, le salua en tendant sa plaque, comme si elle l'autorisait à faire du vélo ici. Monta à la chapelle et, de là, direction carré C. Son maillot sécha subitement à l'air libre, comme si quelqu'un avait ouvert un frigo.

Pas de Gesine Cordes en vue. C'était mieux ainsi car, désormais, tout ce qui lui importait, c'était de tirer ses conclusions en paix. Qu'elle donne libre cours à ses pensées et qu'elle passe les faits au filtre de ce qu'elle venait d'observer en tant qu'enquêtrice. Marina s'arrêta sur la tombe de Mareike et retira son casque.

Il y avait le meurtre de Mareike, et il y avait les vieux sentiments de culpabilité de Mareike. Son mari avait déclaré qu'elle voulait réparer ce qui s'était passé des années plus tôt. Mais Mareike avait été réduite au silence avant de pouvoir atteindre son but.

Il y avait Lasse et Richard qui avançaient de concert, dans une perspective mystérieuse. Probablement dans l'inquiétude d'être découverts ?

Et il y avait Gesine qui épiait tout et tout le monde. Gesine Cordes qui cachait habilement sa colère et sa souffrance aux yeux de l'univers, mais Marina pouvait sentir la force de ses sentiments battre en elle. Chargée d'énergie, explosive.

Tout fait sens, pensa Marina, maintenant elle saisissait bien cela. Mais quand allait enfin se dégager l'histoire complète ? Quand les pièces allaient-elles bien pouvoir s'assembler ?

Bientôt, peut-être, si tous continuaient gentiment à agir sous sa surveillance. Quoi qu'il en soit, Lasse avait contribué à cet éclaircissement aujourd'hui. Sur son instigation à elle, son propre jeu lui devenait fatal.

Marina s'accroupit devant les tournesols qui s'élevaient sur la tombe de Mareike et fut submergée par une soudaine bouffée de bonheur.

18

Depuis plusieurs jours, des laveurs de vitres se livraient à de la haute voltige sur les serres de la pépinière. Ils savonnaient, frottaient, rinçaient et séchaient au son de la radio – pour que l'émission soit audible sur toute la zone de travail, ils avaient d'ailleurs placé l'appareil à égale distance de tous les ouvriers, le volume monté au maximum, si fort qu'ils n'arrivaient à se faire comprendre qu'en hurlant. *Pause ! On va en fumer une, c'est midi ! Tai-chi avec Nancy, ce soir !*

Il y avait de plus en plus de lumière à l'intérieur, dans la serre où travaillait Gesine. C'était une surprise, chaque année, de constater la différence une fois que les vitres étaient débarrassées de leur épaisse couche de crasse. L'eau et la mousse coulaient le long du verre, une bouillie noirâtre s'accumulait sur les barres de l'armature d'où elle était aspirée ou évacuée, et la vue se dégageait. D'un coup, on avait l'impression de se retrouver à l'air libre. Le soleil brûlait la peau, la luminosité éblouissait les yeux. Les plantes n'en avaient besoin qu'en automne mais employer les laveurs de vitres coûtait moins cher au patron en été.

L'un des types tapait particulièrement sur les nerfs de Gesine. Il était d'une curiosité maladive, à la limite du suivi psychiatrique. Dès que Gesine ouvrait la serre pour faire des courants d'air, il passait la tête à l'intérieur pour bavarder.

En cet instant, il se tenait debout sur l'échelle, à l'extérieur, et utilisait une grosse éponge. La mousse giclait, et son pantalon court à carreaux commençait à lui descendre sur les fesses. Il sifflait pour accompagner la musique de la radio, se balançait en rythme sur les échelons et profitait de sa position pour lorgner le décolleté de Gesine.

Elle appuya sur le bouton qui déroulait le store, sous le toit de verre, pour se dérober à son regard insistant. Pas de chance pour lui ! Qu'il se plaigne si ça lui chante – elle avait d'autres chats à fouetter.

Forcer les bulbes de tulipes, triés avec soin par couleurs et par espèces. Des hybrides *Kaufmanniana* et *Fosteriana*. Plus précoces que jamais cette année, mais comme les affaires étaient bonnes, le chef pouvait se permettre quelques expériences.

Le sac de bulbes était posé par terre. Sur la table, deux cents petits godets alignés. Gesine allait les remplir d'argile expansée et de terre pour préparer une couche idéale sur laquelle les bulbes formeraient des bourgeons robustes.

Un travail merveilleux qui détendait l'esprit. Des gestes uniformes, peu exigeants et proches de la matière. Prendre le godet, le remplir d'argile expansée. Pas trop de masse. Rajouter de la terre, tasser légèrement.

Frida et Marta avaient surpris Gesine au cimetière cette semaine et lui avaient demandé quelles fleurs elles devaient planter sur la tombe. Elles aimaient les couleurs vives et se donnaient beaucoup de mal avec leur parterre. Elles n'arrêtaient pas de passer le râteau et d'enlever les cailloux. En ce moment, trois gros tournesols s'élevaient au beau milieu de la tombe, chacun retenu par un tuteur à tomates. Les graines s'accumulaient déjà dans le réceptacle formé par la fleur, bien au-dessus de la tête des fillettes, et Gesine avait observé Juan soulever les petites pour qu'elles puissent admirer les tournesols de leurs propres yeux.

Les filles étaient donc réceptives aux plantes. Réjouissant, oui, mais inquiétant aussi, surtout quand on les imaginait flâner le long des rayons d'une pépinière et se laisser séduire par un pied-d'alouette. Il faudrait à tout prix avoir une conversation avec elles sur les plantes toxiques même si, jusqu'à présent, tout s'était bien passé. Elles se contentaient de cueillir d'inoffensifs bouquets dans les prés. De la camomille, de la cardamine des prés, de la centaurée. Voire, quelques jours plus tôt, du salsifis des prés.

Prendre un godet, remplir d'argile expansée. Rajouter de la terre, tasser légèrement. Prendre un nouveau godet.

Martin Braumüller était presque aussi élancé que les tournesols. Il était revenu au cimetière la veille en compagnie de Frida et Marta, et Gesine avait aussitôt bifurqué avec sa brouette dans une allée latérale. Cet homme très grand sur la tombe, accompagné des deux enfants, un étrange tableau. Elles semblaient aimer Braumüller et le laissaient les prendre par la main. Mais il ne paraissait pas normal à Gesine qu'il soit aussi intime avec elles sans être inquiété.

Elle repensa à ce qu'il lui avait raconté quand elle était allée à l'association d'aide au deuil. Le fait que ses parents aient étrangement réagi en apprenant que Mareike souhaitait se réconcilier avec elle. Braumüller avait-il mal compris ses parents ? Ils nourrissaient quand même une aversion à son encontre, et on pouvait très bien imaginer que c'était pour cette raison qu'ils s'étaient montrés méfiants lorsque Braumüller avait cherché à avoir une conversation avec eux. Mais ça valait quand même la peine d'y réfléchir : pourquoi ses parents étaient-ils contrariés à ce point que Mareike et Gesine se rapprochent de nouveau ?

Le mieux serait que Marina Olbert fouille un peu plus du côté de Braumüller, et si elle n'y arrivait pas toute seule, Gesine la mettrait sur la voie. Il faudrait de toute manière convoquer Braumüller, en raison de son emprise sur Mareike et, surtout, à cause de ces rendez-vous du mardi au cimetière.

Gesine compta les godets d'un doigt. Elle en avait déjà rempli un grand nombre. Elle pouvait sans problème ralentir le rythme et profiter davantage de son travail.

Dehors, la radio passait une page de publicité, et on ne voyait sur les échelons que les mollets et les chaussures des laveurs.

Elle ouvrit le sac des hybrides *Kaufmanniana*, prit une poignée de bulbes et les disposa dans les godets, la pointe vers le haut. Il ne restait plus qu'à mettre de la terre autour et ils étaient prêts pour l'entrepôt frigorifique.

Une ombre se projeta sur sa table de travail. Gesine leva la tête et sursauta avant même de comprendre.

Son père se tenait devant elle. Elle ne l'avait pas entendu entrer à cause du tapage que faisait la radio.

— Tu aimais déjà te salir quand tu étais enfant, lui lança Richard Augenthaler, l'air méprisant. Je me demande vraiment pourquoi nous t'avons financé une formation aussi prestigieuse.

Il portait un sac en bandoulière. Cuir vert sombre, fermoir doré. Ridicule, tape-à-l'œil.

Elle s'empara du seau de terre et tourna le dos à son père. Quelques miettes par-ci, quelques miettes par-là sur la fine couche d'argile expansée. C'était le début du journal à la radio.

— Est-ce que c'est un de ces boulots pour chômeurs, payés à un euro de l'heure ? poursuivit-il en faisant le tour de la table, examinant le contenu des godets.

Elle ne réagit pas. Tasser la terre, mettre le godet de côté, au suivant s'il vous plaît. Mais comment son père avait-il su dans quelle pépinière la trouver ?

Il haussa le ton.

— Ta mère et moi avons longuement discuté de la manière dont doit évoluer notre relation avec toi. Cette situation est difficile pour nous, surtout pour ta mère.

Argile, terre.

— Gesine ! Est-ce que tu m'écoutes ?

— Tu vois le tableau derrière le compteur électrique ? (Elle montrait le coin du doigt.) Appuie sur le bouton du haut, s'il te plaît.

Son père obéit, sans se départir de son attitude dédaigneuse. Un grincement retentit. Le store, sous le vitrage, se mit en mouvement et s'enroula. Le laveur était de nouveau visible. Il était allongé sur le ventre contre la vitre et souriait. Richard rentra la tête dans ses épaules par réflexe et retourna à la table de travail.

— Les choses sont différentes en ce qui me concerne, dit-il. J'ai encore du mal à imaginer ce que tu as fait. Au beau milieu de la nuit, près des rails. C'était ta sœur, bon sang !

Il s'appuya sur le plateau de la table. Ses cheveux blancs brillaient au soleil comme des blancs d'œufs battus en neige. Peu avant la chute, en somme.

— Cette haine de Mareike, que tu as gardée au fond de toi toutes ces années, ajouta-t-il, elle a dû te submerger cette nuit-là. Tu as peut-être des circonstances atténuantes.

— Tu ne comprends pas que tu me déranges ?

— Je suis ici parce que ta mère et moi devrons probablement témoigner contre toi au moment du procès.

Procès. Comme il était arrogant. Comme s'il était du côté de la sécurité et de l'ordre.

— Il n'y aura pas de procès. (La voix de Gesine vint fendre l'air tout autour d'elle.) Et d'ailleurs, il paraît que Mareike voulait s'expliquer avec moi et que toi, tu étais contre.

— Ne dis pas de bêtises. (Un éclair passa dans son regard.) Tu ne te rappelles pas à quel point tu étais folle, déjà à l'époque ? Tu as complètement disjoncté avec la cuillère de Philipp.

— Je me passe volontiers de ton jugement.

— Je ne peux m'empêcher de revoir la scène. De te voir allongée sur la pelouse, au beau milieu de cette flaque. Tout ce que je voulais, c'était t'enlever cette sale cuillère des mains, mais tu ne faisais que crier.

— Et après ? Est-ce que tu as récupéré la cuillère, après ?

— Tu ne voulais plus la lâcher ! J'avais déjà pressenti que c'était anormal à l'époque. Mais maintenant, dix ans plus tard, quand la police m'a raconté qu'il y avait une cuillère au manche de porcelaine beige près des rails, ça a été comme un coup de massue.

— Papa. Pourquoi est-ce que tu ne voulais pas que Mareike se réconcilie avec moi ?

— Si tu te rends à la police et que tu avoues, Gesine, ce sera plus facile pour notre famille. Nous pourrions faire un effort tous ensemble pour que justice soit faite.

L'un des godets éclata. Elle avait trop tassé la terre. Elle en renversa sur le sol à la va-vite.

Le laveur frappa contre la vitre. Il semblait avoir remarqué que c'était le début d'une dispute et voulait intervenir.

Richard posa son sac en bandoulière sur la table, l'ouvrit et en tira deux billets de banque.

— Voilà déjà deux cents euros. Nous verrons ensuite. Lasse Johannsen nous appellera dès que tu te seras présentée au commissariat pour faire tes aveux. Il me l'a promis.

Il tint les billets en l'air, dans un geste d'invite, comme il le faisait du temps où elle allait encore à l'école avec le prospectus d'aide aux devoirs, ou plus tard en faveur d'une meilleure chapelle pour les mariages. Puis il plaça les billets sous l'un des godets de tulipes. C'en était trop.

Gesine retira ses gants.

— Je vais te faire dégager moi-même si tu ne quittes pas la serre sur-le-champ.

— C'est exactement ce que je voulais dire. Tes émotions prennent le dessus et tu ne contrôles plus rien. Mais ça peut jouer en ta faveur pour la nuit du crime. Je suis prêt à te tendre la main malgré tout.

Elle lui jeta violemment ses gants à la figure. Il se protégea des bras et poussa un cri de colère en voyant qu'elle faisait le tour de la table comme pour l'attaquer.

— Justice, dit-elle, on en aurait eu bien besoin, il y a dix ans. Si Mareike était allée au commissariat tout raconter. Ou si au moins j'avais porté plainte contre elle !

— Ce n'est pas du tout la question.

— Mais tu m'as poussée à ne pas accuser Mareike. Tu n'as pas arrêté d'essayer de me convaincre : il n'y a aucune consolation à la mort d'un enfant, pas même un procès en justice. Laisse-moi rire !

— Est-ce que tu t'acharnes sur moi parce que je veux encore t'aider aujourd'hui ?

— Aujourd'hui, c'est ton propre enfant qui est mort, papa, et tu n'as pas honte de venir me voir en déblatérant sur la justice ?

— Tes envies de vengeance te rendent complètement malade.

Le laveur de vitres arriva dans la serre, de l'eau gouttait de l'ourlet de son pantalon.

— Est-ce que quelqu'un a besoin d'aide ? demanda-t-il.

Ce ne fut qu'à ce moment que Gesine s'aperçut que la radio s'était tue. Elle tendit les muscles de ses bras, enregistra pendant une ou deux secondes le silence qui régnait tout autour d'eux puis empoigna son père par le col.

— Personne n'est venu me réconforter. (Elle arrivait à peine à bouger la mâchoire.) Et personne n'a voulu la justice.

— Je n'arrive pas à respirer.

— Et personne n'a voulu répondre à mes questions. Tu étais où, papa, cet après-midi-là, pendant les heures où Philipp avait besoin de toi ?

— Au secours !

Son père trébucha. Le laveur de vitres bondit et tenta de desserrer l'emprise de Gesine. Prétentieux de sa part ! Elle lui asséna un coup de pied dans le tibia et lui envoya son coude sous le menton. Elle aurait facilement pu le faire voler à travers la pièce, en arc de cercle, mais il couinait déjà comme un chien battu. Elle le retint encore le temps de quelques inspirations, puis retira sa main.

— Dégagez d'ici, tous les deux.

Elle prit la sacoche sur la table et la jeta à son père. Il l'attrapa maladroitement et son contenu se vida sur le sol. Des clés de voiture, un portefeuille, le carnet de notes de Gesine. Pas l'ombre d'un doute, le carnet qui avait disparu ! Elle le fixa, elle le fixait toujours quand il le ramassa pour pouvoir se précipiter hors de la serre.

— Stop !

Mais le laveur de vitres la retenait. Elle lutta avec lui, trébucha sur un sac de bulbes de tulipes et remarqua que sa main saignait.

Elle s'immobilisa, stupéfaite, rendue à moitié sourde par le bourdonnement dans ses oreilles.

— Nom de Dieu ! (Le laveur de vitres remonta son pantalon et montra du doigt la bouche de Gesine.) Ça, ça ne vient pas de moi !

Elle passa les doigts sur ses lèvres. Elles étaient écorchées et humides. Sans le remarquer, elle s'était mordu les lèvres et avait recouvert de sang le laveur de vitres.

Un moteur de voiture démarrait dans la cour. Inutile de courir à présent.

Le laveur de vitres s'essuya la joue.

— Ça doit être un super type, ce Philipp, dit-il, pour que vous vous mouilliez autant pour lui.

Il tira les billets de banque de sous le godet et les présenta à la lumière avec une mine de connaisseur. Gesine n'avait toujours pas repris son souffle, elle n'était pas en mesure de protester.

Une explosion de colère. Deux cents euros. Avec ça, la certitude que son père s'était approprié son carnet de notes. Et un store remonté pour rien.

CARNET DE NOTES
(feuille volante)

Pied-d'alouette

Plante sauvage, très appréciée aussi comme plante vivace ornementale.
Exposition ensoleillée ou légèrement ombragée.
Exige un sol riche en humus.
Famille des Renonculacées.
Racines traçantes.
Les hybrides du groupe Elatum peuvent atteindre deux mètres de haut, ceux des groupes Pacific et Belladonna sont de taille moyenne.
Floraison de juin à septembre.
Tiges dressées, fleurs en grappes denses, feuilles caulinaires, alternées, lobées et pennées.
Fleurs en grappes verticales, plus rarement en panicules, bisexuées, d'une taille pouvant aller jusqu'à trois centimètres. Éperon courbé pouvant atteindre deux centimètres de long.
Substance toxique de la famille des alcaloïdes.
Poison contenu dans toutes les parties de la plante, mais surtout dans les graines.
Sensation de picotement, symptômes nerveux, irritation cutanée, irritation gastrique. Puis effet paralysant, problèmes respiratoires, défaillance cardiaque.
Provoquer le vomissement, administrer du charbon actif si nécessaire.
Dans les cas les plus graves, bouche-à-bouche nécessaire, surveillance étroite et électrocardiogramme.

19

Lorsqu'elle appela le commissariat, Gesine tomba sur un homme au standard. Elle demanda à parler à Marina Olbert, ne fut mise en communication qu'après quelques va-et-vient et dut attendre un bon moment avant que quelqu'un décroche dans le bureau. C'était Lasse Johannsen.

— Marina Olbert est en rendez-vous. Mais je peux sûrement t'aider, Gesine.

— Sais-tu si elle sera au bureau demain matin ?

— Pourquoi ? demanda Lasse.

— Oui ou non ? insista-t-elle.

— J'ai envie de dire que ça dépendra de ce que tu veux d'elle.

Il y eut un claquement, comme s'il tripotait ses grandes lunettes et cognait le combiné avec. Gesine soupira en silence.

— Je souhaiterais avoir une discussion en tête à tête avec l'inspectrice Olbert, expliqua-t-elle.

— Ah. Attends deux secondes. (Elle l'entendit fermer la porte avant de reprendre la parole à voix basse.) Ton père a annoncé que tu voulais te livrer à la justice.

— Peux-tu laisser un mot à l'inspectrice Olbert ? Qu'elle me rappelle.

— Je ne sais pas comment te le dire avec diplomatie, Gesine, mais je crains que ton père ne veuille pas le meilleur pour toi.

— Ce n'est pas nouveau.

— J'ai essayé de le calmer mais il pense toujours que tu as assassiné Mareike.

— C'est toujours le même refrain, Lasse. Ça commence à devenir lassant.

— Ça te ronge, je le sais très bien. On devrait être solidaires, Gesine.

— Est-ce que j'ai déjà eu besoin de faire des alliances ?

— C'est difficile d'en parler au téléphone, c'est sûr. On n'a qu'à se donner rendez-vous pour en discuter tranquillement.

— À la prochaine, Lasse.

— C'est dans ton propre intérêt. Ce soir ?

— N'oublie pas de dire à l'inspectrice Olbert de me rappeler.

Elle appuya sur le bouton rouge mais garda le téléphone en main encore un bon moment. Lasse avait toujours aimé manipuler et, désormais, son impudence n'avait plus la moindre limite. Tout comme l'impudence de son père.

Les laveurs de vitres avaient terminé leur journée depuis longtemps. Le soleil de la fin d'après-midi se reflétait dans les flaques au pied de la serre. Gesine chargea une douzaine de grands pots de marguerites sur tige dans le pick-up. Il fallait qu'elle les apporte immédiatement au cimetière car Hannes en avait besoin pour la chapelle. Il était en train de la décorer pour un enterrement particulièrement luxueux qui aurait lieu le lendemain.

Il verrait rouge quand elle lui raconterait la scène dans la pépinière, avec son père. Richard Augenthaler avec le carnet de notes. Richard Augenthaler en cambrioleur, responsable de sa blessure dans l'étable. Sachant qu'il ne fallait cependant pas considérer le carnet de notes comme une preuve, mais seulement comme un nouvel indice.

Elle attacha les marguerites avec une sangle qu'elle serra bien fort. Puis elle démarra le pick-up et quitta la pépinière. Elle avait soif. Ses lèvres avaient un goût de rance. Elle s'était soignée avec un baume de sa trousse de premier secours sans prendre garde à la date de péremption. Elle ouvrit la bouteille d'eau et la referma sans avoir bu.

L'utilitaire noir de Hannes était garé en biais devant l'entrée de la chapelle. Il étincelait dans le soleil de l'après-midi comme du charbon ciselé. La porte de la chapelle était grande ouverte, la lumière allumée. Mais Hannes ne sortit pas pour l'aider à décharger.

Elle klaxonna à plusieurs reprises puis elle descendit de voiture, prit l'un des pots de marguerites sur tige et le porta dans la chapelle.

Aux murs étaient accrochés les tissus colorés de la gamme des pompes funèbres. Les candélabres avaient été répartis dans la salle. À côté du catafalque où reposerait le cercueil était dressé le chevalet pour le portrait du défunt. Seuls les rosettes et les rubans de fête brodés d'or attendaient encore, en tas sur le sol.

Le sac de Hannes était en plein dans le passage. Sa veste, suspendue au dossier d'une chaise. Lui était introuvable.

Elle s'avança jusqu'à la porte des sanitaires et cria son nom. Elle composa son numéro de téléphone, mais son portable sonna dans la poche de sa veste… Peut-être était-il inutile de se faire du souci aussi vite ?

Elle continua à tendre l'oreille en portant le reste des marguerites devant le catafalque. Comme d'habitude à cette heure de la journée, les chemins qui partaient de la chapelle vers le cimetière s'étiraient, déserts. Mais le silence dans les arbres et les buissons était inhabituel. Où étaient passés les oiseaux et leur concert du soir ?

Elle ouvrit tous les vantaux et attendit. Elle entendit enfin des pas qui claquaient sur le parvis.

— Hannes ?

— Gesine !

Il se rua à l'intérieur de la chapelle et arracha sa veste de la chaise pour attraper son portable dans sa poche.

— Il faut appeler la police !

Une grande éraflure courait sur son visage.

— Qu'est-ce qui se passe ? demanda Gesine qui voulait examiner l'éraflure de plus près, mais il avait déjà le portable collé à l'oreille.

— Hannes Van Deest au cimetière-est. (Il cherchait à reprendre haleine.) Venez vite s'il vous plaît, un homme est mort. Non, pas un vieil homme. Non, pas une mort naturelle.

Il indiqua le numéro d'un puits. C'est alors que Gesine se rendit compte que son tee-shirt et son pantalon étaient mouillés par endroits. La peau de ses bras était humide et écorchée jusqu'aux coudes.

— Un homme mort ? répéta-t-elle, et en entendant Hannes dire le nom de la personne, elle partit aussitôt en courant.

Mort, dans le puits le plus reculé du cimetière, la tête sous l'eau. Et ça avait été difficile de le dégager.

Elle arriva aussi vite que possible. Le puits se trouvait en bordure du carré C, blotti dans une niche à l'intérieur d'un bosquet d'ifs épais qui donnait l'impression d'être un lieu enchanté. Gesine sortit des branchages et dut se rendre à l'évidence. Martin Braumüller, allongé sur le dos, mouillé de la tête aux épaules, ses longs cheveux enroulés autour de son visage et de son cou comme du liseron.

Elle s'agenouilla à côté de lui. Il était encore chaud.

— J'ai tout essayé, s'écria Hannes derrière elle, bouche-à-bouche, massage cardiaque.

Elle essaya tout de même une fois de plus, en appuyant fort, en rythme. Mais ses yeux bleus regardaient dans le vide, clairs et aqueux. Elle finit par abandonner.

— J'ai entendu un cri, dit Hannes, mais j'ai mis beaucoup trop de temps à réagir.

— C'était quand ? demanda Gesine, entendant sa propre voix comme à travers de la ouate.

— Je ne sais pas. J'étais en train de travailler dans la chapelle. (Il s'appuya contre le puits.) Le cri était fort mais pas explicite, on n'aurait pas forcément dit un appel au secours.

— Martin Braumüller n'avait aucune chance. (Gesine tira sur le col du défunt.) Est-ce que tu vois les traces sur la peau ? Elles proviennent d'un taser.

— Il avait le torse sous l'eau quand je l'ai trouvé.

— Il pourrait être tombé la tête la première. Ou on l'a neutralisé avec un taser avant de lui mettre la tête sous l'eau.

— Noyé ?

— Possible.

Elle referma la chemise de Braumüller.

— Une décharge électrique provoque de fortes douleurs. On cherche instinctivement de l'air. Si la tête de Braumüller a été mise sous l'eau au même moment, il a vite été affaibli.

— Comme ça ? En plein jour ?

— L'autopsie le prouvera. Il vaut mieux que j'arrête de le toucher.

Elle se leva. La police et le médecin allaient arriver. Des algues filamenteuses s'étaient emmêlées dans les cheveux de Braumüller et autour de ses mains. Des écorchures recouvraient ses poignets, sans doute occasionnées par la lutte sur le muret du puits.

Elle fit le tour du cadavre. Braumüller était tellement grand que personne n'aurait réussi à le maintenir sous l'eau sans aide. La décharge électrique avait dû le surprendre ou même le paralyser, et d'autres traces d'agression seraient probablement révélées par l'autopsie. Peut-être un choc derrière la tête, ou des brûlures dues à une autre décharge électrique au niveau du bassin. On ne pouvait le nier, Martin Braumüller avait été liquidé avec méthode.

— Qu'est-ce que tu as observé d'autre, Hannes ?

— Rien de plus.

— Pas de bruit de moteur ? Pas de course ou de cris ?

— Non. Mais j'en aurais probablement vu ou entendu davantage si j'avais réagi plus tôt et si j'étais venu à son secours.

— Tu n'aurais pas pu le sauver. Si tu avais surpris son assassin, tu serais mort toi aussi à l'heure qu'il est.

Elle examina les alentours. Traces d'éclaboussures. Des algues filamenteuses. Des traces juste devant le muret du puits. On y avait enfoncé des pieds ou des genoux dans la terre.

Avant, à la criminelle, Gesine aurait collé des Post-it dans sa tête pour mettre ses impressions en ordre. Acte décidé, assassin déterminé. La personne qui avait été à l'œuvre ici savait que le corps de Braumüller serait difficile à manier. Cette personne s'était donc préparée à exécuter son projet de manière conséquente. Un assassin sans scrupules. Comparable à une personne capable de pousser une femme devant un train.

Elle prit son portable et fit des photos du cadavre et de la scène du crime.

— Comment en es-tu arrivé à venir regarder dans ce coin-ci ? dit-elle.

— À cause des cierges qui se trouvaient devant, répondit Hannes.

— Quels cierges ?

— Des cierges blancs. (Il regarda derrière lui.) Mais je ne les vois plus maintenant !

Il chercha par terre autour des ifs. Elle lui courut après, brusquement inquiète qu'il ne s'éloigne.

— Quelqu'un les a enlevés, dit-il, stupéfait. Je te jure qu'ils étaient encore là à l'instant.

— Ce doit être les seuls objets sur lesquels l'assassin a laissé des empreintes.

Elle retint Hannes pour qu'il arrête de tourner en rond. Elle avait entendu un léger bruit dans les buissons, mais c'était juste un couple d'oiseaux qu'ils avaient dérangé. Un son de cloche retentit dans le cimetière, le signal du gardien indiquant la fermeture prochaine des portes.

— Je suis désolée, Hannes, dit Gesine, mais il faut que tu examines encore le cadavre.

Elle l'entraîna vers le corps.

— Est-ce que Braumüller se trouve exactement à l'endroit où il était quand tu l'as quitté tout à l'heure ?

— Oui, pas de changement.

— Il n'y a rien qui te saute aux yeux ?

— Non, mais tu n'as pas besoin de m'agripper, des cadavres j'en ai déjà vu.

Elle le lâcha, décidée à le préparer à tout.

— Comment t'es-tu fait ces éraflures sur le visage ?

Il sursauta.

— Qu'est-ce que tu veux dire, Gesine ?

— Je veux dire que la police pose des questions de routine. Et, comme tu es mon ami, ils vont t'examiner sous toutes les coutures.

— Mais qu'est-ce que tu insinues ? Braumüller avait la tête dans le puits, j'ai dû me contorsionner pour le tirer de là ! J'ai glissé et j'ai trébuché dans les ifs.

— Les branches des ifs sont douces.

Écumant de colère, il fouilla dans l'un des arbres pour en sortir un bout de bois mort.

— Ça te suffit ? C'est assez rigide pour toi ?

Tremblant d'indignation, il fusilla Gesine du regard et finit par baisser les yeux, qui tombèrent sur ses lèvres écorchées.

— Tu vois, dit-elle tranquillement, c'est exactement ce que je voulais dire. Nous devons avoir une explication pour chaque chose parce que j'aimerais bien dormir dans mon camping-car ce soir, et pas dans une cellule.

Dix ans plus tôt

La première nuit que Gesine passe sans Philipp. Philipp, froid dans la morgue en plein centre-ville. Gesine, tremblante dans le jardin sombre.

Le sapin où est perché un oiseau qui gazouille doucement, à l'abri des derniers rayons du soleil.

La pelouse entièrement humide désormais, presque noire.

Le cabanon qui ne ferme plus. La clé a été perdue depuis longtemps. Tout le monde peut regarder à l'intérieur s'il le souhaite, mais la police scientifique n'a pas voulu le faire. Ou plutôt : Lasse ne l'a pas voulu car il a trouvé assez de travail pour ses collègues dans le jardin. Et parce qu'en fin de compte, l'affaire n'a rien d'une énigme.

Gesine qui ouvre la porte et appuie sur l'interrupteur. L'armoire à outils d'un côté. Le coin-salon en face, où l'on peut s'installer confortablement quand il pleut, s'il ne fait pas trop froid. Comme dans un camping.

Le coussin mou qui devrait être rangé à la perpendiculaire dans l'armoire quand il n'est pas utilisé. Cette nuit-là, il est sur le banc.

Gesine s'assoit.

Sous la table, le trotteur. Philipp.

Sur la table, le téléphone. Personne n'en a eu besoin jusque-là. Il ne serait venu à l'idée de personne de le chercher dans le cabanon.

Philipp qui devait appeler ses grands-parents ? Qu'est-ce que c'était que cette histoire !

Philipp qui ne bavardait pas. Qui jouait en silence, qui chantait tout au plus. Mais pas au téléphone. Pas devant une voix sans visage.

Ne plus jamais tenir son corps. Ne plus jamais sentir ses cheveux. Ça ne va pas, c'est absolument impossible.

Ne plus jamais sentir son petit nez contre sa joue, sa petite bouche toute douce. Plus jamais « maman ».

Gesine qui n'arrive pas à se tenir sur le banc. Gesine dont le dos se liquéfie, dont les bras et les jambes se font emporter et glissent à terre.

Sous la table, à côté du trotteur.

Le plastique rouge est rayé à l'avant parce que ça plaisait à Philipp de cogner la jardinière de fleurs avec. Et souvent aussi le tibia de Gesine, mais pas assez souvent.

Quand il préférait regarder les fleurs plutôt que devant lui. Les pavots rouges, les marguerites blanches. Gesine ne connaît pas d'autres fleurs, à part les roses peut-être. Mais elle invente ses propres noms pour ce qu'elle lui montre dans les parterres, et c'est la couleur qui importe. L'étincelante jaune. *Et là, Philipp, la fleur-prune.*

Quatre euros quatre-vingt-dix-neuf, une plante vivace rustique en pot. Dans le parterre. Dans l'assiette, dans l'estomac, sur la pelouse, dans le cercueil en métal.

Gesine qui n'arrive plus à respirer. Elle appuie très fort sur les traverses en bois. Sur tout ce sur quoi elle peut appuyer : ses mains, son visage, son ventre. La bouche grande ouverte, au cas où un cri trouve un chemin vers l'extérieur. Les yeux en quête de quelque chose.

Un objet noir, sous le banc au fond. Comme un portable, mais plus gros. Comme une boîte aux arêtes arrondies. Un objet qui peut rouler par terre, tomber avec fracas, dégringoler.

Gesine qui veut ramper sous le banc. Qui tend déjà sa main et pense à Lasse Johannsen qui lui a montré cet objet noir pour la première fois le midi même. L'accordeur électronique pour guitare. Pour la guitare de Mareike qui se désaccorde si facilement par ce temps.

Des pas approchent à l'extérieur. Le pyjama de Klaus qui apparaît dans le cabanon. Klaus qui se recroqueville sur le sol, à côté de Gesine. Qui relève sa femme, qui attire la mère de Philipp contre lui et qui pleure.

Le cri qui encore une fois n'ose pas sortir de sa bouche. Car Gesine est coupable. Elle n'a pas le droit de crier.

Klaus qui porte son corps, traverse la terrasse, devant le parterre, devant les restes de la fleur-prune que l'on va bientôt arracher complètement.

La nuit qui s'approche et qui reste.

20

— Est-ce que tu peux venir vite, s'il te plaît ?

— Frida ? Marta ? C'est vous ?

— Tu peux arriver chez nous dans combien de temps ?

Gesine alluma la lumière et essaya de regarder l'heure. Minuit et demi.

— Qu'est-ce qui se passe ?

— Il y a des bruits dans la cave.

— Vous êtes à la maison ? Toutes seules ?

— Papa doit travailler.

— Quel genre de bruits ?

— Des grattements, des gémissements aussi peut-être.

Elle sortit du lit et attrapa son jean d'une main en continuant de téléphoner.

— Il vaudrait mieux que vous appeliez votre père.

— Non !

— Et je vais prévenir la police.

— Non ! (Frida ou Marta se mit à pleurer.) Si c'est ce qu'on pense, personne ne doit être au courant.

— C'est de votre sécurité qu'il s'agit ici.

Elle était presque réveillée. Elle vit la maison basse devant ses yeux et sentit l'angoisse monter en elle. Les petites savaient-elles que Martin Braumüller était mort ? Avaient-elles peur à cause de ça ?

Les pleurs des jumelles s'amplifièrent.

— Il faut que tu nous aides, Gesine, mais s'il te plaît, toi toute seule.

Elle s'essuya le visage. Et si c'était rien ? Si c'était les sureaux luxuriants qui se balançaient dans le vent et qui venaient gratter le mur de la maison en faisant un bruit inquiétant et tellement fort que les enfants pouvaient l'entendre de l'intérieur ?

Ou alors un chat qui se serait glissé dans la maison par un soupirail et qui feulait de manière effrayante ?

— On va faire comme ça, dit-elle. Vous restez au bout du fil pour que je vous entende, mais il faut que je pose le portable deux minutes pour m'habiller. Et après je pars.

— D'accord.

— Il vaut mieux aller dans une pièce que vous pouvez fermer à clé.

— Dans la salle de bains ?

— Oui, c'est une bonne idée. Ne raccrochez pas.

Elle avait rarement enfilé ses vêtements aussi vite. Elle passa son pull-over directement par-dessus son haut de pyjama. Ses bottes, sa veste, son portemonnaie et ses clés, fermer le camping-car. Alors qu'elle courait vers le pick-up, le chien se joignit à elle, haletant joyeusement. Cette fois, elle ne lui caressa pas la tête avant de monter dans la voiture. Elle fit son demi-tour dans l'allée et partit à vive allure. Dans le rétroviseur, elle aperçut la lumière allumée dans la chambre de Josef. Minuit et demi n'était pas une heure qui devait l'étonner.

— Vous êtes encore là toutes les deux ?

— Oui !

Deux voix en chœur. Le portable était posé sur le siège passager, en mode haut-parleur, et les filles étaient maintenant dans la salle de bains.

— Que font les bruits ?

— On n'entend plus rien maintenant.

— Le fantôme a eu peur, dit Gesine en allumant les pleins phares.

Elle roulait tellement vite qu'elle coupait tous les virages.

— Ne vous effrayez pas en me voyant arriver, hein, dit-elle pour bavarder. Quand je dois me lever en pleine nuit, je porte des lunettes et pas de lentilles.

— Maman faisait pareil.

Les catadioptres supposés écarter les bêtes sauvages luisaient de chaque côté de la route. Perchée dans un arbre, une chouette aux yeux grands comme des soucoupes.

Avec quelle régularité Juan laissait-il ses filles toutes seules quand il était de garde la nuit ? Un père avait-il le droit de faire ça ? Savait-il que Braumüller avait été trouvé mort, noyé dans un puits du cimetière ?

— Encore quelques minutes, s'écria-t-elle en direction du téléphone, elles vont passer vite, est-ce que vous voulez me raconter quelque chose ?

Les fillettes se concertèrent.

— Non.

— Alors chantez-moi quelque chose… stop ! (Gesine rit.) Pas de chants d'église, s'il vous plaît.

Mais la chanson qui suivit était encore pire. *Cui, cui, petite cuillère, remue bien, la soupe claire.*

— Espèces d'andouilles, mais qu'est-ce que c'est que cette chanson ! (Elle partit dans un nouvel éclat de rire, il le fallait bien.) Et comment est-ce que je vais entrer chez vous ? Vous devez rester dans la salle de bains et vous ne pouvez pas m'ouvrir.

— Tu prends le petit sentier, tu traverses les bambous jusqu'au jardin. Il y a un parasol sur la terrasse, et sous le pied du parasol il y a une clé.

— Il faut que je traverse votre jardin de nuit ?

— On a aussi un appareil de vision nocturne, dit Frida ou Marta, mais il est dans le garage.

Gesine serra le volant plus fort.

— Vous avez un appareil de vision nocturne pour quoi faire ?

— Aucune idée. Il était déjà dans le garage quand on a emménagé.

Juan ? Le cambrioleur qui traversait le pré avec un appareil de vision nocturne, marchant droit sur Gesine ? Ce n'était pas possible. Le carnet de notes volé était tombé du sac de son père. Ou Juan faisait-il cause commune avec Richard ? Leurs disputes étaient-elles une simple mise en scène ?

Gesine appuya sur l'accélérateur. Hier, au cimetière, à côté du cadavre de Braumüller, elle avait essayé d'orienter Marina Olbert vers Richard Augenthaler. Elle avait déclaré que lui et Braumüller avaient été en contact. Que Richard Augenthaler était en possession du carnet de notes, mais Olbert l'avait arrêtée sur ce point, comme si elle n'avait pas envie d'entendre des détails trop compliqués.

— Je préfère demain, au commissariat, avait-elle dit en passant la main à Lasse Johannsen qui était arrivé plus tard sur le lieu du crime et qui avait encore beaucoup de questions en réserve – surtout sur les tentatives de réanimation de Gesine sur le corps de Braumüller.

Gesine grilla un feu rouge, résolument. Pas de radar, pas de trafic en sens inverse. Seule la nuit noire qui s'abattait derrière le pick-up comme les lourds rouleaux d'une station de lavage.

— Je ne suis plus très loin, les filles.

Marta et Frida se taisaient maintenant.

Elle atteignit enfin le lotissement. Elle se gara juste devant l'allée qui montait à la maison et descendit de voiture. L'air était chaud et clair, le parterre de rosiers dégageait une odeur parfumée. Un train passa non loin en bourdonnant.

— Je suis arrivée, chuchota-t-elle dans le téléphone, et je vais commencer par regarder la maison de l'extérieur.

— C'est bien, entendit-elle.

Les jumelles étaient donc encore là.

Elle examina la façade pour voir s'il y avait une fenêtre ouverte ou une vitre brisée. Tout était en ordre, aucune trace d'escalade. La porte du garage, blottie contre un pan de la maison, était fermée elle aussi. Un détecteur de mouvement s'alluma quand Gesine voulut tourner la poignée. Elle se baissa dans l'herbe. Il ne valait mieux pas rester sous les feux de la rampe s'il y avait réellement quelqu'un qui manigançait quelque chose.

Elle attendit de voir si tout restait calme, puis elle se faufila dans le petit chemin vers le jardin de bambous. La terre collait à ses semelles. Les branches de sureau ployaient et le chemin semblait recouvert de baies.

— Je suis dans les bambous maintenant. Ce n'est plus qu'une question de secondes.

— Oui, Gesine, souffla l'une des fillettes, et le ventre de Gésine se noua.

La porte de la terrasse était intacte et fermée, tout comme les fenêtres qui donnaient sur le jardin. Elle trouva la clé sous le parasol et se dit que Juan était vraiment inconscient de la mettre à l'extérieur.

— Je vais entrer, mais je peux vous rassurer tout de suite. On ne dirait pas qu'un étranger est entré dans la maison.

— Donc c'est un fantôme finalement ?

— Où est la salle de bains ?

Elle chercha un interrupteur à tâtons, en vain, se dirigea ensuite à la faible lumière des lampadaires de la rue et monta l'escalier. Des séries de photos dans des cadres accrochés au mur, mais elle ne les regarda pas de plus près. Les photos de Mareike, l'escalier de Mareike.

Une porte s'ouvrit à l'étage. Un rai de lumière vive s'étira dans le couloir. Frida et Marta, accrochées l'une à l'autre. Des pyjamas en éponge trop petits.

— Je crois que nous pouvons allumer toutes les lumières maintenant, dit Gesine en rangeant son téléphone dans sa poche.

Le regard des fillettes était rivé au sol. Elle avait laissé par terre des traces vertes et noires, des baies de sureau à moitié mûres.

— Vous voyez, un fantôme n'aurait jamais fait des cochonneries pareilles.

Elle enleva ses boots, s'accroupit devant la porte de la salle de bains et ouvrit grand les bras. Frida et Marta se jetèrent dedans. Marta sanglotait dans le creux de son cou, Frida la serrait très fort, et Gesine essaya de les réconforter toutes les deux. Son cœur soulevait sa poitrine, ses bras se transformèrent en lianes qui entouraient les enfants.

— Ça, c'est fait, dit-elle une fois que tout le monde se fut calmé. Maintenant il ne me reste plus qu'à arrêter les bruits dans la cave.

— On a entendu des gémissements, expliqua Frida.

— Un homme ou une femme ?

Silence. Et aucun bruit ne s'échappait de la cave non plus.

— Retournez dans la salle de bains et enfermez-vous. Je serai de retour dans deux minutes.

— Non !

Marta tira Gesine dans la salle de bains.

— Pourquoi pas ? C'est justement pour ça que vous m'avez sortie du lit, non ?

— On ne peut pas arrêter les bruits. C'est le lapin, dit Marta en se laissant tomber sur le tapis moelleux de la salle de bains.

— Alors je vais attraper le lapin, dit Gesine.

Ça sentait le savon. Il y avait du coton dans le lavabo, un blaireau sur le bord. Un after-shave, trois brosses à dents. Le reste avait été enlevé. Le reste de Mareike.

— Le lapin est mort, dit Frida dans un souffle, mais tu ne peux le dire à personne.

— Je ne le ferai pas, promis, mais, entre nous, je ne sais pas comment un lapin mort peut faire du bruit.

Frida se recroquevilla sur le bord de la baignoire. Maya l'abeille faisait coucou depuis son pyjama et Marta avait Winnie l'ourson sur la poitrine. Gesine prit place sur la cuvette des toilettes, croisa les bras et les deux fillettes lui racontèrent leur histoire.

Leur lapin était un petit coquin, il fallait le retenir des deux mains pour éviter qu'il ne s'échappe. Il s'appelait Schnuppi et, quand il faisait beau, il avait le droit de gambader sur la pelouse. Il y avait un petit enclos extérieur dans le garage pour ça, une structure grande et lourde que Marta et Frida ne pouvaient déplacer qu'à deux.

L'après-midi avant la mort de Mareike, les deux fillettes avaient passé l'après-midi seules à la maison. Le soleil brillait et il fallait que le lapin puisse gambader et se nourrir.

— On était trop paresseuses pour sortir le gros enclos. Donc on a pris de la ficelle et on a fabriqué une laisse pour Schnuppi.

La ficelle doublée plusieurs fois, avec un gros nœud.

Le lapin a mangé de l'herbe et a couru, Frida et Marta se sont assises pour le regarder. Mais, tout à coup, une pie s'est envolée au-dessus de leurs têtes.

— Schnuppi a eu peur et il a voulu partir en courant. Il s'est enfui vers le parterre, mais le nœud autour de son cou n'a pas tenu.

Il s'est resserré. Ce n'était pas le bon nœud.

— J'avais la laisse à la main, pleura Frida, j'aurais dû la lâcher.

— Il a gigoté, ajouta Marta, et puis il est resté couché dans l'herbe.

Marta a cherché un signe de vie dans le petit corps et n'en a trouvé aucun. Elle a pris le lapin dans ses bras, l'a serré contre elle et l'a embrassé sur le nez.

— Elle me l'a passé à moi aussi. (Frida s'interrompit.) Schnuppi a bougé une dernière fois dans mes bras, mais après il était vraiment mort.

Un choc. Les fillettes allèrent prendre un carton où elles déposèrent le lapin. C'était déjà presque le soir et leur mère allait rentrer à la maison à tout moment. Mareike qui s'était déjà fâchée le matin parce que les fillettes avaient fait les folles et renversé du lait, alors qu'elle avait la migraine. Le jour de son anniversaire de mariage. Et maintenant elles avaient tué leur lapin parce qu'elles avaient été trop paresseuses pour porter l'enclos dehors. Comment avouer une chose pareille ?

— On ne pouvait pas enterrer Schnuppi. Maman aurait tout de suite vu que quelque chose avait changé dans son parterre. Mais est-ce qu'il fallait le jeter à la poubelle ?

Elles étaient allées à la cave, avaient mis le carton avec le lapin dans le congélateur et étaient retournées dans leur chambre.

Quand Mareike était rentrée à la maison quelque temps plus tard, elle avait l'air de bonne humeur. Elle avait mis une pizza au four et sifflotait en écoutant la musique à la radio. Puis elle avait appelé les fillettes et s'était étonnée de leurs yeux rouges. Les jumelles se trouvèrent en panne d'explications. Marta finit par dire que le lapin s'était enfui. Le mensonge sortit de sa bouche sans effort, et Frida y ajouta un deuxième mensonge :

— On est allées se promener dans la grande prairie en mettant Schnuppi dans sa caisse de transport. Et puis Schnuppi a sauté de la boîte.

— Est-ce que votre maman vous a crues ? voulut savoir Gesine qui déclencha ainsi un nouveau torrent de larmes.

— Maman a voulu nous consoler, sanglota Marta, mais elle a pas du tout réussi.

Frida glissa du rebord de la baignoire et se mit à tenir son ventre. Gesine prit une serviette de bain qu'elle mouilla pour lui rafraîchir le front. Le menton de la petite tremblait et Marta semblait avoir disparu tout entière derrière ses immenses yeux noirs.

— Je ne pense pas que votre mère vous ait crues, dit Gesine d'une voix ferme. Ou alors vous allez souvent vous promener avec la caisse de transport ?

— Non.

— C'est bien ce qui me semblait. Un lapin dans une caisse, c'est vraiment pas pratique et beaucoup trop lourd pour vous. Votre mère le savait très bien.

— Non ! la contredit Marta. Plus tard dans la nuit, maman s'est levée pour aller chercher le lapin.

— Certainement pas.

— Elle est allée dans la prairie jusqu'à la voie ferrée, papa nous l'a dit. Et, sans le faire exprès, elle est allée trop près du train.

— Ce sont des bêtises. Personne ne part à la recherche d'un lapin en pleine nuit !

Frida et Marta la fixaient du regard. Dans leurs yeux Gesine pouvait lire un refus catégorique et la déception qu'elle n'aille pas dans leur sens.

— Maman aurait tout fait pour nous, c'est à cause de nous qu'elle est morte.

— Non. (Gesine ne cédait pas.) Les lapins ne dorment pas la nuit. Ils se promènent. Ils sautillent, ils sont curieux et n'ont absolument pas peur du noir. Votre maman le savait très bien, parce qu'on avait aussi des lapins quand on était petites. Donc elle n'aurait jamais eu l'idée d'aller chercher Schnuppi dans la prairie, surtout la nuit !

De toute manière, Mareike n'aurait jamais eu l'idée de renoncer à ses heures de sommeil pour un lapin. Quand elles étaient petites, c'était toujours Gesine qui devait nettoyer le clapier le dimanche matin avant le petit déjeuner.

— Schnuppi faisait du bruit la nuit, il ne dormait pas, c'est vrai, dit Frida, qui semblait se raviser et cherchait Marta du regard, comme pour l'appeler à l'aide.

La peau du crâne de Gesine picotait. Comment les deux fillettes avaient-elles supporté de se sentir responsables de la mort de leur mère, à cause d'un mensonge de plus ? Combien de fois devaient-elles penser à la dernière soirée passée avec Mareike, encore et encore ? à leur mère qui voulait les consoler, qui les avait prises dans ses bras et qui leur avait chuchoté des paroles réconfortantes à l'oreille.

Ce soir-là, la pizza avait fondu dans le four. La caisse de transport que les enfants avaient sortie en hâte pour étayer leurs mensonges était posée sur la terrasse, couverte de poussière et visiblement inutilisée depuis longtemps. Mais pourquoi Mareike n'avait-elle pas remarqué ce détail ? Pourquoi n'avait-elle pas dit à Frida et à Marta qu'elles mentaient ? Parce que c'était plus confortable de croire ses enfants plutôt que d'aller au fond des choses ?

Et, depuis, le lapin était resté dans le congélateur. Une culpabilité glaciale, un reproche dont on ne pouvait pas se débarrasser. Qui se taisait le jour et se mettait à faire du bruit la nuit.

— Et si on enterrait Schnuppi ? proposa Gesine. Pour que votre mère fasse la paix avec vous et que vous puissiez vous pardonner de ne pas lui avoir dit la vérité ?

Elle passa des pull-overs aux fillettes et nettoya les traces noires et vertes sur le sol. Puis elles descendirent toutes les trois à la cave, laissant toutes les lumières allumées. Plus de bruits, plus de larmes, juste des gamines silencieuses et un carton froid.

Elles remirent les aliments à leur place dans le congélateur pour que le carton ne laisse pas de trou. Les pizzas Margarita semblaient être l'aliment principal de la famille Alvarez, juste avant les haricots verts.

Un vieux sac de vêtements bourré à craquer attira l'œil de Gesine dans un coin de la cave. Il y avait des chaussures de femme à côté, entassées en pagaille. Mareike et sa passion des chaussures. Du cuir fin, des talons hauts. Frida éteignit la lumière.

— Est-ce que tu le diras à papa, Gesine ? demanda-t-elle timidement.

— On y réfléchira plus tard, répondit Gesine, on a des choses à faire d'abord.

Elles portèrent le carton jusqu'au pick-up comme si c'était un trésor, l'enveloppèrent dans un voile de protection pour plantes et l'attachèrent sur le plateau. Il ne fallait pas que l'animal dégèle ni que le carton humide se déchire.

— Est-ce qu'on ne devrait pas prendre l'appareil de vision nocturne ? proposa Gesine. Il n'y a pas de lumière dans un cimetière.

C'était une bonne occasion pour examiner l'appareil.

Marta alla chercher la clé du garage et ouvrit la porte. La pièce était propre et bien rangée, il n'y aurait pas à chercher bien longtemps. Des placards allant jusqu'au plafond étaient accolés les uns aux autres. Frida ouvrit l'une des portes en grand et poussa un cri de déception. L'appareil de vision nocturne n'était plus à sa place. Il ne se trouvait pas dans les autres placards non plus.

— Prenons la lampe de poche, dit Gesine, en prenant soin de bien refermer l'armoire.

Les fillettes regardèrent autour d'elles après être montées dans le pick-up. Gesine avait démonté les sièges arrière des années plus tôt et le siège passager à l'avant était tellement bas que la ceinture de sécurité coupait le cou des petites. Il fallut asseoir Frida sur la boîte de premier secours et Marta sur la caisse de la tronçonneuse pour qu'elles puissent enfin partir. Gesine espéra que Juan Alvarez n'apprendrait jamais qu'elle trimbalait ses filles en pleine nuit.

Le portail du cimetière grinça. Gesine s'assura que personne n'était assis sur le mur, examina les parages puis dirigea la voiture vers la tombe de Mareike. Elle roula au pas pour éviter toute secousse au carton ramolli et pour donner aux fillettes le temps de s'habituer au spectacle du cimetière la nuit.

La lumière des phares glissait comme un couperet sur les croix et les tombes. Au fond se dressait une muraille d'ifs et de rhododendrons. La flamme d'un cierge tremblotait de loin en loin. Une souris traversa la route.

Arrivées devant la concession C-212, elles se garèrent de manière que le véhicule illumine la tombe de Mareike. Les fillettes descendirent, les jambes de leurs pantalons de pyjama fourrées dans leurs bottes en caoutchouc, les fermetures Éclair de leurs vestes d'été remontées jusqu'au menton. Elles étaient énervées et épuisées par la longue veille, mais elles ne semblaient pas avoir peur.

Elles creusèrent un trou au bout de la tombe. La bêche s'enfonçait dans le sol comme dans du beurre. L'obscurité renforçait le moindre son. Marta prêta main-forte à Gesine avec une petite pelle et Frida les éclairait à la lampe torche. Elles venaient parfois heurter les tiges des tournesols. Un bruissement faisait tressaillir les buissons de temps à autre et, à un moment, un croassement très fort retentit dans les arbres. Mais les fillettes restèrent concentrées.

Une fois le trou creusé, elles passèrent toutes deux leurs mains sous le cercueil du lapin pour le déposer délicatement au fond. Marta fit une petite prière, Frida demanda à sa mère de bien veiller sur le lapin et de ne plus être fâchée. Gesine voulut dire quelque chose mais les mots lui manquèrent. Elle reboucha le trou et Frida éteignit la lumière de la lampe torche.

— On peut voir les étoiles, dit-elle.

— Mais les phares de la voiture sont trop lumineux, objecta Marta.

Gesine éteignit les phares et la nuit s'obscurcit d'un coup. Elle renversa sa tête sur sa nuque et regarda le ciel. Des points qui étincelaient dans le néant, éparpillés au hasard dans le silence éternel. De la lumière qui n'avait plus de source depuis longtemps.

— Chaque étoile est une personne morte, chuchota Frida.

— Ou un animal, compléta Marta avec recueillement, et ils nous font tous signe.

Gesine ouvrit les bras et les fillettes vinrent se blottir contre elle. Le soulagement de savoir maintenant le lapin au bon endroit se ressentait à travers le contact même de leurs vêtements. Et pourtant leur mère morte gisait devant elles.

— Si c'est pas de notre faute si maman est morte, demanda Marta, alors c'est de la faute à qui ?

— J'aimerais bien le savoir, répondit doucement Gesine.

— Est-ce qu'elle a vraiment été assassinée ?

— Je ne sais pas.

Jusque-là, ça ne lui avait jamais fait autant de peine de ne pas le savoir.

— Est-ce que tu t'es disputée avec elle, Gesine ?

Elle avala sa salive puis réfléchit, calmement et précisément. Elle lâcha les enfants et recula d'un demi-pas.

— Oui, je me suis disputée avec elle, dit-elle. Notre dispute a eu lieu il y a dix ans.

— Et pourquoi est-ce que vous vous êtes disputées ?

Elle réfléchit à nouveau et regarda encore les étoiles. Carré C, carré A, un seul cimetière pour tout le monde.

— J'avais un enfant. (Ses paroles résonnaient dans la nuit.) Un petit garçon, Philipp, qui avait deux ans et demi. Parfois, votre mère avait le droit de le surveiller. Et, un après-midi, il est mort.

— Est-ce que maman était là ?

— Oui.

— Est-ce que c'est de sa faute s'il est mort ?

Oui ou non, sans demi-mesure ? Les visages des fillettes flottaient dans l'obscurité comme des taches pâles. Impossible de savoir ce que ses paroles allaient provoquer.

— Pourquoi tu ne dis rien, Gesine ? Est-ce que c'était de la faute de maman ?

— Peut-être. Je ne sais pas.

La respiration des fillettes devint plus bruyante. Plus rapide. Frida alluma la lampe torche et éclaira le parterre. Les tournesols jetaient des ombres grotesques sur la tombe. La sépulture du lapin ressemblait à une plaie ouverte.

Puis Gesine fut éclairée, sa tête, sa poitrine, ses jambes, comme s'il fallait l'examiner une nouvelle fois avec un regard neuf. Elle se laissa faire, balançant les bras et clignant des yeux.

— Éteins la lampe, finit par dire Marta, et Frida obéit après une hésitation.

Elle semblait pleurer en silence.

— Pauvre maman, et pauvre petit enfant qui est mort, dit-elle.

— Et pauvre Gesine, ajouta Marta qui se blottit contre sa tante.

— Votre mère voulait se réconcilier avec moi, dit Gesine d'une voix rauque. Je vous jure que je n'ai rien à voir avec sa mort.

— Est-ce que toi aussi tu aimerais bien savoir pourquoi elle est morte ? renchérit Frida.

— Je vais trouver, promit Gesine tandis qu'elle prenait un mouchoir et essuyait le visage de Frida.

Pour finir, elles se tinrent encore un moment devant la tombe de Mareike, main dans la main.

Un long moment de silence sous un ciel qui étincelait de splendeur. Les étoiles brillaient sauvagement, un satellite était en train de se faufiler entre elles et le souffle chaud de la terre remontait vers le firmament.

« Dommage que Mareike soit morte », se dit Gesine, et elle s'effraya des remous que provoquait cette seule pensée.

21

Quelqu'un tambourinait à la porte du camping-car.

— Sortez, madame Cordes !

Une voix de femme, tôt le matin, ou bien pas si tôt que ça car le soleil était déjà dans le ciel. Gesine n'avait aucune envie d'ouvrir.

— Vous savez que je ne vais pas rester là à attendre que vous quittiez le camping-car de votre plein gré !

Quitter ? Est-ce que c'était Marina Olbert ? Gesine passa la main sur son visage. Neuf heures ! Ça faisait une éternité qu'elle n'avait pas dormi aussi tard !

— Deux secondes !

Elle enfila un pull à capuche qui lui descendait aux genoux et ouvrit la porte.

— Bonjour.

Les vaches étaient déjà au fond du pré. La tasse en plastique noir et blanc était posée par terre dans l'herbe à côté de la chaise de camping, le vieux Josef devait avoir attendu Gesine pour le lever de soleil.

— Où sont les enfants ? demanda Marina Olbert d'un ton acerbe.

Elle avait les poings sur les hanches et les pieds écartés. Pas de talons aujourd'hui.

— Qui ? Frida et Marta ?

Gesine sortit la tête de la porte du camping-car. Qu'est-ce que c'était que ça ? Deux véhicules d'intervention de la police étaient garés devant l'entrée, tous gyrophares allumés.

— Il s'est passé quelque chose ?

Gesine trébucha sur le marchepied et Marina Olbert fit un pas en arrière. Elle passa sa main droite derrière son dos comme si elle allait sortir une arme.

— Calmez-vous, madame Cordes, et ça ne sert à rien de nous raconter des histoires. Vous avez été vue au domicile de la famille Alvarez cette nuit.

— Oui, évidemment. (Un frisson passa sur la nuque de Gesine.) Les filles m'ont appelée. Mais que se passe-t-il avec elles ?

— Vous avouez donc avoir été dans leur maison ?

— Pourquoi ne le ferais-je pas ? Que se passe-t-il avec Frida et Marta ?

Elle glissa du marchepied sur la pelouse, les pieds nus sur les brins d'herbe et les panicules. Mais la couche d'herbe ne semblait pas stable ce matin-là. Elle était désagréablement bouffante, sans résistance.

— Retournez sur le marchepied ! (Marina Olbert avait toujours sa main derrière son dos.) Je n'hésiterai pas à vous stopper.

Stopper ? Et pourquoi Lasse Johannsen arrivait-il maintenant lui aussi, le pistolet à la main ? À larges enjambées, en marche de combat. Il fallait espérer que c'était un cauchemar. Frida et Marta.

— Est-ce que les enfants sont dans le camping-car ? hurla Lasse comme si Gesine était malentendante.

— Elles ont disparu ?

Gesine leva les mains, lourdement, avec effort, mais Lasse avait bel et bien son pistolet braqué sur elle. Son pull à capuche remontait et découvrait ses jambes de plus en plus. La chair de poule, partout maintenant, et en même temps une sensation de chaleur.

— J'ai mis Frida et Marta au lit, dit-elle. J'ai même réglé leur réveil pour qu'elles arrivent à l'heure à l'école.

— Le réveil n'était pas réglé, madame Cordes. (Marina Olbert repassa sa main devant son corps, elle n'avait pas sorti son arme.) Juan Alvarez est arrivé ce matin à la maison et n'a pas trouvé ses filles. À l'heure actuelle, elles ne se sont pas présentées à l'école non plus.

Frida et Marta ? Enfuies ? Mais elles étaient allées se coucher paisiblement après être revenues du cimetière. Après s'être tenues, main dans la main, avec Gesine devant la tombe de leur mère, en pleine nuit. Comment expliquer ça à la police ?

— Les filles ne sont pas avec moi.

Gesine avait l'impression que les traits de son visage étaient en train de se décomposer. Elle toucha son front, tout était à sa place habituelle.

Olbert se rapprocha.

— Puis-je entrer dans votre camping-car ?

Sa voix avait perdu de sa rudesse.

— Oui, bien sûr.

Gesine libéra le passage et retourna pieds nus sur le pré, surveillée par Lasse cette fois. Il se tenait à distance de sécurité, l'arme tournée vers le sol à présent, et affichait un visage où se mêlaient la répulsion et la colère.

— Gesine !

Le vieux Josef l'appelait depuis le portail de la ferme. Un policier en uniforme le retenait par son bleu de travail. Il se défendait et agitait les bras, désireux de rejoindre le camping-car sans parvenir toutefois à s'imposer face au policier.

— Ne t'inquiète pas, Josef, s'écria Gesine. Je vais régler ça !

Mais elle pouvait entendre sa voix trembler. Les jumelles disparues. Parties, après une nuit pareille.

Marina Olbert ressortit du camping-car et secoua la tête.

— Rien.

Elle fit signe à Lasse de ranger son arme. Il obéit à sa requête mais se tourna vers Gesine pour lui dire brusquement :

— On t'emmène au poste.

— Ce n'est pas possible. (Elle raidit les genoux.) Je dois d'abord chercher les jumelles.

— Ne sois pas ridicule.

Il fit signe à l'un des policiers en uniforme de venir.

Marina posa une main sur l'épaule de Gesine.

— Je vous en prie, enfilez quelque chose et venez avec moi au commissariat. Vous savez que nous ne pouvons pas faire autrement.

— Mais Frida et Marta !

— Nous sommes à leur recherche, une grosse équipe est au travail, et ce depuis des heures.

— Et vous cherchez où ? demanda Gesine.

Marina Olbert augmenta la pression de sa main.

— Où pourraient être les petites d'après vous ?

— Je n'en sais rien, articula Gesine, plissant ses yeux qui piquaient et se dominant avec effort. J'irais en priorité au cimetière.

— Nos collègues sont déjà en train de chercher là-bas.

— Et il y a des prairies de fleurs sauvages juste à côté du cimetière. Les filles aiment bien cueillir des bouquets de fleurs.

Ou bien elles gisaient dans l'herbe, mortes. Ou blessées, et avaient besoin d'aide. Ou elles avaient tout simplement oublié l'heure.

— Merci.

Marina Olbert se détourna et sortit son portable pour informer l'équipe de recherche.

Gesine s'était mise à transpirer abondamment. Elle alla dans le camping-car comme en transe, mais avec l'intuition qu'il valait mieux coopérer. Se doucher et s'habiller. Se tenir prête, quoi qu'il arrive.

Lasse Johannsen montait la garde devant la porte ouverte, tournant le dos au véhicule. Elle referma un peu la porte avec précaution, n'osant pas la claquer complètement.

Elle fit couler l'eau. Elle se lava les dents et mit ses lentilles de contact. Elle ouvrit sa garde-robe. Un tee-shirt, un treillis court. La fermeture Éclair coinçait. Les lacets de ses baskets lui donnèrent du fil à retordre. Son cœur tournait à plein régime.

Elle avait bel et bien ramené les enfants à la maison cette nuit. Elle avait été avec elles dans la salle de bains, elle avait fait l'idiote avec elles bien qu'elle se sente encore toute tremblante. Le brossage de dents, les crachats enfantins dans le lavabo, l'odeur de chewing-gum du dentifrice. Les sauts de puce dans les pyjamas usés. Tout était familier, beaucoup trop proche, beaucoup trop intime pour être repoussé. Puis Frida et Marta avaient sauté dans leurs lits.

— Borde-nous !

Elle avait dû rentrer les couvertures sous le matelas en serrant bien autour de leurs petits corps.

— Plus serré, plus serré, comme si tu emballais des baguettes !

Elle avait vu les peluches. Une souris de la télé que Philipp avait eue lui aussi. Un crocodile râpé, sans nul doute le vieux doudou de Mareike. Le voile du tissu manquait sur la gueule de l'animal et l'oreille était reprisée au fil rouge, comme quelques dizaines d'années plus tôt.

— Il faut dormir, les petites baguettes.

Elle était sortie de la chambre à reculons, la tête pleine de doutes. Avait-elle bien fait ? Les petites pourraient-elles aller à l'école le lendemain comme si rien ne s'était passé ? Pouvait-on vraiment les laisser encore seules à la maison ?

Incertaine, elle avait appelé sur le portable de Juan. Il n'avait pas décroché. Elle avait essayé une deuxième fois, toujours dans la maison des jumelles, jusqu'à ce que Marta se relève et la presse de partir.

— Tu dois t'en aller, Gesine, sinon on devra encore mentir. Qu'est-ce qu'on va raconter à papa quand il va rentrer du travail s'il te trouve ici ?

Elle était donc montée dans son pick-up. Avec pour résolution d'avoir bientôt une autre conversation sérieuse avec Juan.

Maintenant, Lasse Johannsen frappait du plat de la main contre le camping-car.

— C'est possible d'aller encore plus lentement là-dedans ? se plaignit-il.

Gesine prit un sac en plastique où elle fourra tout ce qu'elle avait porté la nuit dernière. Les sous-vêtements, le jean, les boots, la veste. Elle vérifia que la fenêtre était bien fermée puis ferma le camping-car, et mit la clef dans la poche de son pantalon.

Un dernier regard sur le terrain, même si Lasse récriminait encore d'un air maussade. Quelqu'un avait pris la tasse en plastique noir et blanc pour la poser sur la chaise de camping. Les pommes pas encore mûres brillaient sur l'arbre entre les feuilles. Il aurait fallu enlever une partie des fruits aujourd'hui pour délester les branches, mais ça pouvait aussi attendre un jour de plus. Le lendemain, quand tout serait résolu et que les enfants seraient de retour chez elles, Gesine les appellerait pour leur demander de l'aide.

La climatisation était allumée dans la voiture de service. Gesine était assise à l'arrière avec Marina Olbert, et Lasse Johannsen se contorsionnait à l'avant sur le siège passager pour entendre ce qu'elles disaient. Elle mit le sac plein de vêtements dans les mains de Marina Olbert, « pour la police scientifique », et l'inspectrice la remercia d'un signe de tête. Elle eut même un bref sourire, mais il ne fallait pas s'y tromper. Olbert était en alerte maximale aujourd'hui, c'était on ne peut plus clair.

Lasse descendit le pare-soleil et le régla de manière à pouvoir regarder à l'arrière dans le miroir. Gesine s'écarta. Les façades des maisons défilaient à toute allure devant les vitres.

Que s'était-il passé après qu'elle eut quitté Frida et Marta dans la nuit ? Pourquoi n'était-elle pas restée près d'elles jusqu'à ce qu'elles s'endorment ?

Hier, Martin Braumüller mort près de la fontaine. Aujourd'hui, les fillettes disparues.

Comme elles avaient paru petites dans leurs lits. Elles étaient si menues, elles avaient tellement besoin d'être protégées, à côté de la souris et du vieux crocodile. Comme elles avaient été franches malgré l'horrible histoire que Gesine leur avait racontée. La mort de Philipp. Elles ne s'étaient pas plaintes non plus d'apprendre son existence seulement maintenant. Elles avaient éprouvé de la compassion, rien que de la compassion, autant pour Mareike, pour Gesine et pour son fils.

Et après ? Est-ce qu'elles s'étaient fâchées qu'on leur ait menti pendant toutes ces années, est-ce qu'elles s'étaient levées à cause de ça ?

— Vous avez petit-déjeuné ?

Marina Olbert toucha le dos de Gesine. Elle sursauta.

— Je ne veux pas petit-déjeuner.

— Lasse Johannsen va aller nous prendre quelque chose à la cafétéria.

Lasse souffla de manière très démonstrative, mais lorsque l'inspectrice se racla la gorge, il n'osa plus émettre la moindre objection.

Elle se tourna à nouveau vers Gesine.

— Nos collègues sont en train de passer au peigne fin la maison de la famille Alvarez. S'il y a des traces, nous les trouverons.

Pourquoi disait-elle cela ?

— Une maison habitée par des enfants est pleine de traces étranges, répondit Gesine.

— Nous prélevons tout de même tous les échantillons possibles. Nous contrôlons toutes les taches sur le tapis. Tous les ADN que nous trouvons.

Et aussi les traces de baies de sureau dans l'escalier. Les empreintes dans la salle de bains et dans le garage.

— J'étais dans la maison cette nuit, j'ai laissé des traces, dit Gesine. Et pourtant je ne sais pas où sont les filles.

Lasse Johannsen se retourna.

— Il n'était pas convenu avec leur père que tu entrerais dans sa propriété en pleine nuit.

— Frida et Marta m'ont appelée parce qu'elles avaient entendu des bruits dans la cave.

— Des bruits ?

Marina Olbert se pencha en avant.

— Les petites avaient peur de leur lapin mort, dit Gesine, devinant au même moment que cette phrase allait entraîner une flopée de questions.

— Il n'y avait pas de lapin dans la maison, précisa Lasse, ni mort ni vivant.

Marina Olbert lui coupa la parole.

— Nous commencerons l'interrogatoire une fois au commissariat. Nous vous conduirons en haut en passant par le parking souterrain, madame Cordes, ce sera plus agréable pour tout le monde.

Puis elle écrivit un texto sur son portable.

Gesine regarda à nouveau par la fenêtre. Il était important qu'elle se prenne en main et qu'elle termine rapidement l'interrogatoire pour que la police puisse se concentrer sur l'essentiel au lieu de rester coincée avec elle. Olbert devait faire preuve de logique. Soit les fillettes avaient fugué, soit on les avait emmenées. Ou elles étaient parties parce qu'elles avaient quelque chose à régler, ou quelqu'un leur avait fait du mal. Quelqu'un qui haïssait leur mère ? Qui l'avait poussée sur les rails d'un train, plein de répugnance ou de colère ?

— La voie ferrée, chuchota-t-elle.

Il était difficile pour elle d'adresser la parole à l'inspectrice.

Marina Olbert acquiesça brièvement. Elle montra à Gesine l'écran de son téléphone. *Fouiller les voies ferrées de toute urgence, informer la compagnie de chemins de fer.* Puis elle envoya le texto et Gesine se sentit mal. Le fait qu'Olbert estime elle aussi qu'il soit possible de trouver Frida et Marta le long des voies ferrées lui faisait l'effet d'un tremblement de terre.

La salle d'interrogatoire du commissariat avait été remeublée. Un tapis vert, une commode imitation bouleau. Un enregistreur tellement petit qu'on aurait dit qu'il voulait se rendre invisible.

Marina Olbert avait pris place en face de Gesine.

— Nous commencerons quand vous aurez mangé quelque chose, madame Cordes. Sinon, j'ai peur que vous vous évanouissiez.

Gesine mordit dans le sandwich au fromage que Lasse avait posé devant elle. Elle but aussi un peu de café et, contre toute attente, ça lui fit du bien. Le fond de sa gorge brûlait et grattait, mais c'était un rappel à l'ordre pour son corps.

Olbert démarra l'enregistrement.

— À quelle heure êtes-vous allée au domicile de la famille Alvarez hier soir ? commença-t-elle.

— À une heure du matin environ. Les filles étaient seules à la maison et m'ont demandé de venir parce qu'elles pensaient entendre des bruits.

— Comment êtes-vous entrée dans la maison ?

— Il y a une clé sous le pied du parasol.

— Depuis quand êtes-vous au courant de l'existence de cette clé ?

— Depuis hier soir, depuis le coup de téléphone avec Frida. Ou Marta.

— Vous ne savez pas avec quelle jumelle vous avez parlé ?

— Je pense que c'était avec Marta.

Lasse intervint.

— Les voix des jumelles se ressemblent tellement que même leur propre tante ne les reconnaît pas ?

— Nous étions sur haut-parleur, répondit Gesine, tu peux tester à quoi ressemble une voix d'enfant avec ça.

— J'aimerais bien. (Lasse fronça les sourcils.) J'aimerais beaucoup tester ça, mais les fillettes ont disparu.

L'aiguille des minutes de l'horloge murale sauta sur le trait suivant. Gesine se proposa d'éviter dès à présent tous les points de détail.

Marina Olbert tapota sur la table.

— Que s'est-il passé dans la maison ?

Un flot d'images surgit dans son esprit. Frida sur le bord de la baignoire, Marta sur le tapis moelleux. Le carton congelé et les chaussures de Mareike dans la cave.

Gesine s'accrocha à sa tasse.

— Les filles m'ont raconté que leur lapin était mort l'après-midi précédant la mort de Mareike sur les rails. Elles l'avaient mis dans le congélateur et je l'ai sorti la nuit dernière. Nous sommes allées au cimetière et nous l'avons enterré.

— Vous avez fait quoi ?

Lasse enleva ses lunettes. Marina Olbert avait elle aussi l'air complètement abasourdie.

— Vous avez emmené les enfants au cimetière en pleine nuit ? demanda-t-elle.

— C'était important d'enterrer le lapin sur la tombe de Mareike.

— Pourquoi ?

— Les filles devaient se débarrasser de la culpabilité qu'elles avaient endossée.

Marina Olbert ne comprenait absolument rien, c'était clair. Mais Gesine devait-elle pour autant entrer dans les détails et raconter l'ensemble de l'histoire ? Ce récit prendrait des heures. Sans compter toutes les questions. Ils n'avaient pas le temps.

— Madame Cordes. (Olbert parlait avec une grande maîtrise d'elle-même.) Je suis prête à vous croire sur plusieurs points. Néanmoins le fait que vous emmeniez deux petites filles au cimetière en plein milieu de la nuit m'irrite, pour le dire gentiment.

— Surtout que cette déclaration comporte plein d'autres bizarreries, glissa Lasse.

— Je devais aider les jumelles. Point barre.

Lasse se frotta les yeux.

— Hier, à côté du cadavre de Martin Braumüller, j'ai pensé pour la première fois que tu aimais te présenter comme une victime des circonstances, Gesine.

— Je refuse d'avoir cette conversation.

— La cuillère d'enfant dont tu ne veux plus entendre parler aujourd'hui. Ta glissade dans l'étable. Le carnet de notes que quelqu'un t'aurait prétendument volé. Ta sœur Mareike qui note vos rendez-vous dans son agenda. Braumüller mort près du puits. Et tu n'arrêtes pas de jouer les persécutées !

— Lasse, j'aimerais me concentrer sur les jumelles pour cet interrogatoire, l'exhorta Marina Olbert.

Gesine serra les poings.

— Il faut ajouter que certaines choses se sont éclaircies. Les rendez-vous du mardi par exemple. Ce n'était pas moi que Mareike voyait, elle se faisait enfermer dans le cimetière avec Martin Braumüller. Et le carnet de notes est avec mon père, mais nous n'avons pas le temps de discuter de ça maintenant !

— Madame Cordes. (Marina Olbert cherchait son regard.) J'aimerais savoir comment vous avez ouvert le portail du cimetière la nuit dernière.

— Pourquoi ?

— Je reconstitue votre itinéraire, pour vérifier s'il est logique.

Gesine desserra les poings et se tut.

Lasse s'allongea de tout son torse sur la table.

— Tu n'as qu'à lui dire que tu as la clé, nom de dieu !

L'aiguille des minutes de l'horloge murale continuait de courir, inlassablement.

— La femme du gardien est malade, dit Gesine, et je lui donne parfois des coups de main.

— Bien sûr, il faut toujours que tu donnes des coups de main, dit Lasse. Et si Mareike était vraiment dans le cimetière avec Martin Braumüller en février, comme tu l'as affirmé, il fallait aussi que tu leur coures après, non ? Avec le pouvoir de ta propre clé.

— Non. Et même si c'était vrai, ça n'a rien à voir avec la nuit dernière et les jumelles.

Marina Olbert regardait l'heure elle aussi. Elle se raidit.

— Vous étiez donc au cimetière la nuit dernière avec Frida et Marta pour enterrer un lapin. Comment les fillettes se sentaient-elles ?

— Bien. (Enfin tant que la conversation n'avait pas porté sur Philipp. Là, Frida s'était mise à pleurer.) Puis je les ai ramenées chez elles et je leur ai souhaité bonne nuit dans le calme.

— Quand nous étions au camping-car tout à l'heure, vous avez évoqué le fait que vous leur avez réglé le réveil.

— Elles voulaient absolument aller à l'école, et j'avais l'impression qu'une journée structurée était importante pour elles.

— Comment ça ?

— Elles sont en deuil ! Elles ont besoin d'équilibre.

Lasse se racla la gorge.

— Ne disais-tu pas à l'instant qu'elles allaient bien ?

Gesine arrivait à peine à contenir sa colère.

— Nous devons en fait nous poser deux questions, dit-elle. Est-ce que quelqu'un est venu chercher les enfants à la maison pour les emmener ou est-ce qu'elles sont parties d'elles-mêmes ?

Marina Olbert recula sa chaise.

— Nous vous gardons ici pour l'instant, madame Cordes.

Elle regarda Gesine d'un air étrange, comme si elle la priait de se montrer compréhensive. Mais Gesine se leva d'un bond.

— Et quand allons-nous chercher les jumelles ? s'écria-t-elle.

Sa question demeura sans réponse. La porte s'ouvrit et un policier en uniforme apparut pour l'emmener.

Il faudrait encore qu'elle obéisse si elle ne voulait pas qu'on la touche et qu'on la dirige.

— Vous n'arrêtez pas de faire des erreurs, assura-t-elle à l'inspectrice Olbert, passant dans le couloir, tête haute.

Les deux enquêteurs la suivaient de près.

Le chemin était long jusqu'aux cellules. Il fallait passer devant les portes grandes ouvertes des bureaux, devant l'ascenseur, devant la cage d'escalier, et affronter les regards curieux qui s'en échappaient, partout. Personne ne dit mot, mais les pensées semblaient prendre corps dans l'air : c'est Gesine Cordes, l'ex-collègue, l'ancienne inspectrice des temps révolus de la brigade criminelle. Cordes, l'ex-femme du collègue Klaus. La mère de l'enfant mort à l'époque, la sœur de Mareike morte aujourd'hui. La tante des enfants disparues.

Juan Alvarez surgit alors brusquement dans le couloir.

— Stop ! s'écria-t-il.

Le policier tenta de faire passer Gesine devant Juan. Par simple réflexe, elle leva le bras afin de le frapper mais retint son geste.

— Restons calmes, tempéra Marina Olbert, derrière elle. Tout est sous contrôle.

Gesine regarda Juan droit dans les yeux.

— Je te donne ma parole d'honneur que je n'ai rien fait aux petites.

— Oui. (Ses paupières étaient rouges et gonflées.) Mais si tu sais quelque chose qui pourrait nous aider, Gesine, je te supplie de me le dire.

Tu n'as pas besoin de supplier, voulut-elle répondre, je ne suis pas comme ça.

— Nous avons été sur la tombe de Mareike.

Des sentiments contradictoires se reflétèrent sur le visage de Juan. De la peur, de la stupéfaction, de la colère aussi. Mais il se maîtrisa.

— Quoi d'autre ? demanda-t-il.

— Elles savent qui je suis.

— Depuis quand ?

— Depuis cette nuit. Et maintenant, il est très important que tu te mettes à leur place. (Elle baissa la voix.) Concentre-toi. Que vont faire tes filles de ces nouvelles informations ? Comment vont-elles réagir ?

Il ne répondit pas. Il respirait lourdement et haussa les épaules.

— Nous devrions y aller, insista Lasse.

— Un instant, dit Gesine, comme si elle était en position d'émettre le moindre souhait. Juan, si rien ne te vient à l'esprit à ce sujet, réfléchis à qui elles pourraient ouvrir la porte, tôt le matin. Peut-être que quelqu'un a attisé leur curiosité ? À cause de ces nouvelles informations ?

Juan était aussi blanc que le mur. Il tendit le bras et effleura un instant la main de Gesine. Elle ne bougea pas. Venait-il d'avoir une idée ?

Il fit un signe de tête à Olbert et partit.

Dix ans plus tôt

Gesine qui est assise sur la pelouse, une feuille de papier sur les genoux et un crayon dans la main, pour prendre des notes.

Sur la pelouse devant les sapins. La flaque sèche depuis deux jours, les brins d'herbe couchés, jaunes et mous dans la crasse.

Des notes sur le dernier jour de Philipp :

Quotidien agité, prises de décision non vérifiées, confiance aveugle.

Midi : vu un accordeur électronique pour guitare dans le bureau de Lasse Johannsen.

Après-midi : Gesine au travail jusqu'à dix-huit heures. Klaus au travail jusqu'à dix-neuf heures.

15 heures : Mareike sonne à la crèche pour récupérer Philipp (confirmé).

15 h 15 : Philipp part de la crèche avec Mareike (confirmé).

18 h 40 : Philipp est allongé seul dans la flaque sur la pelouse (confirmé).

18 h 50 : Mareike sort du cabanon et crie.

Et entre 15 h 15 et 18 h 40 ?

Jusqu'à 19 h 30 : Richard et Renate Augenthaler assis chez eux devant le téléphone (non confirmé).

La nuit : l'accordeur de guitare est par terre dans le cabanon. Le coussin n'est pas rangé dans l'armoire mais se trouve sur le banc. Le téléphone est sur la table, le trotteur juste en dessous.

Gesine qui est assise devant les sapins, concentrée sur sa seule et unique feuille de papier. Elle dessine, tire des traits. Des lignes en forme de tableau. Des chiffres. Des faits à gauche et à droite, comme des crochets de fer sur lesquels on peut dérouler et fixer la dernière journée de Philipp.

La mort, une lutte acharnée. Un petit garçon sans défense. Inconscient, il faut l'espérer. Sans perspective, seul et angoissé.

Le lieu de la mort, un endroit familier. D'une sécurité trompeuse.

La meurtrière, inattentive, sans cœur, égoïste. Occupée dans le cabanon avec l'accordeur et la guitare. Mais non, la guitare de Mareike ne se trouve pas dans le cabanon.

Alors la meurtrière occupée avec Lasse ? Qui lui a offert l'accordeur ? Mais Lasse est arrivé dans le jardin plus tard, en compagnie des autres collègues.

Et l'aconit était en fleur. Une bordure colorée le long de la terrasse, bleue. Tondue, pas détruite. Coupable, comme Mareike.

Mareike : inattentive (n'a pas surveillé Philipp). Sans cœur (s'est amusée dans le cabanon pendant qu'il mourait). Égoïste (n'a pas pensé à s'occuper de lui).

Et Gesine ?

Gesine : inattentive (avec la plante toxique). Sans cœur (n'a pas été chercher elle-même son fils à la crèche). Égoïste (parce que son travail était plus important).

Mais méfiante aussi.

Pourquoi le téléphone se trouvait-il dans le cabanon, comme si Mareike attendait un appel ? un appel de Renate et de Richard Augenthaler par exemple, qui attendaient aussi un appel chez eux ?

Les sapins transpirent la résine. Le cabanon craque sous la sécheresse. Gesine froisse la feuille de papier en boule, puis la déplie et la lisse. L'écriture s'efface. Soudain un coup dans son dos.

— C'est ta faute !

Mareike se tient derrière Gesine, gonflée de larmes, pas douchée, hors d'elle.

— Tes plantes de merde ! Si seulement tu ne les avais pas mises là !

— 15 h 15 à la crèche, répond Gesine, stoïque comme un automate. Qu'est-ce que vous avez fait après avoir quitté la crèche ?

— Arrête !

— Et pourquoi l'accordeur pour guitare était-il dans le cabanon ?

— Arrête à la fin, si tu tiens encore un peu à ta vie de merde !

— Quelle vie ?

Mareike qui essaie de prendre Gesine dans ses bras.

— La brigade criminelle, ta maison.

Pleurs, reniflements.

— Tu n'as plus rien d'autre, à présent.

Mareike qui doit être devenue folle. Comme si Gesine pouvait un jour reprendre sa plaque et partir au travail. Comme si elle pouvait de nouveau s'asseoir sur la terrasse de cette maison. Ou mettre la table.

Mareike qui la frappe à l'aveuglette :

— Arrête de me mettre en cause. Je ne vais pas le supporter longtemps.

Gesine qui ne se défend pas. Inattentive, inutile.

22

Une odeur de café flottait dans tout le salon d'hiver. Des stores clairs éloignaient le soleil, la porte était ouverte sur le jardin. Devant la terrasse, un ruisseau suivait un parcours compliqué et clapotait sur des pierres grises.

Marina Olbert gigotait sur le rebord du fauteuil. Le coussin était trop mou pour s'adosser, les accoudoirs trop hauts pour y poser les coudes. Tous les meubles de ce salon d'hiver semblaient avoir été conçus pour s'avachir. Sombres, massifs et grands, à tel point qu'on pouvait s'y engloutir et que toutes les dimensions se transformaient : on devenait soi-même petit et délicat, tout comme le cognac matinal que l'on peut tenir dans sa main. Et la pelouse à l'extérieur devenait le plus grand tapis du monde.

Les Augenthaler étaient encore en robe de chambre. Depuis le lever du jour, Marina Olbert les avait déjà eus deux fois au téléphone pour parler de la disparition des jumelles, mais ces messieurs-dames n'avaient manifestement pas imaginé que la police viendrait se présenter chez eux en personne.

Les cheveux de Richard Augenthaler étaient mouillés, comme s'il venait juste de sortir de la douche. Il resserra la ceinture autour de son ventre, écrasa le talon de l'un de ses coûteux chaussons de cuir et prit congé de Marina pour aller se changer. Elle put l'entendre marmonner alors qu'il quittait la pièce.

Renate Augenthaler semblait à l'aise dans ses vêtements. Elle marchait pieds nus et ne s'inquiéta pas de sa robe de chambre qui bâillait pendant qu'elle posait une tasse propre sur la table. Faisant apparaître un shorty rose chic et un décolleté soigné.

Au moment de la saluer, Marina avait toutefois senti son haleine légèrement alcoolisée. La même odeur flotta jusqu'à elle quand Mme Augenthaler lui adressa la parole.

— Sucre, lait, sans lactose ?

— Juste un verre d'eau à côté, je vous prie.

Mme Augenthaler rapprocha la carafe d'eau et lui remplit sa tasse de café noir. Elle donnait une impression d'empressement et de nervosité. Marina décida de tirer profit de ce tête-à-tête avec elle.

— Quand avez-vous vu Frida et Marta pour la dernière fois ?

Renate Augenthaler sombra dans l'un des fauteuils. Le rembourrage se gonfla autour de son dos et de l'arrière de sa tête.

— J'ai vu les enfants à l'enterrement de notre chère Mareike. Ah non, ce n'est pas ça. Mon mari et moi sommes allés en coup de vent à la petite fête organisée à la ferme pour Gesine.

— Êtes-vous proche de Frida et de Marta ?

— Eh bien, elles ont grandi à l'étranger.

— Est-ce que les petites viendraient vous voir si elles avaient un problème, est-ce qu'elles viendraient demander de l'aide à leur mamie ?

— Vous trouvez que j'ai l'air d'une mamie ? (Renate Augenthaler sourit d'un air surpris.) C'est vrai, j'aimerais parfois être une vraie mamie mais ce n'est pas si simple.

— Et comment était-ce, avant ? Quelle grand-mère étiez-vous ?

— Quand Frida et Marta étaient encore en Espagne, nous nous parlions souvent sur Skype.

— Non. Je veux dire auparavant, avec votre premier petit-fils. Avec Philipp, le fils de Gesine.

Le sourire se figea.

— Nous devrions attendre mon mari. Il va sûrement arriver dans un instant.

— Votre mari se rappelle certainement le passé lui aussi, car je crois que c'était une époque merveilleuse pour vous.

— De quelle époque parlez-vous au juste ?

— Celle où Mareike et Gesine sont devenues adultes, lorsque votre premier petit-enfant est venu au monde. Avec Klaus Cordes, un gendre sur mesure, séduisant, menant une brillante carrière. Et vous et votre mari Richard régnant sur deux générations, à la tête de toute cette belle famille.

— Non, c'est faux.

— Pourquoi ?

Mme Augenthaler haussa les épaules et son regard flotta dans le salon d'hiver. Un bar se tenait dans le coin. À côté était servi un petit déjeuner très diététique. Des ananas en tranches et une pomme en morceaux dont la surface avait bruni.

— C'est lui qui était à la tête de notre famille, finit par dire Mme Augenthaler. Tout tournait autour de Philipp, notre petit prince.

— C'était un enfant gâté ?

— Non. (Sa bouche fit une grimace.) C'était un enfant charmant, rêveur et plein d'imagination.

— Pouvez-vous me montrer un souvenir de lui ?

— Quel souvenir ?

— Une paire de chaussettes. Un dessin qu'il a fait.

— Nous avons tout enlevé pour le mettre sous clé. Il n'y avait pas grand-chose non plus – je veux dire qu'on accumule peu de souvenirs en deux années de vie.

— Mais Philipp avait son propre lit et ses couverts chez vous, n'est-ce pas ?

Renate Augenthaler fit un signe de dénégation.

— Je vois où vous voulez en venir. Mais non, nous avions juste acheté un lit pliant. Ni de couverts particuliers ni de lit spécialement pour lui. Nous ne déplorons pas non plus la perte d'une cuillère au manche de porcelaine.

— Mais votre petit-fils ne mangeait jamais chez vous ? Il dormait parfois ici ?

— Il était encore si petit, et il devait déjà aller chez sa tante Mareike très souvent, je trouvais que c'était bien assez.

— Étiez-vous jalouse ?

— Gesine n'était pas une très bonne mère, vous savez. Elle prenait son travail à la brigade criminelle beaucoup trop au sérieux et elle ne supportait aucune critique. Nous nous sommes investis plutôt discrètement, quand Gesine était au travail. Richard et moi n'en faisions pas toute une histoire.

Elle détourna la tête et regarda à l'extérieur, dans le scintillement du ruisseau artificiel. Un chat sans couleur était couché sur les pierres jouxtant le cours d'eau, il dormait. Les roseaux arboraient des pompons marron-gris à leurs extrémités. Pas de fleurs. Pas de parterres. Rien que la pelouse, l'eau, les roseaux et les pierres.

Marina regarda son portable. L'équipe de recherche ne s'était pas encore manifestée alors qu'il était presque midi.

Elle se pencha en avant.

— Madame Augenthaler, que s'est-il passé cet après-midi-là, il y a dix ans, lorsque Philipp est mort ?

Pas de réponse.

Marina renchérit immédiatement.

— Tous les détails doivent être mis sur la table si nous voulons aider Frida et Marta.

— Qu'est-ce que la mort de Philipp a à voir avec Frida et Marta ?

— Je pourrai vous le dire lorsque je saurai tout.

— Richard ! Tu peux venir s'il te plaît ?

Le maître de maison entra dans la pièce comme s'il n'avait attendu que ça. Des chaussures tressées, un pantalon clair. Le col de son polo vert relevé.

— La commissaire veut parler du passé, dit Renate Augenthaler, et Richard fit claquer sa langue d'un air désapprobateur.

— Je croyais que vous cherchiez les filles.

— Comme vous voulez. (Marina Olbert se leva.) Je peux également vous convoquer pour obtenir des informations de votre part.

Richard Augenthaler secoua la tête.

— Je veux dire que vous devriez cesser de nous tourmenter en vain.

Elle s'approcha tout près de lui.

— Votre petit-fils Philipp a mangé des plantes toxiques et personne n'est venu à son aide, monsieur Augenthaler. Votre fille Mareike a été écrasée par un train pour des raisons inconnues, et vos petites-filles Frida et Marta ont disparu cette nuit. Et vous trouvez qu'il est inutile de chercher un point commun qui relie ces affaires !

— Le point commun dont vous parlez n'est autre que Gesine.

— Gesine est un membre de votre famille, monsieur Augenthaler.

— Vous êtes la seule à partager cette opinion, même Gesine ne la partage pas.

Marina était plus grande que lui, il fallait qu'il lève la tête. Des taches de rousseur parcouraient l'arête de son nez, majoritairement léguées à ses descendantes, notamment aux jumelles. Ce détail fit monter d'un cran l'impatience de Marina.

— Allez-vous souvent au cimetière, monsieur Augenthaler ?

— Moi ?

Il s'éloigna d'elle.

— Tous les deux ou trois jours, dit sa femme, répondant pour lui.

Marina les gardait tous les deux à l'œil.

— Martin Braumüller a été assassiné dans le cimetière hier. C'était un intime de votre fille Mareike.

— Ce n'est pas possible !

Richard Augenthaler semblait stupéfait.

— Vous n'étiez pas au courant ?

— Non ! (Il haussa le ton.) Et je n'étais pas sur la tombe de ma fille hier, au cas où vous insinueriez que j'aie quelque chose à voir avec ça.

Renate Augenthaler s'extirpa de son fauteuil.

— Croyez-vous qu'il y ait un rapport avec Frida et Marta ?

— Mais tais-toi donc ! (Richard Augenthaler leva la main en l'air.) Je ne tolérerai pas qu'on me colle quoi que ce soit sur le dos.

Marina parla d'un ton acerbe.

— On ne va pas forcément se recueillir sur une tombe quand on est au cimetière, monsieur Augenthaler. On fait parfois du jogging dans les parages, ou alors on retrouve des amis.

Richard Augenthaler descendit le col de son polo comme si l'étoffe le gênait.

— J'aurais dû m'en douter, dit-il. Vous vous êtes fait une opinion à mon sujet depuis longtemps.

— Disons que je prends acte de votre habitude de ne dire que le strict nécessaire.

— Gesine vous a parlé du carnet de notes et, juste à cause de ça, vous êtes prête à me faire porter le chapeau. Mais je n'ai rien à voir avec le meurtre de Braumüller !

— Je serais ravie de vous laisser rectifier l'image que j'ai de vous.

Il s'adossa au bahut et fit tinter l'assiette où noircissaient les morceaux de pomme.

— J'ai fait ce qu'il fallait, comme un bon père. Vous, en tant qu'enquêtrice, vous n'êtes pas intervenue. Depuis le début, vous prenez Gesine avec des pincettes. Et où chercher des indices sur le meurtre de Mareike, sinon dans le camping-car de Gesine ?

— Chercher en faisant usage de la force ?

— Je me suis donné les moyens d'y accéder, parce que c'était nécessaire.

— Richard ? Que veux-tu dire par là ?

Renate Augenthaler clignait des yeux d'un air irrité.

— Mareike avait une vie merveilleuse jusqu'à ce qu'elle se mette à voir Gesine du jour au lendemain. Pourquoi est-ce que personne n'arrive à comprendre ça ?

— Tu as commis un délit ! (Renate Augenthaler le pointait du doigt.) Et tu as pourchassé Gesine jusque dans l'étable ! Elle aurait pu se vider de tout son sang !

— Primo, je ne pouvais pas deviner qu'elle dormait dans ce camping-car. Je pensais qu'il était vide, mais que veux-tu, elle vit comme une clocharde. Et deuzio, personne ne pouvait imaginer qu'elle irait escalader la barrière et se cacher parmi les vaches.

Marina se plaça entre les deux époux.

— Et pourquoi avez-vous pris le carnet de notes dans le camping-car ?

Mais, à ce moment, sa femme se mit à hurler :

— Où étais-tu ce matin, Richard ?

— Renate !

— Tu n'étais pas là quand je me suis réveillée !

— J'étais sous la douche, où est-ce que j'aurais bien pu être ?

— Est-ce que tu étais chez Frida et Marta ?

— Non !

Il donnait l'impression de vouloir se jeter sur sa femme.

Marina le retint.

— Monsieur Augenthaler, si vous êtes sorti ce matin, nous allons reconstituer votre parcours. Donnez-moi votre téléphone.

— Mais vous ne comprenez pas. (Il peinait à se contenir.) Et tu ne comprends vraiment rien, Renate ! Comme si moi je pouvais faire quelque chose aux jumelles !

— Les avez-vous vues ce matin oui ou non ?

Marina le tenait encore plus fort.

— Non ! Même si j'étais chez elles. Je suis juste entré dans le garage. Je suis allé rendre l'appareil de vision nocturne, bon sang de bois !

— Vous vouliez effacer vos traces. Est-ce que vous vous êtes aussi débarrassé du carnet de notes ?

— Malheureusement non. J'ai ouvert le garage avec ma propre clé, j'ai rangé l'appareil de vision nocturne dans le placard et je suis parti. Sans croiser personne.

— À quelle heure exactement ?

— À cinq heures ou cinq heures et demie. Frida et Marta devaient dormir.

Peut-être que oui, peut-être que non.

— Donnez-moi le carnet de notes, ordonna Marina, ainsi que vos clés de voiture et votre portable. Nous allons au commissariat.

— Pour quoi faire ?

— Unir nos forces et chercher ces enfants.

— Et moi ? se plaignit Renate Augenthaler.

— Vous restez devant votre téléphone. Comme il y a dix ans.

23

Insupportable d'être enfermée. Une lucarne grillagée orientée nord. Un plafond en béton, une peinture en latex beige luisante de crasse. Une ligne de lampes encastrées, des carreaux de faïence blancs sur les murs et le sol. Une rigole au milieu, légèrement en pente.

Quatre fois deux mètres pour se mouvoir. En théorie. En pratique, seuls deux mètres sur deux étaient praticables, car le socle en béton sous la couchette entravait le passage. Tout comme le coin des sanitaires.

Gesine se cognait partout. Courait vers la porte, le mur, vers les toilettes en acier. Faisait gicler de l'eau, courait à la porte. Montait sur la couchette pour regarder à l'extérieur. Frida et Marta étaient là, dehors, quelque part, et elle ne pouvait pas les aider.

Elle se laissa tomber et se força à rester assise sur la couchette, les deux mains agrippées au mince matelas de similicuir. Elle pressa les genoux l'un contre l'autre et tendit l'oreille. Des rires étouffés dans le couloir.

À quoi cela servirait-il d'appeler les agents ? À rien. On calmerait Gesine, on en appellerait à son bon sens. On lui demanderait s'il fallait faire venir quelqu'un pour parler avec elle. Mais elle n'avait besoin de personne ici, elle avait besoin que toutes les forces s'activent à la recherche des fillettes. Il fallait espérer que Juan était à la tâche, Hannes aussi et, peut-être, le vieux Josef.

Ses lentilles de contact grattaient sous ses paupières, la pièce était fraîche. Gesine se dit qu'elle aurait dû prendre un pull-over dans son camping-car, mais elle n'avait pas fait preuve de beaucoup de jugeote au moment de préparer ses affaires avant de se faire emmener. Il y en aurait sûrement pour un bon moment aujourd'hui. Le soir venu, elle devrait probablement s'en remettre à la couverture grise pliée sur la couchette, car Marina Olbert aurait sans nul doute recours à la durée légale maximum de garde à vue. Les heures allaient s'écouler l'une après l'autre dans une oisiveté absolue. Insoutenable, quand chaque minute était décisive.

Juan était-il en état d'agir ? Gesine ne l'avait jamais vu aussi pétrifié que dans le couloir du commissariat. Pas paralysé, mais dur, avec une forme de désespoir. Essayant de toutes ses forces de ne pas s'effondrer en mille morceaux. Il avait tout de même écouté Gesine. Il lui avait touché la pointe des doigts de façon à lui signifier que ses paroles avaient été entendues : à qui les filles pourraient-elles ouvrir la porte au petit matin ?

Les grands-parents, Richard et Renate Augenthaler. Cette possibilité était une évidence pour Gesine, et pour Juan aussi, il serait imaginable que les enfants aient été surprises par leurs grands-parents. Peut-être se trouvait-il déjà dans le salon d'hiver pour demander des explications à Richard. Peut-être fouillait-il même la maison ?

Ou est-ce qu'il n'oserait pas ? Par respect pour les Augenthaler, ou par alliance ? Gesine se rappela l'appareil de vision nocturne. Juan était possiblement impliqué dans le cambriolage de son camping-car, il faisait éventuellement cause commune avec Richard Augenthaler. Il fallait tout vérifier, tout envisager, il ne fallait pas se laisser bloquer par quoi que ce soit.

Juan pouvait avoir menti, par exemple. Il pouvait être rentré chez lui au petit matin comme à l'ordinaire, épuisé par sa nuit de travail. Puis il pouvait avoir remarqué une serpillière mouillée dans la cuisine, celle avec laquelle Gesine avait nettoyé les taches de sureau sur l'escalier quelques heures plus tôt, et il aurait pu demander à Frida et à Marta ce que cette serpillière faisait là. Elles auraient pu réagir avec entêtement. Et après ? Une dispute, due à la fatigue. Juan qui levait la main sur ses enfants ? Non. Inimaginable malgré tout.

Donc les Augenthaler.

Ou encore autre chose. Les fillettes avaient quitté la maison de leur propre chef. Elles étaient parties seules et en cachette pour chercher la vérité, car malgré tout ce que Gesine leur avait raconté au cours de la nuit dans le cimetière, des questions étaient sans doute demeurées en suspens : pourquoi leur mère ne leur avait-elle jamais parlé du petit Philipp ? Pourquoi Gesine l'avait-elle gardé sous silence elle aussi, alors que c'était son propre fils ?

Frida et Marta avaient pu partir à l'aube en bus pour voir Juan à la clinique, ou aller en banlieue jusqu'à la maison de leurs grands-parents. Ou chez Martin Braumüller, dont elles savaient qu'il était un ami de leur mère et dont elles pouvaient espérer la plus grande franchise.

Mais Braumüller était mort, assassiné, et les enfants n'en savaient rien.

Gesine enfouit son visage dans ses genoux. Si seulement elle avait ménagé les jumelles. Si seulement elle n'avait pas tiré profit de ce beau moment au cimetière pour parler de Philipp. Comme c'était égoïste de sa part.

De l'eau gronda dans un conduit dans le mur de la cellule. Ou était-ce plutôt dans la tête de Gesine ? Elle se boucha les oreilles et enfouit son visage entre ses genoux. Des points clairs dansaient sur sa rétine. Des illusions, des stimuli faussement interprétés par son cerveau.

Elle se leva. Pouvait-elle se le permettre ? perdre la raison pile en ce moment ? faire preuve de docilité ? obéir alors qu'on l'enfermait ?

Elle martela contre la porte. Qui s'ouvrit quelques secondes plus tard.

— Nous venions justement vous chercher, madame Cordes. L'inspectrice Olbert aimerait parler avec vous.

— Je décide moi-même avec qui je parle.

— Vous en discuterez avec elle, en personne.

Marina Olbert était tirée à quatre épingles. Ses cheveux blonds venaient juste d'être coiffés, sa chemise sombre ne semblait pas accuser le moindre pli. Aucune trace de sa participation récente à une pénible et longue recherche dans les prés.

— Ce n'est pas depuis votre chaise de bureau que vous trouverez Marta et Frida, fit Gesine en s'asseyant face à elle.

— Vous avez raison, madame Cordes. Mais, aujourd'hui, j'ai l'impression d'être à la pêche. Dès que je sors à l'extérieur, j'attrape un gros poisson que je dois rapporter au commissariat avant de pouvoir continuer.

— Je ne vous laisserai pas me qualifier de gros poisson, inspectrice Olbert.

— Parlons alors d'une prise accidentelle. Et, d'ailleurs, je ne parle pas que de vous.

Un dossier était posé sur la table. Le carton bleu étincelait. Olbert posa ses mains dessus et, l'espace d'un instant, ferma les yeux. Gesine attendit l'habituel sourire malicieux, mais il ne vint pas.

Silence absolu dans la pièce.

Puis Marina Olbert chercha quelque chose sous la table et exhiba aussitôt un sachet en plastique transparent. À l'intérieur se trouvaient quelques fleurs fanées.

— Nous avons trouvé ce bouquet sur la voie ferrée.

Elle posa le sachet sur le dossier.

— De l'échinacée. (Gesine tendit la main mais ne toucha pas le sachet.) Où exactement sur la voie ferrée ?

— Là où Mareike Alvarez a trouvé la mort.

Le pouls de Gesine s'accéléra.

— Hot Papaya, dit-elle. Une hybride particulière.

— Où trouve-t-on de telles fleurs ?

— Dans le commerce spécialisé. Et il en pousse dans le jardin de Juan.

Marina Olbert chercha de nouveau sous la table et sortit un deuxième sachet de fleurs.

— La même espèce, mais ce bouquet-ci, nous l'avons trouvé sur la tombe de votre sœur.

— Quand ?

— À l'instant.

— Mais il n'y avait pas de fleurs dessus cette nuit.

— C'est ce que j'ai supposé. Frida et Marta ont dû retourner au cimetière aujourd'hui.

Gesine essaya de mettre de l'ordre dans ses pensées. N'était-ce pas une lueur d'espoir ? Un bon signe que les fillettes aient cueilli des fleurs pour les amener à Mareike ?

Olbert tapota le sac du doigt.

— On pourrait dire que vos nièces suivent le chemin de leur mère. Elles semblent valider des étapes. D'abord les rails, puis la tombe. Mais où vont-elles ensuite ?

— Je ne sais pas. Voir leurs grands-parents, Renate et Richard Augenthaler, peut-être ?

— Madame Cordes, vous avez dit à M. Alvarez qu'à présent, les jumelles savent qui vous êtes. Vous leur avez donc parlé de votre fils Philipp la nuit dernière. Est-ce correct ?

— Oui.

— Comment ont-elles réagi ?

— Très calmement. (Non, ça n'était pas vrai.) Dans tous les cas, elles n'ont pas réagi comme je m'y attendais.

— Soyez plus précise, s'il vous plaît.

Gesine sentit poindre une résistance à l'intérieur.

— Je pensais qu'elles allaient s'énerver parce qu'on leur avait caché cette histoire. Je pensais qu'elles allaient me reprocher de leur avoir menti, mais elles ne l'ont pas fait.

— Qu'ont-elles dit alors ?

Marina Olbert attendait. Très têtue.

— Frida a pleuré. Elle avait de la compassion pour sa mère. Et aussi pour mon fils Philipp.

— Et pour vous ?

— Je ne sais pas.

— Bien. Frida a donc pleuré tout le monde. Mareike, vous et votre fils.

La résistance s'accentua. Olbert ne savait absolument pas ce dont elle parlait. Elle n'avait ni l'expérience des enfants ni celle du deuil. Sans même parler du ciel étoilé.

Gesine devant la tombe de Mareike avec les fillettes. Tout près de leurs pieds, la tache sombre où le lapin avait été enterré. Frida et Marta s'étaient glissées à sa gauche et à sa droite, leurs voix douces et chaudes de fatigue et de tendresse, et Gesine avait laissé faire, laissé aller. Peut-être avait-elle commis une erreur, et le prix à payer avait été presque immédiat. Jusqu'alors oppressée de l'intérieur et de l'extérieur, Gesine souhaitait à tout prix dissimuler son angoisse pour ne pas effrayer les enfants. Mais cette angoisse avait enflé cette nuit-là, jusqu'à lui nouer la gorge si brutalement que Gesine s'était retrouvée à haleter pour éviter de crier. Elle avait ouvert grand la bouche, avait porté ses deux mains à son col et la peur avait subitement disparu. Elle l'avait tout simplement lâchée. Elle était retournée se nicher plus loin, la laissant tranquille pour l'instant. « Enfin la paix », avait-elle alors pensé.

— Nous étions détendues, dit Gesine. Après que j'ai tout raconté aux filles, nous avons regardé les étoiles. Nous nous sommes dit que nous aimerions toutes les trois découvrir le responsable de la mort de Mareike, et j'ai promis de m'en occuper.

— Merveilleux, dit Olbert.

— Nous sommes rentrées à la maison de Frida et de Marta et elles m'ont expliqué comment je devais les coucher.

— Un vrai programme de maman.

— Non, c'était un jeu. Je devais les border. Elles voulaient se sentir comme des baguettes dans leurs lits, que j'aurais emballées en les serrant très fort.

Les mains de Gesine tremblaient.

— Un programme de maman, c'est bien ce que je dis. Et à la fin tout le monde vécut heureux avec beaucoup d'enfants. Mais quand les enfants se sont réveillées ce matin, la tristesse était de retour. Donc elles sont d'abord allées voir leur mère, sur les rails et sur sa tombe. Et, maintenant, c'est peut-être vous qui êtes sur la liste, madame Cordes, vous ou votre fils.

— Les filles n'étaient pas chez moi. Pour la millième fois.

— La tombe de votre fils est-elle facile à trouver ?

— Comment Frida et Marta pourraient-elles savoir que la tombe de Philipp se trouve dans le cimetière-est ?

— Ah oui, c'est vrai. (Les lèvres d'Olbert se pincèrent.) On n'a rien dit aux enfants.

— Votre remarque est injuste.

— C'est votre résistance qui est injuste, madame Cordes ! tonna Olbert. Ce sont des petites filles inexpérimentées. Elles ne s'intéressent pas aux différents types d'obsèques ni à l'organisation d'un cimetière, et elles ne sont pas au courant non plus de la rumeur qui dit que Philipp aurait été enterré anonymement. Tout est simple comme bonjour dans le monde de Frida et de Marta, donc elles vont chercher la tombe de votre fils ! Répondez à ma question : est-elle facile à trouver ?

Gesine se leva. Carré A, les tombes d'enfant avec les poupées, les jouets de toutes les couleurs, les livres d'images, les bougies. Frida et Marta qui se faufilaient de concession en concession. Mais à quoi ressemblait la tombe de Philipp en ce moment ? Plutôt colorée ? simple ?

Elle dut s'y reprendre à deux fois avant de répondre :

— Je ne sais pas, madame Olbert.

L'enquêtrice fit claquer sa langue contre son palais et fronça les sourcils. Brusquement épuisée, Gesine tâtonna pour retrouver sa chaise.

— Il y a une petite croix de bois sur la tombe, dit-elle. Sa date de naissance et sa date de mort y sont gravées. Et son prénom.

— Philipp est un prénom courant, mais Frida et Marta pourraient reconnaître sa tombe à l'aide des dates.

— La croix doit être en mauvais état aujourd'hui. C'était un modèle simple en pin. Laqué, mais il a dû se fissurer avec le temps.

Marina Olbert se tut. Lorsqu'elle reprit la parole, sa voix s'était assombrie.

— Avez-vous le numéro de la tombe en tête, par hasard ? J'aimerais vraiment faire une vérification ciblée.

— Vous cherchez d'autres fleurs ?

— Par exemple.

Gesine lui dit le numéro, A-117. A désignant le carré des tombes d'enfants, et le 117 indiquant que la tombe se trouvait dans la partie ancienne du carré. Ainsi l'expliqua-t-elle.

— Merci.

Marina Olbert nota les informations dans son portable.

— Avez-vous déjà fouillé la chambre de Frida et de Marta ? demanda Gesine.

— Bien entendu, mais ça ne nous a pas beaucoup avancés. Il manque juste deux peluches.

— La souris de la télé et un crocodile vert ?

L'estomac de Gesine se noua rien qu'à y penser.

— Oui, répondit Marina Olbert. Vous êtes vraiment à la page.

Gesine eut un geste d'impatience.

— Vous devriez aussi aller voir du côté de mon père.

— Nous sommes en train.

— Il avait une relation tendue avec Martin Braumüller.

— Que voulez-vous dire par là ?

— Braumüller a parlé avec mon père au début de l'année et lui a annoncé que Mareike voulait se réconcilier avec moi. Cette idée de réconciliation n'aurait absolument pas plu à mon père.

— Et d'où tenez-vous cela ?

— De Braumüller en personne. Il avait mauvaise conscience. Il pensait qu'il avait pu provoquer la mort de Mareike par ses bavardages.

Olbert la fixa.

— Braumüller a affirmé que votre père a tué Mareike Alvarez ?

— Pas aussi clairement.

— Mais quel est le rapport avec la disparition des enfants ?

— Ce sont toujours les mêmes personnes qui sont impliquées. Je trouve ça frappant.

Marina Augenthaler leva le sourcil de manière à peine perceptible.

— Et je trouve dommage d'apprendre vos découvertes sur Braumüller aussi tard.

— Je vous aurais bien raconté tout ça hier, quand nous avons découvert son corps au cimetière.

— Hier aussi, c'était trop tard.

L'enquêtrice mit de côté les deux sachets de fleurs. Elle semblait mécontente, on aurait dit qu'elle se débattait avec une pensée. Elle finit par soupirer et ouvrir le dossier qui se trouvait devant elle. Elle en sortit quelques feuilles de papier et les tendit par-dessus la table. Gesine ne les prit qu'avec hésitation. Il s'agissait d'une liste imprimée très exhaustive, mais le sujet Braumüller ne devait pas être clos pour autant. Il fallait encore qu'elle raconte que Braumüller était amoureux de Mareike, et elle voulait également aborder le sujet Lasse Johannsen, surtout la liaison qu'il aurait eue avec Mareike des années plus tôt.

Mais elle lut le titre de la liste et fut saisie d'effroi. Une énumération de débris et de fragments de toutes sortes. Plusieurs pages de liste, complétées au stylo à bille, des annotations atroces. Olbert avait-elle vraiment le droit de lui montrer tout ça ?

L'enquêtrice recula sa chaise et alla se poster près de la fenêtre, tournant le dos à Gesine. Elle faisait preuve de tact, ou bien comptait-elle sur l'effet du choc ?

Une énumération des débris et des fragments de toutes sortes qui avaient été trouvés sur les rails et près des rails. Sur Mareike et près de Mareike. Ou encore à l'intérieur d'elle. Un inventaire de sa mort. Des parties du corps, des bouts de viscères que l'on n'avait pas pu identifier tout de suite.

Mareike.

Sectionnée par les roues d'acier du train. En partie écrasée sur les voies, en partie entraînée par la machine, en partie éjectée sur les côtés.

Mareike ?

Gesine étala la liste sur la table, disposant les feuilles les unes à côté des autres. Elle n'avait plus l'habitude de lire des procès-verbaux de scènes de crime. Mais d'un autre côté, elle avait toujours l'habitude de s'aider elle-même.

— Est-ce une copie ? demanda-t-elle d'une voix rauque.

— Bien sûr, répondit doucement Marina Olbert.

— Donnez-moi un stylo. Un feutre, s'il vous plaît.

Gesine raya ligne après ligne. Cerveau, un pied. Un bras. Tout ce qui avait à voir avec le corps de Mareike devint illisible, et à chaque trait qu'elle tirait, elle se sentait mieux. Ce n'était pas Mareike. C'étaient les ravages que l'assassin avait laissés derrière lui.

Il restait des vêtements. Des lambeaux de vêtements. Des éclats de porcelaine, une cuillère. Une chaussure intacte. Les débris d'un bracelet-montre. Une alliance en état irréprochable. Les restes d'une paire de lunettes.

Elle s'arrêta.

— Êtes-vous certaine que ces lunettes appartenaient à ma sœur ?

— Mais oui.

— Ma sœur était myope comme moi. Or ces verres n'ont pas de dioptrie.

— C'étaient des lunettes pour lire. Votre sœur n'avait pas besoin de verres correcteurs pour lire.

— C'étaient donc des lunettes superflues ?

— Oui et non. Il s'agissait de lunettes de lecture éclairantes à verres réfléchissants.

— Je ne comprends pas.

— Regardez ici. (Marina Olbert fit le tour de la table et se pencha sur la feuille, au-dessus de Gesine.) Il y a des diodes électroluminescentes dans les charnières des lunettes. Votre sœur ne voulait pas déranger son mari en lisant le soir au lit. Elle éteignait la lampe de chevet et utilisait ces lunettes. Une lumière discrète qui ciblait les pages du livre.

— Juan Alvarez vous l'a confirmé ?

— Naturellement. Mais comme on peut acheter ce genre de lunettes à tous les coins de rue, je lui ai présenté un des fragments originaux. Il a pu les identifier sans hésitation car, un jour, il avait gravé par plaisanterie un cœur dans la branche.

— Et avez-vous trouvé une deuxième monture sur les voies, les lunettes normales que ma sœur utilisait parfois ?

— Non. (Olbert s'assit sur la chaise libre à côté de Gesine.) Réfléchissons maintenant à ce que cela signifie.

Premièrement, cela signifiait que Mareike avait mis ses lentilles de contact en pleine nuit. Deuxièmement, il ne fallait surtout pas se demander pourquoi les lentilles de contact ne faisaient pas partie de la liste. Dans quel état avait été retrouvée la tête du cadavre ?

— Aimeriez-vous voir le rapport d'autopsie ? demanda Olbert, comme si elle avait deviné les pensées de Gesine.

— Ma sœur n'est pas sortie de la maison sur une impulsion, répondit sèchement Gesine, sinon elle aurait mis ses lunettes de vue et ne se serait pas donné la peine de mettre ses lentilles. De plus, elle a délibérément pris les lunettes de lecture qui restaient sur sa table de nuit en temps normal.

— Oui, ce qui veut dire que votre sœur a pris plusieurs dispositions avant d'aller près de la voie ferrée.

— Elle s'est préparée à éclairer quelque chose dans l'obscurité. Peut-être à lire quelque chose.

— Pourquoi est-ce qu'elle n'a pas pris de lampe de poche ? Ce n'aurait pas été si compliqué.

— Supposons qu'elle ait rencontré quelqu'un qui lui a amené quelque chose à lire. Elle a pris le papier d'une main et a utilisé la lumière des lunettes. Sa deuxième main était libre. Voilà. Elle préférait ça plutôt que de devoir tenir une lampe de poche en plus.

— Parce que votre sœur était sur ses gardes ? réfléchit Marina Olbert. Parce qu'elle voulait maintenir son interlocuteur à distance avec l'autre main ?

Gesine quitta la table. Elle avait besoin d'être en mouvement pour penser.

— Mareike traverse le champ, dit-elle. Dans l'obscurité. Elle a rendez-vous avec quelqu'un. Avec quelqu'un qu'elle ne peut voir qu'en cachette.

— Martin Braumüller ? suggéra Marina Olbert.

— Non. Lui, elle le voit tous les jours. Ce doit être quelqu'un avec qui on n'a pas l'habitude de la voir, d'où le rendez-vous secret dans le noir de l'autre côté du lotissement.

Lasse Johannsen, pensa Gesine. Le vieil ami. Mareike le voyait presque tous les jours avant, mais aujourd'hui ce n'était plus possible après toutes les choses horribles qui étaient arrivées.

— Pensez-vous à quelqu'un de particulier ? voulut savoir Olbert.

Mais Gesine se tut.

Lasse. Sa liaison secrète avec Mareike, des années plus tôt. De l'extérieur, pour les collègues et amis, les apparences laissaient penser qu'il n'avait pas la moindre chance avec elle, tant elle le prenait de haut. Il ne lui en tenait jamais rigueur cependant, et se comportait comme un gentil mouton quand elle interrompait leur discussion pour maquiller les lèvres de sa petite sœur Gesine, par exemple.

Olbert se racla la gorge.

— Mareike se trouve donc à proximité de la voie ferrée. L'inconnu, homme ou femme, arrive. Un document va être lu. Un document qui tient à cœur à Mareike. Car elle s'est tirée du lit malgré son anniversaire de mariage.

Gesine plissa les yeux.

— Faux. Il ne faut pas poser cet acte en contradiction avec la date. Mareike a intentionnellement choisi le jour de son anniversaire de mariage pour le rendez-vous secret, parce qu'elle souhaitait en faire un signe fort. Elle veut un nouveau départ.

— Vous pensez donc à une liaison ?

— Une liaison n'aurait pas été un nouveau départ pour Mareike. Je pense à un rendez-vous avec quelqu'un qui devait remettre de l'ordre dans sa vie.

— Mais, pour elle, le désordre principal résidait dans la brouille avec vous, madame Cordes.

— C'est pour ça qu'elle a vu quelqu'un qui devait l'aider à résoudre ce problème. Mais elle était méfiante aussi. Elle avait besoin de garder libre l'une de ses deux mains.

Un film défila devant les yeux de Gesine. Mareike qui s'était usée dans les dernières semaines de sa vie. Qui s'était imaginé pouvoir tout réparer. Qui souhaitait du fond du cœur se retrouver devant Gesine et lui demander pardon. Mais comment Gesine aurait-elle réagi ? Il aurait fallu lui apporter quelque chose qui la rendrait plus clémente ? Le récit d'un témoin de l'époque qui déchargeait Mareike de toute responsabilité. Un document, écrit par Lasse Johannsen par exemple, qui savait quelque chose sur la mort de Philipp qu'il n'avait jamais dévoilé jusqu'alors.

Marina Olbert semblait également suivre un film.

— Une dispute a peut-être éclaté sur les voies. La personne inconnue avec qui Mareike avait rendez-vous n'a pas apporté le bon document.

— Ou la personne n'a pas sorti le document car Mareike ne voulait rien donner en échange.

— Bien vu.

— Je ne sais pas. (Gesine réfléchissait.) Ça donne l'impression qu'on aurait dû arriver à cette conclusion depuis longtemps. Où est le hic ?

— Le hic c'est le désir de réconciliation de Mareike. (Olbert rejeta ses cheveux en arrière.) Jusqu'à présent, c'était difficile d'appréhender ce désir dans son ampleur réelle.

— Pas du tout. (Gesine prit la liste sur la table et la feuilleta à nouveau.) On n'en sait pas assez. Ce document a-t-il réellement existé ? Que contenait-il ? Aucune trace de lui n'a été trouvée sur les voies.

Mais si le document provenait réellement de Lasse Johannsen et qu'il était reparti avec ? Qui était l'assassin de Mareike ? Lasse lui-même, ou celui dont il était question dans le document ?

Olbert replaça la liste dans le dossier.

— Vous m'avez beaucoup aidée, madame Cordes. Je vous remercie.

Gesine hocha la tête.

— Je dois y aller maintenant.

— Oh non, je le crains, répondit Olbert. J'en suis désolée. (Elle ouvrit la porte, et avant même que Gesine comprenne ce qui lui arrivait, elle fit signe à un agent de la reconduire en cellule.) Vous pouvez commencer par amener Mme Cordes aux toilettes des visiteurs. Elle n'est plus seule dans sa cellule à présent.

Dix ans plus tôt

Gesine qui avait toujours aimé son travail à la brigade criminelle. Du côté de la loi.

— Pourquoi n'y a-t-il pas d'enquête sur la mort de Philipp ?

— On a déjà fait l'enquête.

Lasse Johannsen, assis dans le salon comme tant de fois auparavant.

— Pourquoi l'accordeur que tu as acheté pour la guitare de Mareike était-il dans le cabanon ?

— L'accordeur se trouve dans mon bureau.

— C'est un autre accordeur qui était dans le cabanon, intervient Richard Augenthaler.

Richard et Renate assis sur le canapé, main dans la main.

Klaus et Gesine raides comme des piquets près de la porte du salon, main dans la main eux aussi.

Mareike seule dans le grand fauteuil près de la fenêtre.

— Chacun porte une part de responsabilité, dit Renate. Une mère ne met pas de plante toxique près de sa terrasse.

Klaus qui pétrit les doigts de Gesine.

— Les mères n'ont pas le monopole de la sagesse, Renate.

Renate qui regarde Richard. Richard qui frotte le tapis du bout de ses chaussettes.

— J'ai le pouvoir de faire acte d'autorité en tant que doyen, dit-il. Je ne permettrai pas que notre famille soit déchirée par une action en justice. Nous sommes solidaires dans le deuil.

Gesine qui pleure.

— Je veux la justice.

La parole d'autorité agissant sur Gesine comme un rouleau compresseur.

— Il n'y a pas de justice quand un enfant meurt. Rien ne peut jamais être réparé par aucun tribunal au monde.

Mareike qui se balance dans le fauteuil.

— Peut-être ce n'est pas la justice qu'il te faut, Gesine, mais la vérité ? (Mareike que l'on comprend à peine.) Demande ici et maintenant à chacun des présents quelle est sa responsabilité personnelle dans la mort de Philipp. Et que chacun te réponde en toute bonne conscience.

— Mais nous étions juste assis devant le téléphone, s'écrie Renate.

— Ce n'est pas possible, la coupe Lasse. Vous allez déchirer votre famille, et à la fin il ne restera plus rien du tout. Plus aucune relation les uns avec les autres, et plus de travail non plus, car les collègues seront au courant de tout, de votre responsabilité à chacun, du fait que vous vous êtes tous entredéchirés. Et Philipp n'en ressuscitera pas pour autant.

Klaus qui lâche les doigts de Gesine.

— Ma contribution à sa mort, ce sont mes heures supplémentaires. Et maintenant ? Comment vivre avec ça ?

Gesine qui a froid. Qui sort sur la terrasse, où le parterre a été transformé en fosse.

Les derniers bouts de racine de l'aconit, déterrés et brûlés. La fosse sèche, le sol perméable, mais pas assez perméable.

24

— Je n'ai pas peur de toi.

Richard Augenthaler était appuyé contre le mur de la cellule. Les mains dans les poches du pantalon, les jambes écartées à largeur des épaules. Polo vert, cheveux blancs sur les carreaux blancs, bouche rouge sang.

Gesine s'assit sur la couchette. Le similicuir couinait sous ses fesses au moindre mouvement.

— Tu penses que tu vas t'en tirer sans dommage, dit-elle. Comme toujours.

La fenêtre ne semblait plus donner sur rien à présent. L'air était comme du papier. Pas bleu, pas gris, sans profondeur. La cellule était comme une scène sur laquelle on faisait comme si tout était en train de se jouer.

— Sais-tu où sont Frida et Marta ?

Gesine dut faire un effort pour poser la question.

— Non. Je ne les ai pas vues depuis longtemps.

— Est-ce que tu as poussé Mareike sur les voies ? enchaîna-t-elle, sans nourrir d'espoir sur l'honnêteté de la réponse en retour.

— Non. (Richard Augenthaler regardait lui aussi la fenêtre à présent.) Mais Mareike m'a tout raconté, quelques jours avant sa mort.

— Tout quoi ?

— Ce qui s'est passé entre vous. Pourquoi vous vous êtes vues.

Gesine recula tout au fond de la couchette, jusqu'à sentir le mur dans son dos. D'ordinaire, elle aurait présenté à son père les raisons pour lesquelles il se trompait. Qu'elle n'avait pas vu Mareike depuis dix ans. Mais lui pointer ses erreurs de jugement n'avait plus aucun sens. C'était du gaspillage d'énergie.

Étudier la liste d'Olbert et la mettre sur la bonne voie n'avait pas eu beaucoup de sens non plus. Si l'espace d'un instant, l'enquêtrice avait fait mine d'être intéressée par la manière dont Gesine voyait les choses, ce n'était plus le cas à présent.

— Ne me regarde pas comme ça. (Richard Augenthaler changea de jambe d'appui.) Ou bien dois-je présumer que tu es en garde à vue sans aucune raison ?

— Et pourquoi tu es là, toi ?

— Je pense que je suis là pour te tirer les vers du nez. Il est plus que probable que la commissaire nous observe.

— Elle ne s'intéresse pas du tout à nous. Et, d'ailleurs, j'espère qu'elle est plutôt à la recherche des jumelles.

Il écumait de colère.

— Je maudis le jour où Mareike a décidé de quitter l'Espagne pour revenir en Allemagne.

— Si tu veux. (Gesine prit la couverture grise au bout de la couchette pour l'enrouler autour de ses reins.) Pourtant tu as accueilli Mareike à bras ouverts. Tu lui as même acheté une maison pour qu'elle puisse se sentir bien dans sa ville natale.

— Et à quoi ça a servi ? À rien. Maintenant les jumelles ont disparu à leur tour et pour couronner le tout, je dois partager une cellule avec toi, comme si j'étais aussi coupable que toi.

— Je suis désolée que tu n'arrives pas à apprécier ma présence.

— Tu n'as pas du tout besoin d'être aussi arrogante. Tu es seule responsable du fait qu'on ne voulait plus rien avoir à faire avec toi.

— J'allais très bien ces dernières années, sans maman et sans toi.

— Mais tu dépendais encore de moi quand les vaches ont failli te piétiner à mort dans l'étable.

— Tu ne peux quand même pas être sérieux.

Son père l'examina.

— En voyant tout ce sang, j'ai très franchement pensé que c'était une compensation pour ce que tu as fait à Mareike. Pourtant il fallait quand même que je t'aide. On reste père toute sa vie.

Gesine glissa ses mains sous son corps.

— Sans toi, je ne me serais jamais retrouvée dans cette situation, tu en conviendras.

— Sans toi, moi non plus, Gesine.

— Et puis-je savoir pourquoi tu as volé mon carnet de notes ?

— Est-ce que je pouvais savoir que c'étaient tes propres notes ?

— Quelles notes pensais-tu donc trouver dans mon camping-car ?

— Ne sois pas stupide. Lasse Johannsen m'a dit que tu avais récupéré toutes les affaires de Mareike qui te sont passées entre les mains.

— Des notes de Mareike ? Chez moi ?

— Sans oublier les photos. Les barbecues datent d'il y a plus de dix ans, mais tu essaies toujours de coincer Lasse et Mareike avec.

Des photos. Et des notes pour lesquelles son père avait été jusqu'à cambrioler. Peut-être étaient-ce les mêmes notes qui devaient être lues près de la voie ferrée la nuit de la mort de Mareike. Mais quel rapport avec son père, et quel rôle jouaient Lasse et les barbecues là-dedans ? Pourquoi fallait-il toujours qu'on revienne dix ans en arrière ?

Son père se mit à marcher en long et en large.

— Jan aurait dû empêcher Mareike de rentrer en Allemagne. Je l'ai prévenu que les vieilles histoires pouvaient refaire surface, mais il n'a rien voulu entendre.

— Il s'appelle Juan.

— C'est un nul. Il ne comprend rien à notre famille.

Ses pas résonnaient sur le carrelage avec insistance. La peau pâle de ses pieds luisait à travers le cuir tressé de ses chaussures. Ses lacets étaient tellement propres qu'ils avaient l'air neuf.

Gesine rejeta la couverture d'un coup et se remit sur le bord de la couchette. Elle avait peu d'options à sa disposition, mais elle pouvait toujours faire des rapprochements. Entre la recherche des notes de Mareike et le rendez-vous mortel sur les rails. Entre l'agitation de son père et la mort de Philipp.

— Papa. (Gesine parlait sur un ton ostensiblement calme.) Tu penses que j'ai poussé Mareike sous le train. Mais, maintenant, tu devrais reconnaître que plusieurs éléments plaident en faveur du contraire.

— Selon Lasse Johannsen, l'enquête a montré que Mareike s'est suicidée. Or ça ne lui ressemble pas.

— Tu vois, nous sommes au moins d'accord sur un point.

— Mais Lasse Johannsen m'a aussi révélé à quel point tu es suspecte. Malgré tout, Gesine.

— Il veut te monter contre moi.

— Il n'a pas besoin de faire ça. De toute manière, j'ai toujours mis Mareike en garde contre toi.

— Tu ne voulais pas qu'elle s'explique avec moi ou même qu'on se réconcilie.

Il fit un geste de déni, mais ses pas ralentirent. Il resserra les épaules comme quelqu'un à l'affût. Il était temps pour Gesine d'être plus concrète.

— Où étais-tu quand mon fils est mort, papa ?

— Ah ! (Il eut un rire faux.) L'accusatrice est de retour ? Tu vas m'attaquer, comme à la pépinière ?

— Tu n'étais pas devant le téléphone comme tu l'as dit à l'époque.

— D'où prétends-tu savoir ça ?

— Je suppose que Mareike savait quelque chose qu'elle voulait enfin faire connaître au grand jour.

— Ne te permets pas de parler au nom de Mareike maintenant, s'il te plaît.

— Alors réponds à ma question : où étais-tu réellement cet après-midi-là ?

Il s'arrêta de marcher.

— Et toi, où étais-tu, Gesine ? demanda-t-il sévèrement.

— Pardon ?

— Si tu ne t'étais pas autant concentrée sur ta carrière, tu aurais pu t'occuper toi-même de Philipp.

— Je me suis occupée de lui. J'ai organisé sa garde, et ce sans la moindre faille.

Son père écumait mais quelque chose travaillait dans sa tête, quelque chose qui le mettait à rude épreuve. Il fit soudain un grand pas en direction de Gesine. Elle sentit son haleine, il n'avait manifestement rien mangé depuis un moment. Mais il se taisait.

— C'est à peine croyable que Philipp t'ait appelé Papy, le fustigea-t-elle. Mon Papy ! C'était pour lui une telle évidence de s'accrocher à toi quand vous vous promeniez.

Il la considéra sans rien dire, puis il s'éloigna à nouveau. Le tressage de cuir de ses chaussures grinçait et Gesine serra les poings.

— Il prenait ton pouce, papa, de la même façon qu'il prenait le mien quand nous étions en balade. Contrairement à toi, je n'oublierai jamais la sensation que ça me procurait.

— Tu n'as pas la moindre idée de ce que j'ai oublié et de ce dont je me souviens, répondit-il d'un coup. Et tu ne sais pas à quel point je me suis occupé de lui !

— Tu t'es occupé de lui !

— Oui. Ton fils et moi, on s'entendait bien. Il faudra que tu finisses par l'accepter. Il aimait passer du temps avec moi.

— Et quand était-ce ?

— Tu vois. Tu ne t'en es même pas aperçue parce que tu n'avais que le commissariat en tête.

— Et, une fois de plus, tu ne réponds pas à ma question.

— Je n'accepterai pas qu'on médise de moi. J'ai toujours été bon avec Philipp.

— Non. Sinon tu serais de son côté et tu serais sincère au lieu de dire n'importe quoi.

Il revint vers la couchette.

— Je suis allé manger une glace avec lui.

— Qu'est-ce que ça veut dire ?

— Son dernier après-midi. Je suis parti avec lui faire un tour à la campagne, ce que tu n'as jamais réussi à faire en tant que mère.

Le choc assaillit Gesine avec une grande violence. Ses oreilles se bouchèrent. Elle vit ses mains s'enfoncer dans la couverture. Elle sentit sa bouche s'ouvrir et son dos s'affaisser.

Son père se retira au fond de la cellule.

— Aucune importance, de toute manière, dit-il, mais elle l'entendait comme s'il était sous l'eau.

Il appuya ses bras contre les carreaux, le visage tourné vers le mur.

— Mareike est allée le chercher à la crèche comme prévu. Mais après elle avait quelque chose à faire, donc je lui ai donné un coup de main.

— Je n'ai jamais entendu parler de ça. Jamais !

— Ça n'aurait pas été agréable à entendre pour toi. Car le problème, cet après-midi-là, c'était que tu n'avais pas bien élevé ton fils.

— Qu'est-ce que tu veux dire ?

Son père fit tomber sa tête en avant et se lança dans une série de pompes, comme pour un exercice de gymnastique.

— Je suis allé chercher Philipp chez vous, à la maison, et je suis parti avec lui dans les collines. (Il fit une pause.) Je lui ai mis mon chapeau que je lui ai attaché sous le menton car on a roulé avec la capote ouverte.

— Continue.

— De la glace au chocolat. Philipp voulait trois boules, mais tout ce qu'il a fait, c'était en mettre partout. Et quand je l'ai rappelé à l'ordre, il a été se jeter aux pieds de la serveuse. Le plateau est tombé. Encore plus de saletés. Tout le monde nous regardait.

Se lever. Frapper son père dans le dos. Mais Gesine ne savait pas si ses jambes allaient la porter.

— Il n'avait que deux ans et demi, dit-elle d'une voix rauque.

— Je ne l'ai pas beaucoup grondé non plus. Je l'ai installé dans la voiture et je suis rentré. Il a crié en réclamant sa maman pendant tout le trajet, mais tu n'avais pas le temps.

Son père expira bruyamment contre les carreaux. Gesine se leva.

— Et après ? demanda-t-elle.

— Je me suis arrêté devant l'allée de votre maison, et je l'avais à peine détaché de son siège qu'il a joué des coudes pour passer et qu'il a couru dans le jardin. En faisant le tour de la maison.

— Tu ne l'as pas suivi ?

— Je savais que Mareike était chez toi et qu'elle l'accueillerait.

— Tu l'as tout simplement laissé tout seul, comme ça ?

— Bien sûr que non.

Il retira ses mains du mur.

— Le moteur tournait toujours. J'ai roulé jusqu'au croisement suivant. Et après j'ai remarqué que je me faisais du souci. Du souci !

Il se retourna, et elle dut s'asseoir à nouveau. La tête qu'il faisait ! Il regardait autour de lui comme s'il pouvait trouver de l'aide quelque part. Mais il n'y avait rien ici. Rien pour lui, rien pour elle.

— Et après ?

Il posa son regard sur la cuvette en métal des W.-C.

— J'ai envoyé un texto à Mareike dans la voiture. « Est-ce que tout va bien chez vous ? », voilà ce que je lui ai demandé.

— Est-ce qu'elle a répondu ?

— Oui. Elle n'a écrit qu'un seul mot : Oui !

Rester assise, enregistrer, tout comprendre. Tout va bien ? Ça va chez vous ? Tout va bien. Chez nous.

Un malentendu ? Mareike avait-elle compris de qui son père demandait des nouvelles ? Avait-elle de la visite ? Le terme « vous » pouvait se rapporter à n'importe qui, pas seulement à Mareike et à Philipp.

Philipp qui avait fait le tour de la maison et qui était arrivé dans le jardin. Seul. Pas de maman en vue, pas de Mareike. Mais Philipp qui n'appelait personne, qui restait silencieux. Qui avait honte parce qu'il avait énervé Papy au glacier. Qui voulait prouver a posteriori qu'il savait bien se comporter et qu'il était capable de manger proprement. Papy devait voir comme il était sage.

Philipp qui avait amené sur la terrasse la cuillère au manche de porcelaine et l'assiette en plastique rouge. Qui avait cueilli la fleur-prune que maman venait tout juste d'acheter. Séparer les pétales, les écraser puis les manger très proprement. Tout réparer pour que plus personne ne crie.

Était-il mort rapidement ?

Et Mareike qui était assise dans le cabanon avec quelqu'un d'autre à ce moment-là. *Tout va bien ?* Pour Mareike et son visiteur, oui.

Les carreaux se brouillèrent devant les yeux de Gesine. Elle porta la main à sa tête. Son père s'approcha d'elle.

— De quoi suis-je coupable, Gesine ? À part de ne t'avoir jamais parlé de cette sortie ?

— Tu aurais dû suivre Philipp dans le jardin.

— Après le texto, je suis parti du principe que Mareike était avec lui.

— Et où était-elle vraiment ? Avec qui était-elle dans le cabanon ? Est-ce que c'est vrai ce que tu racontes ?

Mais oui, c'était vrai ! Et c'était pour ça que son père n'avait pas voulu que Mareike se réconcilie avec Gesine. Il voulait absolument empêcher que ses erreurs apparaissent au grand jour. Empêcher que, dix ans après, quelqu'un le montre du doigt et l'accuse.

Et pourquoi Mareike ne l'avait-elle jamais trahi ? Pourquoi avait-elle tout pris sur ses propres épaules, y compris la haine et le mépris de sa sœur Gesine ?

— Ce n'est pas encore toute la vérité, papa, n'est-ce pas ? Il y a encore quelque chose que je ne sais pas. Quelque chose qui t'a permis de faire taire Mareike ?

— N'importe quoi. (Il gonfla les joues comme s'il devait préparer sa réponse.) Pour dire les choses comme elles sont, je suis allé manger une glace avec ton fils et tu as planté un aconit à côté de ta terrasse.

Les mains de Gesine s'enflammèrent et se mirent à cogner contre la poitrine de Richard. Il tituba, agita les bras pour s'accrocher à quelque chose. L'arrière de sa tête vint heurter les carreaux. Il s'effondra au sol et resta allongé de tout son long.

Un mélodrame ?

Gesine marcha avec raideur depuis la couchette. Son père bougeait, ses yeux écarquillés cherchaient à s'orienter dans la pièce. Il allait certainement se mettre à pousser des râles ou alors à hurler de manière théâtrale. Elle leva les bras en l'air par prudence, afin que tout le monde puisse voir qu'elle ne s'acharnait pas sur lui.

Mais rien. Pas un cri, pas un râle. Ses lèvres rouges s'ouvraient et se refermaient sans émettre le moindre son, et tout à coup ses yeux se remplirent de larmes.

Elle se pencha sur lui, toujours sur ses gardes, et remarqua qu'il transpirait. Des gouttes se formaient autour des ailes de son nez, son col devenait vert sombre. Il tira sur la ceinture de son pantalon, pour mettre la main dans sa poche droite. *Aide-moi.* Cette seule parole, d'une voix étouffée.

Elle s'agenouilla. Il semblait y avoir quelque chose dont il avait besoin dans sa poche de son pantalon, mais il n'avait aucun contrôle sur ses mains tremblantes. Il leva la tête et essaya de dire quelque chose, en vain. La sueur coulait maintenant sur ses tempes. Elle mit la main dans la poche de son pantalon et en sortit un petit paquet. Du glucose sous cellophane. Richard Augenthaler faisait une crise d'hypoglycémie.

Elle lui pressa le premier morceau de sucre dans la bouche et mit le deuxième à la suite. Il les mâcha et les avala avant de vomir.

— Un médecin ! s'écria-t-elle, mais elle n'appela pas assez fort, elle s'en aperçut elle-même.

Quand elle voulut aller cogner à la porte, il attrapa sa jambe par en dessous et essaya de la retenir. Il lui tirait dessus, pourtant il se surestimait encore une fois, même dans cette situation.

— Laisse-moi là, parvint-il à articuler, comme ça on sera quittes.

Mais elle se détacha de lui pour aller chercher secours auprès des policiers.

25

Johannsen. L'étiquette collée sur la boîte aux lettres était jaunie. Lasse devait être le plus ancien locataire de l'immeuble. Deuxième étage, vue sur la cour. Il avait sans doute déjà chuchoté à beaucoup de femmes où se trouvait la cachette de la clé de son appartement.

— Au cas où tu veuilles me surprendre, avait-il dit quelques mois plus tôt en glissant la main de Marina dans la fente de la boîte aux lettres.

Le double était collé à l'intérieur du clapet à l'aide de ruban adhésif. Comme la boîte aux lettres était basse, on ne voyait rien de l'extérieur, même en soulevant le clapet.

Marina n'avait jamais utilisé cette clé, bien entendu. Mais, aujourd'hui, c'était la meilleure manière d'entrer dans l'appartement de Lasse : donner un tour privé à l'enquête plutôt que d'affoler l'ensemble du commissariat. Premièrement, on ne pouvait pas savoir si la fouille de son appartement en vaudrait la peine, et, deuxièmement, il risquait d'y avoir un collègue qui prévienne Lasse tandis qu'elle s'échinait à obtenir un mandat.

Elle gratta le scotch avec précaution et sortit la clé. L'immeuble était silencieux. Midi venait juste de sonner, les gens faisaient la sieste ou étaient au travail. Marina monta l'escalier et ouvrit la porte de Lasse.

Première mission accomplie. Elle posa son sac à main sur le sol et respira profondément par le ventre. Ce silence familier des vieux immeubles. Le couloir sans fenêtres, l'odeur de renfermé qui montait des vestes suspendues dans la penderie.

L'écran du répondeur clignotait. Deux nouveaux messages, qui étaient de Marina elle-même. Elle enleva ses chaussures, comme auparavant, mais cette fois pour éviter de faire du bruit. Lorsqu'elle s'avança sur la pointe des pieds, le plancher se mit tout de même à craquer.

Deuxième mission : se procurer des renseignements sur Lasse Johannsen. Qu'avait-il à cacher ? Qu'est-ce qui le reliait à Richard Augenthaler ? Et une question brûlante : Lasse et Richard Augenthaler s'étaient-ils croisés au cimetière par hasard, là où Braumüller avait ensuite été retrouvé mort sur le puits ? Ou avaient-ils rendez-vous ?

Les gants jetables claquèrent lorsque Marina les enfila, elle grimaça d'un air satisfait. Elle n'aurait aucune pudeur. Elle allait regarder dans les placards de Lasse, elle allait fouiller dans ses papiers et il ne pourrait rien faire.

Il avait disparu sans crier gare ce midi, alors que la recherche des enfants battait son plein. Le chef de la brigade canine avait demandé à Marina s'il devait s'inquiéter de ce que Lasse ne réponde pas au téléphone. Marina lui avait répondu par l'affirmative, elle se faisait aussi de gros soucis à son sujet. Mais, en réalité, elle avait un mauvais pressentiment, qui était tout autre. Surtout quand elle pensait aux jumelles Alvarez.

Elle commença par examiner rapidement toutes les pièces de l'appartement, juste pour calmer ses propres nerfs : personne à la maison. Puis elle s'attaqua à la cuisine.

La table était vide. Dans le lave-vaisselle se trouvait la vaisselle du petit déjeuner d'une seule personne. Une assiette vert et jaune décorée d'un coq et d'une poule, et la tasse assortie. Marina renifla la tasse et gratta de l'ongle le résidu de café qui collait au fond. Sec. Très sec. Probablement pas de ce matin.

Il n'y avait rien dans la poubelle sous l'évier. Et juste des prospectus publicitaires dans la corbeille à papier. Marina ouvrit la machine à laver. Le joint en caoutchouc et le tambour étaient humides. Lasse avait donc fait une machine peu de temps auparavant, même si rien n'était suspendu sur le petit étendoir à linge qui se trouvait sur le balcon.

Cet ordre et ce vide étaient étranges. Avant, Lasse ne s'occupait de son appartement que lorsque Marina lui annonçait sa venue, elle le savait très bien. C'était agréable de s'imaginer qu'il nettoyait le sol et remplissait le frigo pour elle. Mais que signifiait cette ambiance d'aujourd'hui, cette apparence stérile ?

À moins que Lasse entretienne une nouvelle liaison depuis quelque temps ?

Elle alla dans sa chambre à coucher. Les draps bleu foncé qu'elle connaissait bien. La petite lampe de chevet dont on pouvait faire varier l'intensité. Des chaussettes et des sous-vêtements par terre, pas les plus beaux modèles en possession de Lasse d'ailleurs. Voilà donc une chose de réglée.

Elle souleva l'oreiller, sous le coup d'une impulsion. Il y avait des mouchoirs en dessous, usagés et roulés en boule. Marina les contrôla l'un après l'autre. Humides d'un liquide clair, à d'autres endroits pleins de morve. Lasse avait dû beaucoup pleurer, ici dans son lit, et au vu de ce que Marina connaissait de lui, c'était plutôt étonnant. Elle se retira et étouffa toute forme d'empathie qui aurait pu l'assaillir.

Dans le salon se trouvait l'ordinateur. Il était protégé par un mot de passe, et il aurait été risqué de s'y essayer. Marina préféra regarder derrière le canapé. Rien. Elle feuilleta les journaux sur la table. Un magazine d'actualité, un programme de télévision, un magazine de cyclisme. Elle s'arrêta. Sur la page de titre, deux femmes en tenue légère, des cheveux blonds sous leur casque. Une revue spécialisée pour les coureurs cyclistes, le dernier numéro en date. Depuis quand Lasse s'y intéressait-il ? Ou cette revue était-elle adressée à Marina ? Une boutade parce qu'il savait qu'elle viendrait fouiller son appartement un jour ?

Elle n'osa pas s'asseoir et resta en silence à la fenêtre pour réfléchir.

Si Lasse était vraiment allé au cimetière et avait tué Braumüller, il devait être rentré chez lui pour faire disparaître certaines traces de son crime. Il avait lavé son linge et l'avait probablement étendu au grenier. Il avait nettoyé ses chaussures et avait été prendre une douche, car l'eau du puits était sale. Des algues et de la boue avaient dû gicler pendant la lutte.

Elle examina les chaussures qui étaient alignées sous la penderie. Aucune paire ne venait d'être nettoyée, les semelles n'étaient pas brossées non plus, mais Lasse était assez expérimenté pour savoir quels moyens de nettoyage attiraient une attention particulière. Il avait peut-être jeté ses chaussures.

Elle inspecta la douche. Un vieux modèle avec un filtre d'évacuation simple vissé au milieu. Elle éclaira le conduit avec la lampe de son portable. Intéressant. Elle alla chercher un tournevis dans le tiroir de la cuisine et enleva le filtre. Un peu plus bas dans le conduit était fixée une tige horizontale, et quelque chose de vert semblait coller aux poils et aux cheveux qui s'étaient emmêlés autour.

Elle retourna dans la cuisine, prit une pique à brochette et l'introduisit avec précaution dans le conduit. Les cheveux avaient une consistance boueuse, mais les algues n'avaient pas souffert du séjour dans l'eau. Elle retira la pique et examina sa prise. Une mince plante filamenteuse, similaire aux algues que l'on pouvait trouver dans les puits du cimetière. Était-il donc possible que Lasse ait noyé Martin Braumüller ? qu'il se soit engagé avec lui dans une lutte sans merci au bord du puits, à tel point qu'un fil d'algue soit resté accroché à ses cheveux ou sur sa peau ?

Incroyable. Son ex, Lasse.

Elle examina l'algue sous toutes ses coutures. Pouvait-elle s'être collée à Lasse quand ils avaient examiné ensemble le lieu du crime ? Non, les deux enquêteurs avaient porté des vêtements de protection, et en plus de cela aucun d'entre eux n'avait touché la scène du crime ou le cadavre.

Tout de même. Il faudrait faire un test pour éliminer le moindre doute : où s'accrochaient les petites algues quand on faisait gicler l'eau ?

Elle prit une photo de la plante avec son portable et la redéposa dans le conduit. Elle mit un soin particulier à la réinsérer dans les cheveux autour de la tige de fixation. Quand elle reviendrait dans une ou deux heures avec la police scientifique et les papiers officiels, elle rouvrirait la douche et il était indispensable que l'algue s'y trouve toujours.

Elle tamponna les quelques gouttes qui étaient tombées sur le carrelage, essuya la pique à brochette et la replaça dans le tiroir de la cuisine. Ce ne fut qu'après qu'elle remarqua qu'elle était essoufflée comme si elle avait couru une étape de montagne.

Si Lasse avait réellement commis le meurtre, s'il avait vraiment tué Martin Braumüller, cela devait avoir un rapport avec l'affaire Alvarez. Mareike était le seul lien qui existait entre Lasse et Braumüller. Mareike avait dû raconter à Braumüller quelque chose qui concernait Lasse. Quelque chose que Braumüller n'arrivait plus à garder pour lui après la mort de Mareike. Quelque chose qui devait avoir mis Lasse dans une situation désespérée dont il voulait absolument se tirer. Taser, noyade.

Et que s'était-il passé avec Mareike quelques semaines plus tôt ?

Les genoux en compote, Marina remit ses chaussures. Une fois dans la rue, elle appellerait le commissariat et lancerait la perquisition de l'appartement. Il ne serait pas facile d'obtenir l'autorisation, et elle devrait avouer qu'elle surveillait son collègue Lasse Johannsen depuis un moment. Mais ces derniers temps, il avait lui-même commis l'erreur de prendre ses distances et de semer la discorde.

Tandis qu'elle s'apprêtait à ouvrir la porte de l'appartement, elle entendit quelqu'un monter dans la cage d'escalier. Des pas pressés s'approchaient. Elle colla son dos contre le mur jouxtant la porte et essaya de respirer plus doucement. La mince vitre en verre dépoli s'assombrit. Quelqu'un s'arrêta et sonna. Une sonnerie longue et aiguë. On sonna encore une fois, encore plus longuement, en murmurant quelque chose. Une femme ? Elle actionnait même la poignée à présent.

Marina tendit ses muscles, prête à avoir un échange animé ou même à se battre si la porte cédait. Mais l'inconnue sembla changer de stratégie. Elle posa un morceau de papier contre la paroi en verre dépoli et, à en juger au bruit, y inscrivit quelque chose. Puis elle glissa le papier sous la porte et disparut.

Marina attendit quelques secondes avant de tirer le papier à l'intérieur.

Je ne sais pas ce qui se passe avec Richard. Sors-le de là. Renate.

Renate Augenthaler en mission secrète ? Tout ça devenait très inquiétant.

26

Le soir était tombé, les jumelles n'avaient toujours pas été retrouvées. Gesine quitta le commissariat grâce à l'autorisation donnée par téléphone par Marina Olbert. En contraste avec l'air froid de la cellule, la chaleur venait maintenant s'abattre sur Gesine comme une chape de plomb. Malgré cela, elle s'éloigna en toute hâte.

Son père était dans un état stable à la suite de l'intervention d'un médecin des urgences, mais les policiers n'avaient pas su où le conduire. Dans la cellule de l'infirmerie ? Chez lui ? Ils durent se concerter longuement et Gesine eut l'impression qu'on l'oubliait dans toutes ces tergiversations.

— Dommage que tu ne m'aies pas écouté, lui avait dit son père dans un faible sourire.

— Ce n'est pas en se torturant mutuellement qu'on sera quittes, lui avait-elle répondu avec froideur.

Gesine n'en serait jamais quitte avec quiconque, quelles que soient les circonstances. Ce n'était pas pour autant une raison de laisser crever son père sur le carrelage d'une cellule.

Ses dernières paroles avant d'être conduit à l'infirmerie avaient été : *Tu n'as vraiment pas tué Mareike ?*

Ça ne faisait plus rien à Gesine.

Elle traversa la rue devant le commissariat et se faufila jusqu'à l'arrêt de bus, se mêlant à la foule qui patientait. Elle ne savait pas quelle ligne prendre. L'indicateur horaire était gondolé dans sa boîte. Zone tarifaire 1b. Les horaires de départ étaient illisibles, il y avait un trou de brûlure dans le plexiglas.

De plus en plus de gens convergeaient vers l'arrêt de bus en provenance du commissariat. Ça se bousculait. Une odeur de parfum et de sueur, fin de la journée pour le service de jour. Service administratif, forces de l'ordre, brigade criminelle. Gesine essaya de ne croiser aucun regard, mais attira pourtant sur elle toutes les messes basses.

Puis elle le découvrit. Hannes dans son utilitaire noir qui descendait la rue lentement, comme s'il la cherchait. Elle se détacha de la foule et se mit au beau milieu de la chaussée malgré le bus qui arrivait en mugissant.

« Quelle chance », pensa-t-elle en tendant la main.

— Attention ! cria une femme.

Des freins sifflèrent, le bus dangereusement proche klaxonna, mais Hannes arrêta l'utilitaire de manière que Gesine ait le temps de sauter sur le siège passager avant qu'il se remette en route.

— Ferme la portière, ordonna Hannes, gardant l'œil sur le rétroviseur. Et mets ta ceinture.

Il respira un grand coup et s'engagea dans la voie principale.

— Tu aurais quand même pu m'appeler pour que je vienne te chercher. On n'est pas toujours obligés de se croiser par hasard.

— Je pensais que tu n'étais pas disponible, répondit Gesine, que tu cherchais peut-être les filles.

— Je suis bien organisé, comme tu peux le voir. C'est Natacha qui s'est chargée de l'enterrement de ce matin, et Josef et moi, nous sommes allés avec la brigade canine.

— Josef aussi ?

— Et après, j'ai été à l'école de Frida et de Marta. Et, cet après-midi, j'ai téléphoné à plusieurs aéroports et cherché dans les gares.

— Bien. Où allons-nous maintenant ?

Hannes lui jeta un regard surpris.

— Chez toi, non ?

Ses cheveux courts étaient ébouriffés et la peau de ses bras irritée par le soleil.

— On pourrait aller à Radix, dit Gesine. Frida et Marta ne savent probablement pas que Braumüller est mort, elles pourraient aller là-bas.

— Radix, c'est déjà fait. Juan y était aujourd'hui.

— Juan ? Il a horreur de cette association !

— Il a fouillé toutes les pièces. Il est même arrivé en pleine cérémonie pour Braumüller.

— Et qu'est-ce qu'il a trouvé ?

— Rien, malheureusement.

— Tu vois. (Gesine régla les grilles de la ventilation en direction de son corps.) Je veux aller à Radix et j'aimerais bien reparler aux copines de classe.

— Ah vraiment. (Hannes secoua la tête.) Tu crois que nous n'avons pas assez cherché ?

— Je ne pose pas les mêmes questions que vous, c'est complètement normal.

— Mais nous avons laissé nos numéros à absolument tout le monde. Les gens nous appelleront s'il se passe quelque chose, ne t'inquiète pas. (Il lui fit un clin d'œil.) Regarde plutôt derrière.

La corbeille de pique-nique se trouvait sur le siège arrière. Elle devait être lourde car elle était attachée.

— Mais je suis incapable de manger ! protesta Gesine.

— Pourquoi pas ? Je pensais qu'en mangeant, on pourrait réfléchir tranquillement à la manière de procéder par la suite.

— J'ai déjà réfléchi, Hannes. Je pense que Frida et Marta sont préoccupées par le passé de Mareike et je trouve ça beaucoup trop dangereux.

— Pour ce que je sais, elles ont cueilli des fleurs pour les porter au cimetière.

— Donc ça s'est su. Ça pourrait leur être fatal. Quelqu'un est peut-être en train de les suivre à la trace !

Il tira une mine sceptique.

— OK, mais on continue le travail en équipe et tu arrêtes de mettre ton grain de sel partout.

Ils quittèrent la ville, suivant la route qui montait dans les collines. Hannes roulait vite, ils allaient arriver rapidement à la ferme et au camping-car. Très loin de la maison des jumelles, très loin des rails, très loin du cimetière.

— Ça n'a rien à voir avec toi, dit Gesine en baissant la vitre.

Le vent s'engouffra dans la voiture comme un fœhn, répandant brusquement une odeur d'épis venant d'être fauchés. Les premières bottes de paille jaune doré jonchaient les champs.

Frida et Marta avaient-elles quitté la ville, elles aussi ? Elles pouvaient se construire un abri pour la nuit avec de la paille, un endroit où personne ne les trouverait.

Hannes doubla une épandeuse à engrais.

— C'est à cause du commissariat, c'est ça ? Tu as croisé de vieux collègues et, maintenant, tu penses que tu ferais mieux de tout faire toute seule.

— Non. C'est à cause des jumelles. Il ne faut pas perdre de temps. Je vais monter directement dans mon pick-up dès qu'on sera au camping-car.

Il se tut. Déçu et vexé. Comme d'habitude.

Elle prit une profonde inspiration.

— Juste pour que tu me comprennes. (Elle hésita.) J'ai partagé une cellule avec mon père aujourd'hui, et il m'a donné de nouvelles informations sur la mort de Philipp.

— Quoi ?

— Philipp n'a pas passé son dernier après-midi juste avec Mareike. Mon père l'a emmené faire un tour.

Hannes freina brusquement et se gara sur le bas-côté.

— Et ton père t'a raconté ça comme ça ?

— Est-ce qu'on peut continuer, s'il te plaît ?

Elle essaya de faire bref et répéta les faits qu'elle avait appris dans la cellule, de la glace au chocolat jusqu'au texto fatal que Richard Augenthaler avait envoyé à Mareike. Hannes était de plus en plus silencieux et broyait le volant. Puis il se pencha de son siège et passa son bras autour de Gesine.

— Quelle horreur ! Je suis vraiment désolé pour toi.

— Ça fait surtout surgir tout un tas de questions. Pourquoi m'a-t-on menti à l'époque, et qui est au courant de ça aujourd'hui ?

Hannes la lâcha.

— Et Mareike, qu'est-ce qu'elle avait de si important à faire pendant que ton père était au glacier avec Philipp ? compléta-t-il lentement.

— Elle était dans le cabanon avec quelqu'un. Mais je t'en prie, il faut qu'on reprenne la route.

— Avec qui était-elle dans le cabanon ?

Gesine dut réfléchir à la portée de sa réponse.

— Ça pouvait être Lasse Johannsen.

— Tu n'es pas sérieuse !

— Il y avait un accordeur de guitare sous la banquette. L'appareil lui appartenait.

— Il faut que tu en parles à Marina Olbert.

— Oui, mais nous devons tous être conscients que les jumelles peuvent être sur la même piste que nous : que la mort de Mareike soit liée à la mort de Philipp.

Hannes démarra le véhicule et accéléra en trombe.

— Comment ont-elles pu en arriver là ?

— Il y a probablement des documents qui prouvent ce qui s'est passé à l'époque. Mon père a parlé de notes prises par Mareike.

— Et tu crois que Frida et Marta pourraient trouver ces notes et sauraient immédiatement quoi faire avec ?

— Aucune idée, mais ça n'a pas d'importance. Il suffit que quelqu'un pense qu'il leur est possible de faire cette déduction elles-mêmes. Quelqu'un qui n'aurait pas de scrupules à les arrêter.

CARNET DE NOTES
(feuille volante)

Aconit napel

Beauté mortelle, bleu prune.
Autres noms possibles : casque de Jupiter, tue-loup bleu.
Fréquemment planté dans les jardins.
Jusqu'à un mètre cinquante de haut, tige nue et dressée.
Feuilles vert foncé ayant de cinq à sept lobes, en forme de main, rapetissant vers le haut. Grappes denses de fleurs en forme de casque, placées en fin de tige.
Floraison de juin à septembre.
Graines triangulaires d'un noir brillant, contenues dans des follicules.
Plante la plus toxique d'Europe.
Alcaloïdes diterpéniques.
La substance toxique se trouve dans toutes les parties de la plante.
Les symptômes de l'empoisonnement apparaissent dix à vingt minutes après ingestion.
Sensation de brûlure dans la bouche, brûlure sur toute la peau pouvant aller jusqu'à la perte de sensation.
Forts vomissements, fortes diarrhées, douleurs importantes, paralysie des muscles, y compris de la langue.
Mort par paralysie respiratoire ou défaillance du cœur.
Appeler les urgences au moindre doute.
Déclencher immédiatement des vomissements, instiller du charbon actif.
Bouche-à-bouche, surveillance du cœur, sédatif si nécessaire.

27

Le grillage émit un bruit de ferraille lorsque Gesine commença à l'escalader. Le gardien avait fermé le cimetière à vingt et une heures pile, et comme Olbert avait empoché son double des clés, Gesine était obligée de se débrouiller par elle-même. Pas de problème. Elle savait où était l'endroit le plus propice, elle avait recouvert le fil de fer barbelé avec une vieille couverture en laine qui se trouvait dans le pick-up.

La tombe est-elle facile à trouver ? Question intelligente posée par Marina Olbert au commissariat. Mais la réponse donnait du fil à retordre à Gesine. Chaque pas vers la parcelle A-117 s'imprimait au fer rouge dans son cerveau. Monter l'allée principale, puis à gauche, encore à gauche, puis à droite. Et, pourtant, le chemin était tout sauf facile.

Passer le coin des noisetiers, un pied devant l'autre, pas trop lentement, ne pas se tourner vers le banc où elle pique-niquait avec Hannes. Ne pas s'arrêter du tout, traverser la limite du carré A presque au pas de course, car ce qui importait, c'était de suivre les traces de Frida et Marta.

La police avait beau avoir passé le cimetière au peigne fin, la brigade canine n'était pas intervenue et les policiers n'avaient certainement pas fouillé chaque recoin. Ils ne connaissaient pas le cimetière et ne savaient pas ce dont les petites étaient capables. Si Frida et Marta voulaient se cacher, elles y parviendraient, et si elles voulaient aller sur la tombe de Philipp, elles n'abandonneraient pas avant de l'avoir trouvée.

Les premières concessions des enfants étaient là. À gauche une figurine d'ange, à droite une tétine accrochée à son ruban. Entre elles, des tombes isolées dont personne ne s'était occupé depuis longtemps. Gesine poursuivit son chemin. Des histoires venaient la submerger à chaque mètre parcouru, la plongeant dans les univers de familles inconnues. Elle s'interdit de penser et ça fonctionna. Pour le moment.

Des jouets. Des hochets de toutes les couleurs. Des poupées chauves aux visages ronds adossées à des pierres tombales. Des livres d'images gondolés. Leurs couvertures brillantes saisissaient les lueurs du soleil couchant.

Est-ce que cette déco rendait les adieux moins difficiles ? Mais d'où venait encore cette question ? Il fallait avancer, point barre.

Une succession de virages à présent. Le chemin devenait plus étroit, Gesine ralentit le pas automatiquement, même si elle continuait à avancer d'un pied ferme. Elle levait même les genoux, comme pour un défilé militaire, et gardait ses bras serrés le long du corps. Une démarche plutôt raide et handicapante. Elle dut s'arrêter devant le virage suivant. Mal au dos, ou bien mal au ventre.

Et si elle échouait ? Si elle n'arrivait pas à aller sur la tombe de Philipp pour vérifier que tout allait bien ? Est-ce qu'elle avait vraiment mûri son idée ? Oui. Et en cas de problème, elle pourrait toujours demander de l'aide à Hannes qui était parti pour la deuxième fois à la rencontre des copines d'école des jumelles.

Elle se ressaisit et tourna au bon endroit, entre des weigélias et des buddleias. Le crépuscule était suspendu aux cimes des arbres. Une pie chantait dans un bouleau, et en dessous, sur une tombe récente, reposaient des couronnes avec des rubans blancs. Des cierges vacillaient, l'odeur du deuil était lourde dans l'air du soir, odeur de fleurs et de brûlé.

Le banc en plastique se trouvait-il toujours dans les parages ? À cinq mètres de la tombe de Philipp ? Il était à moitié envahi par les buissons à l'époque, mais en ce temps-là, Gesine avait cru qu'elle serait un jour capable de tailler les haies autour pour pouvoir s'y asseoir. Un projet ambitieux.

Et maintenant le dernier virage. Elle s'arrêta à nouveau, elle-même surprise que ses jambes ne bougent plus. Plus que trois pas et elle verrait la concession. Trois pas de trop.

Elle allait devoir appeler Hannes maintenant, ou encore Olbert. Ou penser plus fort à Frida et Marta. Elle ferma les yeux.

— Pas possible d'aller plus loin ?

Gesine sursauta. Une voix masculine. Au même moment, elle sentit quelque chose de dur dans son dos.

— Ne te retourne pas, lui intima-t-on à voix basse, j'ai le doigt sur la détente.

— Lasse ! Range ton arme ! dit-elle d'un ton coupant.

— Je ne vois aucune raison de le faire.

— Ce n'est pas la bonne méthode si tu veux m'arrêter.

Elle voulut regarder en arrière mais il l'en empêcha en lui portant un coup.

— Tu vas avancer maintenant !

— Pour aller où ?

Elle s'arc-bouta contre la pression du pistolet et ne bougea pas.

Lasse la saisit par les cheveux.

— Ton message était mal codé, ce matin au commissariat.

— Je n'envoie pas de messages.

— Quand tu as parlé avec Juan Alvarez. Quand tu lui as demandé ce que ses filles feraient avec ces prétendues nouvelles informations. Il n'a pas du tout compris ce que tu voulais dire par là, moi si.

— Aïe !

Lasse tira la tête de Gesine en arrière pour parler tout contre son oreille.

— Le code est très simple, Gesine. Les informations ne sont pas avec les filles de Juan, elles sont avec ton fils, et elles ne sont pas nouvelles, elles sont vieilles de dix ans.

Que voulait-il dire par là ? Elle donna un coup de pied en arrière mais n'atteignit pas ses jambes.

Il pressa sans ménagement le pistolet entre ses omoplates.

— Donc tu vas me montrer la tombe et déterrer tout ça.

Les informations. Les notes et les photos. Le document qui devait être lu cette nuit-là, sur les rails.

— C'est pour ça que tu m'as attendue ? demanda-t-elle. Parce que tu ne trouves pas la tombe de Philipp ? L'administration du cimetière t'aurait sûrement donné cette information.

— Ça ne m'intéresse pas de laisser des traces. Allez, on y va.

Il la bouscula. Le pistolet frottait contre sa colonne vertébrale. Elle trébucha en avant et la concession de Philipp apparut, au bout du chemin à droite. Des fleurs blanches avec des touches de jaune. Dans l'ombre une petite croix de bois, pâlie et droite comme un cierge.

Gesine leva les bras.

— Tu es un imbécile, Lasse.

Elle se retourna brusquement.

— Une femme comme moi n'a pas peur de la mort.

Il se détourna d'elle d'un bond pour éviter qu'elle s'empare du pistolet. Son visage était luisant de sueur.

Un lapin sortit en sautillant du buisson à côté de lui. Il parut s'en effrayer.

— OK, s'écria-t-il, si tu ne veux pas coopérer, on va devoir parler de Frida et Marta.

— Tu sais où elles sont ?

— Je ne suis pas obligé de leur faire quoi que ce soit. Mais, en échange, tu dois m'obéir.

Le lapin courut sur le côté, s'assit et tendit le museau pour flairer l'atmosphère. Beaucoup trop confiant.

— Donne-moi une preuve que les petites vont bien.

— Je peux te prouver que je suis sérieux, répondit-il, dirigeant l'arme sur l'animal et appuyant sur la détente.

Le lapin voltigea et retomba à terre sans émettre le moindre son. Du sang et de la chair coulaient de sa fourrure. Gesine courut vers lui mais elle ne pouvait plus rien faire pour le pauvre animal. Son petit nez ne tressaillait plus, ses pattes étaient inertes, ses viscères s'écoulaient déjà de son ventre.

La colère devait rétrécir son champ de vision quand Gesine se rua sur Lasse. Il se tenait sur le chemin, transpirant, nerveux, agitant son arme mais, sans se troubler, elle continua droit sur lui jusqu'à ce que sa poitrine touche presque le canon du pistolet.

— C'était facile pour toi, Lasse, de tuer un petit animal. Et comment ça s'est passé avec Mareike ?

— Tu devrais faire attention à ce que tu dis.

— Tu l'as poussée sur les voies sans la prévenir, c'est tout à fait ton genre.

— Elle était arrogante, exactement comme toi, et j'ai réagi. Spontanément. Je n'avais pas prévu de la tuer.

— Mais tu avais la cuillère de Philipp sur toi, pas vrai ? Tu voulais laisser un indice qui m'accuserait.

— La cuillère, c'était juste par sécurité. Au cas où. J'avais l'impression qu'elle pourrait m'être utile sans trop savoir comment.

— Tu as volé la cuillère chez moi, à l'époque ?

— Juste par sécurité aussi. Je ne savais pas quelles empreintes il y avait dessus.

— Pourquoi ? Tu étais dans le cabanon, non ? Pas dans le tiroir à couverts de la cuisine !

— Mareike avait eu besoin de manger entre-temps.

— Entre-temps ? Mais qu'est-ce que vous avez fabriqué ?

La sueur perlait sur les tempes de Lasse. Ses lunettes glissaient. Il pressa son avant-bras contre son front.

— Ne fais pas comme si tu ne savais rien. Tu as bien lu les notes de Mareike, dit-il.

— Non, je ne les ai pas lues. Mais je sais que Mareike voulait vider son sac, aujourd'hui, dix ans après. Et que ça te faisait peur.

— Elle voulait m'utiliser, je ne permets plus ce genre de comportements maintenant.

— Qu'est-ce que ça veut dire ?

— Qu'elle était lâche. Elle voulait que je lui fasse une déclaration sur l'honneur disant que je l'avais empêchée de sortir, à l'époque, quand nous avons entendu Philipp faire du bruit. Elle voulait se laver de sa culpabilité à mes dépens !

Gesine posa sa main sur le canon du pistolet et le poussa vers le bas.

— Tu as vraiment fait ça ? dit-elle froidement. Est-ce que tu as empêché Mareike de venir en aide à Philipp ?

— Non ! C'est l'inverse. Je voulais aller dans le jardin voir d'où venaient les bruits et Mareike m'en a empêché.

— Comment a-t-elle eu l'idée d'une déclaration sur l'honneur ?

Lasse tira le pistolet vers lui. Il avait l'air indécis, comme s'il ne savait pas ce qu'il devait révéler ou pas.

— On a entendu un bruit plutôt indéfinissable, dit-il. On n'aurait certainement pas pu aider ton fils.

Elle lutta contre l'effet que produisaient ses paroles.

— Vous auriez dû me dire ça plus tôt.

— On était tous sous le choc.

— Non. Vous vous êtes couverts les uns les autres pendant dix ans, jusqu'à ce que ça devienne trop lourd pour Mareike.

— Ne crois pas qu'elle soit devenue une sainte du jour au lendemain. Elle voulait me faire chanter !

— Tu l'as tuée.

Il releva le pistolet et visa la tête de Gesine. Elle détourna le visage. Quel personnage ignoble, aujourd'hui comme dans le passé.

Elle eut la sensation que des branches bougeaient derrière elle, dans les buissons. À peu près là où devait se trouver le banc en plastique.

— Tu as tué Martin Braumüller, dit-elle. Il savait probablement ce que tu as fait.

— Mareike lui avait raconté beaucoup de choses. À un moment, il a compris avec qui elle avait rendez-vous près des rails. Il m'a menacé avec son taser. Cet imbécile était amoureux d'elle.

— Mais tu aurais pu le désarmer. À quoi t'a servi ta formation ?

— Il aurait couru chez Marina Olbert, aussitôt sorti du cimetière. Ça aurait remis absolument tout en jeu !

Le buisson bougea de nouveau. Gesine décida de détourner l'attention de Lasse.

— Cette histoire ne sera jamais terminée pour toi, dit-elle, même si tu me tues. Car je n'ai pas les notes de Mareike.

— Montre-moi la tombe de Philipp et on verra ce que tu es capable de déterrer.

— Très bien. Je te montre la tombe mais ça ne te servira à rien, Lasse.

Elle bougea comme si elle voulait avancer mais, l'espace d'une seconde, elle joua dans sa tête l'attaque qui lui semblait la plus efficace. Elle se concentra sur la tension qu'il y avait en elle, puis elle envoya un coup de pied et un coup de poing. De frayeur, Lasse appuya sur la détente. Le coup de feu partit dans le vide, et ainsi s'écoula l'unique seconde pendant laquelle il aurait pu contrer l'attaque de Gesine.

Elle atteignit ses points névralgiques, de bas en haut, avec une précision impitoyable. Elle finit par le projeter au sol et il semblait presque avoir perdu conscience. Il resta allongé, les bras tordus, le visage et les lunettes dans la poussière. Elle s'agenouilla sur lui et chercha à reprendre son souffle.

— Lasse Johannsen. Tu as risqué la vie de mon fils en privilégiant tes affaires personnelles. Et, dix ans plus tard, tu as tué deux personnes pour dissimuler ton acte.

Il cracha et gémit, ce qui signifiait qu'il l'avait comprise. Elle arrima solidement ses bras et tira son portable de sa poche.

— L'inspectrice Olbert ne va pas tarder à arriver. D'ici là, tu vas me dire où sont les jumelles.

Elle téléphona à l'enquêtrice, le temps d'une conversation brève et objective, puis elle desserra son emprise pour forcer Lasse à parler. Son ami d'autrefois.

— Où sont Frida et Marta ?

Des bruissements et des craquements parvinrent à son oreille du côté de la tombe.

— Gesine.

Une voix claire d'enfant.

— Restez où vous êtes, lança Gesine, mais les buissons étaient déjà en train de s'écarter.

— On vous a écoutés !

C'était Frida, la voix pleine de frayeur.

— Allez vite à la chapelle ! (Gesine montra de la tête le chemin qui descendait.) Je viens vous chercher le plus vite possible.

Les enfants s'approchèrent tout de même. Leurs regards passaient du cadavre du lapin jusqu'au pistolet, de Gesine à Lasse.

— C'est le policier qui l'a tué, dit Marta en se penchant sur le cadavre de l'animal.

— Viens ici, Marta. Qu'est-ce que tu as dans les bras ?

Marta présenta un pot de fleurs en plastique. Ce n'étaient pas des feuilles qui en sortaient, mais quelque chose de duveteux. Un autre lapin, une bête très jeune. Sa fourrure terne battait avec agitation, ses yeux étaient collés. Il semblait malade.

— On a le droit de le garder, déclara Marta, on l'a trouvé à un moment où on pensait très fort à Schnuppi.

— Mais on était pas sûres, minimisa Frida, c'est pour ça qu'on a préféré se cacher. Il y a un banc pour se reposer derrière.

— Vous vous êtes simplement cachées ? toute la journée ?

— Désolées.

Marta entoura le pot de ses bras et enfouit son visage dans la fourrure de l'animal. Frida se colla contre elle. Elle tenait dans ses bras les deux peluches, la souris et le vieux crocodile.

Gesine avait envie de hurler. Ces petites étaient complètement folles mais vraiment très futées. Elles avaient cueilli des fleurs et attrapé des lapins tout en déjouant une équipe de secours. Une équipe experte dans le secours des blessés, habituée à des enfants bien disciplinés, cachés sans défense dans des buissons ou tenus en captivité. Pas habituée à des filles qui, mieux que personne, savaient utiliser à leur avantage un cimetière immense et sauvage. Et qui n'avaient qu'une seule idée en tête : ramener leur nouveau lapin à la maison.

— Je suis tellement contente de vous voir, dit Gesine d'une voix enrouée, relâchant une petite seconde la pression qu'elle exerçait sur Lasse.

C'est alors qu'il se redressa d'un bond et la projeta en arrière. Elle tenta d'atteindre le pistolet en tombant mais Lasse fut plus rapide.

Frida se mit à crier, prise de panique.

— Je suis là, s'écria Gesine, qui tentait de se jeter sur Lasse.

Il tira en l'air et hurla « stop » !

Frida se tut immédiatement. Gesine se plaça devant les fillettes en étendant les bras. Elle entendait dans le lointain les sirènes des véhicules d'intervention de la police.

Lasse recula.

— Restez là bien tranquillement.

Il les menaça une fois de plus avec son arme.

— Et un jour, Gesine, tu comprendras que tu n'as pas été la seule pour qui le monde s'est effondré il y a dix ans.

Il s'éloigna en boitillant, et Gesine n'arriva pas à attendre qu'il disparaisse complètement. Elle prit les fillettes dans ses bras et les serra contre elle. Le pot où se trouvait le jeune lapin était coincé entre leurs corps. L'animal était tellement paniqué qu'on pouvait voir son cœur tressauter.

Frida pleurait à chaudes larmes et s'essuya les joues avec le vieux crocodile. Le reprisage en fil rouge à son oreille s'était défait et un morceau de métal plat dépassait de la couture. Gesine y regarda de plus près. C'était une clé USB que quelqu'un avait cousue dans la peluche.

Chère Gesine,

Le soleil se couche sur la mer et, pour la première fois depuis de nombreuses années, je suis en paix avec moi-même. Je vais rentrer en Allemagne et faire le ménage dans ma vie.

Je veux tout te dire. Je veux t'avouer que je t'ai menti à la mort de Philipp, et que ce mensonge s'explique par tout un passé de lâcheté.

Il y avait quelque chose entre Lasse Johannsen et moi. Plutôt une liaison qu'une relation, mais elle a duré quelques semaines, et t'en parler aurait été très pénible pour moi. Tu m'aurais certainement passé un savon, Lasse était quand même notre ami.

Tu sais comme j'étais compliquée à l'époque, et tout ce que Lasse pouvait espérer, c'était que je finisse par prendre goût à une vie plus rangée. Il se montrait très patient. Mais je suis tombée enceinte.

Je ne pouvais parler de la grossesse à personne, pas non plus à Lasse, sinon il m'aurait harcelée. J'aurais aimé en discuter avec toi si l'occasion s'était présentée, mais tu étais très occupée.

Maman a fini par s'en apercevoir, elle a fait le bon diagnostic et c'est comme ça que je me suis retrouvée dans le salon d'hiver, à me justifier devant les parents. Un cauchemar, qui m'a pourtant aidée à y voir plus clair. J'ai réalisé que je voulais garder l'enfant, et j'ai décidé de le dire à Lasse. Mais notre liaison devait s'arrêter là, sinon je me serais sentie complètement emprisonnée.

J'ai donc demandé à Lasse de venir dans le cabanon pour parler avec lui. Papa a promis d'assurer mes arrières et de s'occuper du petit Philipp cet après-midi-là.

C'est après que les choses ont dérapé. Lasse est monté sur ses grands chevaux, et quand papa m'a envoyé un texto, il s'est senti carrément humilié. Il a compris que papa avait été au courant de la grossesse avant lui.

« Tout va bien chez vous ? »

Super texto.

On s'est disputés, on a failli se battre, on a pleuré, on s'est pris dans les bras et en plein milieu de ça, on a cru entendre des bruits dans le jardin. Pourquoi est-ce que je n'ai pas réagi ? Pas comme j'aurais dû le faire ?

Et puis il y a eu ton cri.

J'étais atterrée quand j'ai compris que Philipp était à la maison !

Et quand papa et maman ont déclaré qu'ils étaient restés tout l'après-midi devant le téléphone, je suis restée sans voix. C'est seulement là que j'ai compris toute la portée du texto. Toute la portée de mon inconséquence.

Papa m'a gardée sous contrôle. « Il ne faut pas précipiter les choses, Mareike. Il ne faut pas accabler Gesine », m'a-t-il dit, à l'époque. Comment aurais-tu pu surmonter le fait que tout ton entourage était impliqué dans la mort de ton fils ?

Le lendemain, papa voulait toujours garder les choses secrètes. Le surlendemain aussi, et il était inutile d'attendre de l'aide de la part de Lasse.

Gesine, tu pourras peut-être comprendre qu'il m'a été impossible de garder l'enfant qui était dans mon ventre. Je n'aurais jamais pu te dire en face : je suis enceinte, un enfant est en train de grandir en moi, mais j'ai fait mourir ton fils.

Papa m'a aidée. J'ai obtenu un rendez-vous très rapidement chez l'un de ses amis médecins, sans l'entretien préalable obligatoire. Et Lasse a payé l'avortement malgré tout le mépris qu'il me portait. Il ne supportait pas que j'aie le pouvoir de tirer un trait sur sa paternité.

Après on s'est retrouvés, nos parents, Lasse et moi. Aucun d'entre nous ne sachant très bien quoi te dire. La vérité n'aurait jamais ressuscité Philipp, elle n'aurait pu que t'accabler davantage. Apprendre ma grossesse puis son interruption aurait été en tout cas difficile pour toi. C'est du moins ce dont nous nous sommes persuadés à l'époque.

Et maman qui n'arrêtait pas de répéter : on ne plante pas d'aconit à côté de sa terrasse quand on a un petit enfant.

J'ai honte.

J'aurais tellement aimé te prendre dans mes bras rien qu'une fois, et essayer de t'aider d'une manière ou d'une autre. Mais tu ne voulais plus me voir.

J'ai rencontré un homme en Espagne et je l'ai épousé. Juan est fabuleux, mais il ne connaît pas toute la vérité. J'ai aussi honte face à lui. J'ai honte face au monde entier.

Maman dit que tu as disparu depuis des années. Partie sans laisser d'adresse, sans Klaus. Mais je vais quand même te chercher. Je retournerai toutes les pierres sur mon chemin jusqu'à ce que je sache ce que tu es devenue. Puis je te donnerai cette lettre en y ajoutant le protocole que j'ai scanné. C'est le protocole exact des événements de cet après-midi-là. J'ai tout écrit quand j'étais dans le train pour l'Espagne.

Je vais aussi voir Lasse et exiger qu'il me soutienne lorsque je te dirai la vérité. Ça lui sera désagréable, mais il n'aura pas d'autre choix. S'il s'y oppose, je raconterai à tous ce que je sais sur lui, notamment au commissariat. Il perdrait son travail sur-le-champ. C'est vrai, il a toujours nié avoir la moindre implication dans la mort de ton fils et trompé ses propres collègues. Quand j'étais avec toi et Philipp dans le jardin, il s'est d'ailleurs faufilé par-derrière, de façon à ne réapparaître que bien plus tard avec les autres policiers. Très rusé, tout ça. Et puis, il y a aussi l'avortement illégal. Ça en fait des choses, sur le dos de ce serviteur de l'État. Mais ce n'est pas ton problème.

Tu me manques. J'espère très fort que tu vas me pardonner.

Ta sœur Mareike.

28

Gesine ajouta une bûche dans le feu de camp. Les braises jetèrent une lueur pâle, des étincelles jaillirent dans la nuit. L'écorce qui éclata fit crépiter le feu haut et fort. Gesine prit une branche pour sortir la première pomme de terre des braises. Le papier alu était devenu noir ; juste à point.

Le vélo de Marina Olbert était appuyé contre le pommier. Assise sur le tabouret de camping, elle se pencha comme si elle avait besoin de se réchauffer. La fermeture Éclair de son survêtement était remontée jusqu'au menton.

— Normalement, je ne mange pas de glucides au dîner, dit-elle.

— Personne ne vous force. (Gesine lui tendit une fourchette.) Mais j'ai l'impression que vous ferez volontiers une exception ce soir.

Elle lui donna une assiette avec une pomme de terre et plaça la crème aux fines herbes à sa portée.

— Vous voulez peut-être goûter le vin aussi, madame Olbert ?

— Je dois conduire, se défendit Marina, mais elle eut un sourire.

Dans leur bac, les glaçons brillaient au reflet des flammes. Gesine ajouta un peu d'eau gazeuse dans son verre et observa le feu qui se calmait.

Toutes les fenêtres de la ferme étaient éteintes. Le vieux Josef était tellement contrarié que Gesine reçoive de la visite qu'il n'était pas venu lui dire bonne nuit. Pourtant, le terme recevoir n'était pas très adapté. Gesine s'était contentée de ne pas renvoyer Marina quand elle était apparue sur son vélo et qu'elle avait sonné à l'entrée de la ferme.

Plutôt étonnant que l'enquêtrice sorte de la ville pendant son temps libre. Elle était peut-être grisée par l'endorphine parce qu'elle avait résolu une affaire criminelle. Gesine pouvait encore se souvenir du sentiment de félicité que l'on ressentait au moment de clore une enquête de manière satisfaisante.

Elle se servit également une pomme de terre.

— Ça m'a beaucoup plu que vous ayez réussi à sortir une algue filamenteuse de la douche de Lasse Johannsen, inspectrice Olbert.

— Oui, c'est une bonne chose que nous ayons cette algue, répondit modestement Marina, car, jusqu'à présent, Lasse conteste toutes les accusations.

— Et comment explique-t-il qu'il ait essayé de s'enfuir devant vous dans le cimetière ?

— Il n'a plus rien dit à partir du moment où je lui ai passé les menottes.

L'espace d'un instant, Gesine eut l'impression que l'enquêtrice luttait contre une vision désagréable, mais Marina finit par se détendre à nouveau.

Une petite chouette ulula. Gesine posa le doigt sur ses lèvres et elles tendirent l'oreille. Marina arrêta de manger et reposa son assiette.

Quand la chouette se fut tue, elle tira une enveloppe de la poche de son survêtement.

— Je vous ai apporté quelque chose, madame Cordes. J'ai pensé que vous aimeriez peut-être l'avoir.

Une vieille photo. Gesine l'approcha de la lumière. Mareike et elle, dansant front contre front. Une fête dans la cour du commissariat.

— Je ne suis pas du genre à feuilleter les souvenirs, dit-elle.

Mais elle ne pouvait pas détourner son regard de l'image. Quelle ressemblance frappante entre elle et Mareike, alors qu'elles avaient été si différentes. Quelle proximité alors que Mareike s'était refermée sur elle-même. Elle avait menti, elle n'avait voulu se livrer et se décharger de toute culpabilité que des années plus tard, en se procurant une déclaration sur l'honneur de la part de Lasse. Un serment au contenu douteux, car on ne saurait jamais qui avait réellement empêché qui de sortir du cabanon quand Philipp avait eu besoin d'aide.

— Je peux aussi garder l'image si vous voulez, proposa Marina Olbert, ou bien vous la conservez pour l'instant et vous la jetterez si vous vous rendez compte qu'elle vous énerve.

— Elle ne m'énerve pas. Merci. Je n'ai pas l'habitude, c'est tout.

Elle plaça la photo entre le dossier et le coussin en prenant bien garde à ne pas la corner. Marina Olbert hocha la tête d'un air satisfait.

— Puis-je vous demander quelque chose, madame Cordes ?

— Je ne préfère pas.

Gesine leva les yeux vers le ciel nocturne et pensa aux jumelles. Marina remit son assiette sur ses genoux.

— Lasse, Mareike et vos parents vous ont menti, et chacun d'entre eux pensait avoir une bonne raison de le faire. Si vous aviez su cela il y a dix ans, auriez-vous tiré les mêmes conséquences et changé aussi radicalement votre vie ?

Gesine soupira. À quoi servaient ces spéculations ? Ses décisions l'avaient mise sur de bonnes voies ces derniers temps, non ?

— J'aurais peut-être fait exactement la même chose, dit-elle. Ce qui est sûr, c'est que je n'aurais pas pu continuer à vivre là où mon fils est mort.

— Et votre travail ? N'avez-vous jamais regretté d'avoir quitté la brigade criminelle ?

— Êtes-vous en train de me proposer un emploi ?

— Ah ça non ! Je ne veux pas de concurrence dans mon propre service !

Elles éclatèrent de rire, mais ce rire était forcé autant pour l'une que pour l'autre.

— Je ne suis pas aussi intrépide que vous en tout cas, madame Cordes, ajouta Marina. Vous n'avez même pas eu peur quand Lasse a pointé son arme sur vous.

— Si, répondit Gesine, j'ai eu peur quand Frida et Marta sont arrivées.

— Mais vous ne l'avez pas montré.

— Si vous voulez.

Le feu crépita et Gesine reprit la branche pour tisonner les braises. Marina Olbert avait résolu l'une des enquêtes les plus difficiles de sa carrière. Mais que s'était-il passé exactement pour Gesine ?

Marina se leva.

— Merci beaucoup pour le repas.

— Il n'y a pas de quoi.

— Nous nous reverrons. Au plus tard pour le procès de Lasse.

L'enquêtrice empoigna son vélo et voulut prendre congé. Gesine jeta la branche dans les flammes et lui tendit la main.

— Je n'ai pas eu peur de mourir, dit-elle. Ce qui est difficile pour moi, c'est de rester en vie.

Remerciements

À Heide Kloth, mon éditrice, parce que c'est elle qui a découvert mon manuscrit et qui a eu un véritable coup de cœur de lecture.

À l'équipe des Éditions Ullstein qui a su lui donner une place particulière.

À André Hille, de Hille & Jung, parce qu'il a un excellent flair et qu'il est toujours disponible.

À Maria Knissel, mon amie et collègue, pour ses encouragements et ses critiques constructives.

Et enfin, et surtout, à S. et L. M., pour leur soutien fidèle et inspiré.

Cet ouvrage a été composé et mis en pages
par ÉTIANNE COMPOSITION
à Montrouge.

Imprimé en France par CPI
en décembre 2017
N° d'impression : 3025829

POCKET – 12, avenue d'Italie – 75627 Paris Cedex 13

Dépôt légal : janvier 2018
S27075/01